当代陕西文学评论文丛 | 编委会

主　编　贾平凹　齐雅丽
副主编　韩霁虹　李国平　李　震
编　委　（按姓氏笔画排序）
　　　　仵　埂　齐雅丽　李　震
　　　　李国平　杨　辉　段建军
　　　　贾平凹　韩霁虹

当代陕西文学评论文丛

后起新锐

批评的回声

李清霞 著

陕西师范大学出版总社　西安

图书代号　WX24N2348

图书在版编目（CIP）数据

批评的回声 / 李清霞著. -- 西安：陕西师范大学出版总社有限公司，2025.6. --（当代陕西文学评论文丛 / 贾平凹，齐雅丽主编）. -- ISBN 978-7-5695-4806-8

Ⅰ. I206.7-53

中国国家版本馆CIP数据核字第20240798G6号

批评的回声
PIPING DE HUISHENG

李清霞　著

出版统筹	刘东风　刘　定
策划编辑	马凤霞
责任编辑	高　歌
责任校对	张　姣
封面设计	周伟伟
出版发行	陕西师范大学出版总社
	（西安市长安南路199号　邮编 710062）
网　　址	http://www.snupg.com
印　　刷	中煤地西安地图制印有限公司
开　　本	720 mm×1020 mm　1/16
印　　张	16.5
插　　页	2
字　　数	240千
版　　次	2025年6月第1版
印　　次	2025年6月第1次印刷
书　　号	ISBN 978-7-5695-4806-8
定　　价	59.00元

读者购书、书店添货或发现印装质量问题，请与本公司营销部联系、调换。
电话：（029）85307864　85303629　　传真：（029）85303879

文脉陕西,评论华章(序)

贾平凹

从延安文艺的烽火岁月,到新时代的文学繁荣,陕西文学以其独特的风格和深邃的内涵,赢得了国内外的广泛赞誉。在中国当代文学史上,陕西不仅拥有一支强大的文学创作队伍,同时也拥有一批占领各个历史阶段文学批评潮头的评论骨干。他们以敏锐的洞察力剖析文学现象,参与文学现场,解读作品内涵,为陕西文学的发展注入了源源不断的活力。在新时代文化浪潮中,文学评论作为党领导文学事业的重要途径和方式,作为文学繁荣发展的重要推动力和引导力,正凸显着越来越重要的作用。

为了贯彻落实习近平总书记关于文艺工作和文艺批评的重要论述,以及中宣部等五部门联合印发的《关于加强新时代文艺评论工作的指导意见》,进一步加强和改进陕西文学批评工作,打磨好批评这把利剑,把好文艺的方向盘,同时也为深入总结和发扬陕派文学批评的历史经验,全面呈现陕西当代评论家队伍及其丰硕成果,推动陕西文学批评再创佳绩,助力陕西乃至全国文学发展,陕西省作家协会精心策划并编辑出版了"当代陕西文学评论文丛"。

在选编过程中,丛书编委会始终遵循着精编细选的原则,力求每篇文章都能代表作者个人的最高水平,同时也能反映出陕西文学评论的独特风格和时代特征。所选文章以研究和评论承续延安文艺传统的陕西作家、作品为主，也不乏对中国文坛或域外文学研究的独到见解。丛书汇聚了三代文学批评家中三十位代表批评家的学术成果。他们或生于陕西，或长期在陕工作。他们以笔为剑，以墨为锋，用睿智深刻的见解，共同书写了陕西文学批评的辉煌华章。他们的评论文章，或激情洋溢，或理性严谨，或高屋建瓴，或细腻入微，共同构筑了这部丛书的独特魅力与丰富内涵。

丛书将陕西老中青三代评论家分为"笔耕拓土""接续中坚""后起新锐"三个系列。三代评论家有学术师承，亦有历史代际。每个系列都蕴含着不同的时代气息和文学精神："笔耕拓土"系列收录了陕西文学评论界先驱和奠基者的成果，他们如同手握犁铧的开垦者，为陕西文学评论的沃土播下了希望的种子；"接续中坚"系列展现了新一代批评家中坚力量的风采，他们的评论既有深厚的理论功底，又有敏锐的时代洞察力，为陕西文学评论的繁荣发展注入了新的活力；"后起新锐"系列则汇集了新一代批评家的文章，他们敢于创新，勇于探索，为陕西文学评论的未来开辟了广阔的空间。

"当代陕西文学评论文丛"的出版，不仅是对陕西文学批评历史的一次全面总结和回顾，更是对未来陕西文学发展的有力推动和期待。相信这部丛书的问世，将激发更多文学评论家的创作热情，使陕西文学创作与批评携手并进，比翼齐飞，为推动陕西文学批评事业的繁荣发展，为陕西乃至全国文学的发展贡献新的智慧和力量。

2024年11月8日

目　录

第一辑　贾平凹研究

002　童年生境与生存压力
　　　——贾平凹文学创作的动力机制（一）

009　心迹·突围·和谐
　　　——贾平凹文学创作的动力机制（二）

017　论贾平凹笔下"性"的符号意义

027　也谈《秦腔》的可读性

031　文学如何超越现实生存
　　　——从贾平凹十余年来的长篇小说谈起

039　《废都》：欲望旋涡中的无谓挣扎

064　论贾平凹笔下的"打工者"形象

075　《秦腔》：乡土文明的终结
　　　——《贾平凹评传》节选

第二辑　陈忠实研究

090　自虐，生命存在与延续的方式
　　　——《白鹿原》中鹿氏父子的精神内质透析

102　《白鹿原》的"性"叙事策略

110　21世纪以来陈忠实短篇小说的叙事策略

119　从崇高到荒诞：《白鹿原》的美学风格

129　论黑娃与冷先生在《白鹿原》中的叙事功能

136　蛰居"做枕"
　　——《白鹿原》的创作过程

163　《白鹿原》与新民主主义革命

170　《白鹿原》：现实主义的深化与发展

185　陈忠实完成了"垫棺做枕"的人生长篇

第三辑　思潮与回声

190　遮蔽与压抑下的欲望生长
　　——从"五四"到"文革"期间的欲望话语叙述

199　艰难而尴尬的城市书写
　　——论新世纪以来甘肃城市题材的长篇小说

208　无根者的孤独与言说
　　——刘震云《一句顶一万句》的文学言语学解读

217　政治话语与美学话语的整合平衡
　　——论雷达的文学批评

229　文学叙事空间的新拓展
　　——评陈彦的《装台》

241　精准扶贫背景下"贫困者"的精神成长与救赎

248　浪漫主义：路遥小说的精神内核

254　后记

第一辑

贾平凹研究

童年生境与生存压力

——贾平凹文学创作的动力机制（一）

一

在文明社会中，文学艺术家始终被作为特殊的个体为人们关注着，他们为人类创造了一个绮丽的艺术世界，也为自己这个"种群"披上了神秘的面纱。生态文艺学认为文学艺术家也是一个生命的有机体，是生长于地球生物圈中的"生物"，他们就像珍稀植物中的灵芝、雪莲、铁杉，稀有动物中的凤蝶、鳄蜥、猞猁，是极其难得的，其生长发育往往需要特定的生境，文学艺术家往往有着自己独特的生命阅历。

在生态学中，"生境"又称"栖息地"，是生物个体或种群所处的特定环境，比通常说的环境要具体得多。对于人来说，儿童时代的早期经验在一个人个性的形成过程中发挥着极大的作用。对于文学艺术家来说，早期经验具有更加重大的意义，可以影响他们一生的艺术创作及审美追求。而重要的早期经验正是从一个文学艺术家童年时代所处的"生境"中获得的。童年生境是作为生物个体的人所处的特定环境，它包括自然环境、家庭环境、社会环境、民族文化环境等。

自然环境与人文环境相互融合、渗透形成独特的个体生存的环境，对于儿童来说，人文环境因素往往是通过自然环境对其构成影响的。"童年时代来自环境中的许多刺激,哪怕是一些生活中的细枝末节,都会在儿童相对宁静、洁净的心灵中留下永不磨灭的印痕,进而化作一个文学艺术家的形象记忆、情绪记忆,成为他日后从事文艺创作的宝贵财富。"①儿童的心灵是纯洁、明净的,犹如一张白纸,环境给它什么信息,它就留下什么印迹,并且保存得持久、顽强。一个人不论他离家多久多远,不论他的家乡发生多么翻天覆地的变化,他梦中出现的家依旧是童年居住的小木屋,他梦中出现的故乡仍然是田野、村庄、荒草、池塘、唤着乳名的乡邻、滚了一身泥巴的玩伴,以及一起过家家的扎着乱蓬蓬羊角辫的那个小姑娘。在文学艺术家那里,这些童年的记忆通过艺术想象和加工会成为杰出的艺术作品。童年生境对文学艺术家的个体发育和成长具有重大意义,下面我们将对当代作家贾平凹进行个案分析,以便更好地解读作家及其作品。

二

在当代文坛上,贾平凹是一个具有独特艺术个性的作家,他的作品数量之多、题材之广,都属罕见。他的主要作品都取材于他生活过或正在生活的地方,即故乡商州和他当下的栖息地——西京(西安)。从他的传记和一些散文中,我们不难发现,其在贾平凹的童年生境中自然发挥着重大的作用。

贾平凹出生于一个极其普通的农民家庭,人多家贫,父亲是乡村教师,母亲是普通的农妇。他从小在陕西省商洛山区的丹凤县棣花镇长大。他的故乡是贫瘠的,风景却是美丽动人的。六九春阳绵绵和风。丹江上浮起一层细软,水是碧绫,沙是素缟;那长堤岸柳,轻烟薄雾般逶迤而去,鹅黄嫩绿的似一道柔软的屏卫;那里,泉水甘洌,四季不绝;中秋月夜,和弟妹一起到小河里抓月亮;秋后农闲,下河捉鳖,上山撵兔,山顶放石,坡地里捞红薯;冬日暖阳,躺在门前的石板上做着长长的梦。这童年

---

① 鲁枢元:《生态文艺学》,陕西人民教育出版社,2000年,第211页。

的印象表现在他"商州"系列的作品中,孕育了《月迹》《丑石》等名篇,使他获益匪浅。

童年的贾平凹身体发育慢,个头低,长相丑,打架吃亏,体育课发愁,看女孩玩难为情,只好呆坐默想,去看"地缝里的一只蚂蚁,柳叶上的一个蝉壳,喇叭花上出现的白斑,向日葵上的两只彩蝶"①,他开始孤僻了。他说:"我不喜欢人多,老是感到孤独。每坐于我家堂屋那高高的石条石阶上,看着远远的疙瘩寨子山顶的白云,就止不住怦怦心跳,不知道那云是什么,从哪儿来到哪儿去。一只很大的鹰在空中盘旋,这飞物是不是也同我一样没有一个比翼的同伴呢?我常常到村口的荷花塘去,看那蓝莹莹的长有艳红尾巴的蜻蜓无声地站在荷叶上,我对这美丽的生灵充满了爱欲,喜欢它那种可人的又悄没声息的样子,用手把它捏住了,那蓝翅就一阵打闪,可怜的挣扎,我立即就放了它,同时心中有一种说不出的茫然。"②孤独的他沉浸于大自然之中,敏感多情,富于想象。他曾说山石和日月是抚慰他灵魂的两本大书。自然环境对他心灵的濡染是十分典型的,而那种耽于玄想的秉性似乎潜藏着某些可以成为作家的资质因子,一旦有适合其成长发育的环境,就会开出绚丽的花朵。

在他的童年生境中起作用的另一个因素是三婶娘无私的爱。父母不在身边时,他在三婶娘怀里夜夜衔着她的空奶头睡觉。她勤劳善良,为人忠厚,忍耐大气,尊老爱幼。他挨打,她护着他,还要忍受别的家长和孩子的恶言恶语。在贾平凹孤独的童年里,她温暖了他的肌体,呵护着他的心灵,涵养着他的精神。从他笔下的商州女子身上不难看到她善良忍耐的身影,《远山野情》中香香的勤劳善良,对不幸生活的坚忍,《火纸》中孙二娘对阿季的无私关爱,都依稀映照出三婶娘的美好心灵。她的爱对贾平凹独特艺术个性的形成发挥了较大的作用。他的爱心,对待逆境的韧性和大气,与三婶娘的言传身教有密切的关系。

---

① 孙见喜:《贾平凹之谜》,四川文艺出版社,1991年,第13页。
② 贾平凹:《自传——在乡间的十九年》,载《作家》1985年第10期。

三

贾平凹十四岁初中毕业回家当了农民。他身材瘦小,体力差,嘴笨,每天只能挣三个工分,连妇女们也不愿意和他搭帮干活。他很努力,主动请缨到水库工地去干活,搬了三天石头就被辞退了。作为农民,干不动体力活使他自卑、压抑、受人歧视。此时贾平凹的处境就是我们常说的身处逆境,即他处在一个不利于个体发展的环境中。在生态学上,逆境指干扰生态系统平衡,阻挠和限制生物个体或种群生长发育的环境因子。在自然界的生存竞争中,处于恶劣环境中的物种,要么渐渐衰弱、消亡,要么最大限度地发挥自己的优势,采取相应的对策,克服环境中的不利因素。他选择了后者,一种积极的人生态度。也是物种在逆境中的最佳对策。

那么,他的优势是什么呢?他从小学习好,字写得好。在书中得到了知识、朋友,也得到了村人的尊重,他替人写信、记账,获好评外,有时还能混顿好吃喝。这使他有了"天生我材必有用"的信念,他极力发挥自己的优势,抓住了一个偶然的机会——为水库工地写标语,并因此而改变了他的一生。水库工地上出色的表现,不仅使他重新找回做人的自尊自信,萌发了文学创作的冲动,而且被上边推荐到西北大学中文系学习。上大学是他人生的重大转折,也是他积极主动选择人生道路的结果。

五年的农民生活,他忍受了来自外界的各种压力,包括政治上的、经济上的(1970年父亲因政治问题回乡务农,家里经济一落千丈,他也背上"黑五类"的恶名)、人格上的、体力上的等等。如此恶劣的生存环境,不仅磨炼了他顽强的意志、坚韧的毅力,而且使他明白了生存竞争的激烈,以及适应环境、发挥自己的优势战胜环境的重要,认识到实现自己人生价值的艰难。

贾平凹初进大学,就赢得诗名,这激发了他文学创作的冲动。在文学的摇篮里尽情吸取养分的贾平凹不断投稿,不断收到退稿,但他不气馁,仍然在写呀写。因为他清楚地知道这是他的优势，论体力、相貌、家世，他与同学们都无法相比。虽然90年代以来贾平凹对城市文明进行了深刻的反思和批判，但是70年代他拼命写作的最直接的功利目的就是成名，然后留在省城。他曾说他喜欢的是西安的钟楼、图书馆，迷恋的是古都的文化氛围，但这些又何尝不是城市的组成部分。

他渴望城市生活，因为农村给他太多的压力。他跳出农门，但城市并没有像商州的大山那样敞开胸怀接纳他，他感觉到城里人的歧视和自己与城市的不和谐，从衣着、举止到生活习惯，他体验到城市生活的沉重压力，他要抗争。

然而，真正让他恐慌的是招生单上明明白白写着他们这批人是"社来社去"。如果回到农村，他的作家梦就有可能搁浅；如果回到农村，他就必须面对往事的难堪，重新适应他千方百计摆脱了的生存困境。"社来社去"是他必须时时面对的风险，还有贫穷、相貌丑陋、没有背景、政治上不进步、不适应城市生活，这些也是他生存必须承受的压力。然而，贾平凹把这些逆境中的风险和压力转化为文学创作的动力，变幻成一个个铅字，并因之获得城市的"签证"。大学三年，他在各类报刊上共发表纯文学作品二十五篇，毕业后被分配到陕西人民出版社文艺部做编辑。在激烈的生存竞争中，他又一次凭借自己的努力战胜了原本不利于他的生存环境，获得了继续发展完善自我的自然环境和社会环境，同时也更加明确了写作对他的重要意义。一个农村孩子，别无所长，要想在城市立足，要想出人头地，只有发挥自己的优势，而他的优势就是写作。

工作后，他利用所有业余时间进行文学创作，在全国各地的文学刊物上都能见到他的名字。小说的获奖、受众的喜爱使他成为名作家，市政府破例把他妻子调到西安，还破格为他分配了住房。写作为他赢来了社会地位、名誉、住房和作家名人良好的感觉。这一阶段，对于贾平凹来说写作似乎是一种谋生的手段，是作家在不利的生存环境下，为了维持生存、求取发展所采取的反抗方式，是他在环境中积极主动的选择——"目的性的选择"。可见，生存压力并不是个体必须被动承受的危险，它也可以创造更高的生命价值。

从以上对贾平凹文学创作动力的分析，我们不难看到，由风险、逆境构成的生存压力，必然会给个体带来肉体、情感、精神上的种种苦痛，这种种苦痛要转化为创造更高生命价值的动力，最终还将通过主体的目的性选择。H.加登纳说：艺术家总是倾向于"先把自己铸入到一个强有力的、自信的个体身上去"①。这样，风险、逆境、苦痛才会化作文学艺术家个体发育过程中的积极因素，在其文学艺术创作中发挥作用。

贾平凹的童年生境使他初步具备了成为作家的异质禀赋，西北大学中文系这一文学殿堂和古城深厚的文化底蕴为他成为作家提供了肥沃的土地和充足的养分，使他的文学艺术之花常开不谢。

四

一般说来，为写作而写作，为功利而写作，成功的范例并不多。把写作作为谋生手段很难产生伟大的作品。贾平凹在1983年之前的作品表现出了较强的理念化倾向和与时代共鸣的烙印，这与当时的时代环境和作家创作的动力机制都有关系。也就是说，这一阶段作家的个体风格尚未形成。此后的商州文学才使他真正走向成熟，形成自己独特的艺术风格。

1983年是他人生和文学创作的重大转折点。这一年他在城里有了属于自己的住房，不再有客居的感觉。房子——栖息地是生物个体生存的必要条件，用马斯洛的需要层次论解释就是他的基本生存需要已经得到满足，写作可以不再作为谋生的手段，作家可以向更高的需要层次去努力、去追求，可以去写那些最能激发自己情感的东西，他此后的作品一直在为人类寻找家园——生存的和精神的。

---

① H.加登纳：《艺术与人的发展》，兰金仁译，光明日报出版社，1998年，第319页。

钱谷融先生在《文艺创作的生命与动力》一文中说："一个作家总是从他的内在要求出发来进行创作的,他的创作首先总是来自社会现实在他内心所激起的感情波澜上。这种感情的波澜,不但激励着他,逼迫着他,使他不能不提起笔来;而且他的作品的倾向,就决定于这种感情的波澜是朝着哪个方向奔涌着,他的作品的音调和力量,就决定于这种感情的波澜具有怎样的气势和多大的规模。这就是艺术创作的'动力学原则'。"①情感,是扎根于生命本能与心灵的无意识之中的,是生命活力的蕴积。它或许是感性的、混沌的,却像富含营养的沃土,能够生长出茂盛的、明丽的作物。

贾平凹是性情中人,从小就敏感多情。成为专业作家后,他的生物体在城市得到了较好的安置,而精神却离开了滋养它的大自然,在城市的上空飘荡。同时身处城市的他在充分享受城市的优越条件时,也切身体悟了城市的弊病,他试图开掘商州文化传统中古朴美好的东西以注入现代城市文明,这是他回归商州的深层动力,也是他的又一次自主选择,因为商州是他的故乡,是他日日魂牵梦萦的地方,商州的自然风物、人情风俗最能激发他创作的激情。加之,用城市的视角关注商州,距离增加了美感。他发掘了商州文化传统淳朴的一面,也看到了故乡现代变异的一面,在《商州再录》中,他说他感到商州已经不是往昔的商州。在对商州文化心理的劣根性和惰性予以深刻的揭示、讽刺和批判之后,在《浮躁》中,他敏锐地抓住了社会变革转型期人们普遍的时代心理——浮躁,为他的商州文学画了一个圆满的句号,并在后记中称他的下一部作品将有重大的改变。

90年代以来,贾平凹的创作从题材、写作方式、审美追求到艺术风格都发生了重大的变化,而艺术风格的变化与文学艺术家所处环境的变化是密不可分的。然而,最根本的原因仍然是创作动力问题。

原载《宁夏社会科学》2002年第2期

---

① 钱谷融:《艺术·人·真诚——钱谷融论文自选集》,华东师范大学出版社,1995年,第143页。

心迹·突围·和谐

——贾平凹文学创作的动力机制（二）

贾平凹是一个多产的作家，其文学创作的风格和视角也不断发生变化，这一方面是源自作家丰富的生活积累，另一方面与作家旺盛的艺术创造力有密切的关系。如果说对真善美的执着追求成就了他的"商州文学"，那么，深知读者审美期待的作家为什么要改变自己的创作方向，将关注的视角转到对西京城市生活的描绘上呢？促成这一转变的深层原因是什么呢？本文将着重探讨这一问题。

一、《废都》《白夜》：情绪的宣泄与释放

自《废都》始，作家从创作观念、题材、艺术手法、审美意趣到文化价值取向都发生了很大变化。作家创作的直接功利性明显减弱了，成名的欲望不再占主导地位，对社会现实的关注也从社会现象本身深入精神探索和文化批判的领域。

商州文学奠定了贾平凹在当代文坛的地位，商州寄托了他的审美理想，然而浮躁的时代情绪同样笼罩在州河之上，商州也不是世外桃源。何处才是精神的家园呢？20世纪80年代中后期，作家回归商州的原因之一就是：在城市，他找不到自己的位置。如今，文学创作上的成功使他在文

坛、政坛都占有了一席之地，在经济上也跻身城市中产阶级。繁华、喧闹的城市安妥了他的生物体，而精神却始终在城市的上空游荡，难以安宁。尤其是创作《废都》前的那段日子，贾平凹经历了一些人生变故，诸如患乙肝久治不愈，母亲染病动手术，父亲亡故，妹夫死去，官司缠身，因为他人的缘故卷入单位的是非之中受尽屈辱，还有一些他不愿言明的对他来说更可怕的困境。总之，流言蜚语铺天盖地……他说："几十年奋斗的营造的一切稀里哗啦都打碎了，只剩下了肉体上精神上都有着毒病的我和我的三个字的姓名，而名字又常常被别人叫着写着用着骂着。"①从这段自叙中，我们不难看到作家痛苦的精神已濒临崩溃。正是此时，他用"自我作践"的手法开始创作这部安托灵魂的书——《废都》。

《废都》是一部融入了作家过多沧桑感受和真切心灵体验的书，有强烈的自叙传特色。他说："《废都》是生命之轮运转时出现的破缺和破缺在运转中生命得以修复的过程。生命越来越是一把沉重的铁锤，我不知道它打碎了玻璃后能否就锻造了利剑？我说过，《废都》是安托我灵魂的一本书，也说过《废都》是我'止心慌之作'。搞写作的人说顺了生命体验之类的话，对我而言，《废都》不仅是生命体验，几近于生命的另一种形式，过去的我似乎已经死亡了，或者说，生命之链在四十岁时的那一节是断脱了。"②

然而，到处是文化颓败和人文精神崩塌的西京，庄之蝶破碎沉沦的灵魂无所归依，作家的灵魂又如何安托呢？在这片废墟之上，作者并没有找到，也无从建构他的精神家园，那么作者的创作动机是什么？作品的意义何在？显然，动笔之前，作者没有为庄之蝶找到人生的出路，他和庄之蝶一起痛苦、困惑、寻觅；小说结束，他们仍然没有出路，仍然在寻觅。通过作品，我们至少可以看到西京不是一个理想的精神家园。作者在创作

---

① 贾平凹：《废都》，北京出版社，1993年，第520页。
② 贾平凹：《我要说的话——关于〈废都〉》，见《做个自在人——贾平凹序跋书话集》，内蒙古教育出版社，1998年，第190页。

中使自己备受压抑的情绪得以释放，使自己的痛苦得到宣泄，而这种痛苦和压抑的感觉绝非他个人独有的情绪，这是当今许多文化人共同具有的，只不过其他人未必有勇气承认而已。创作使作家获得宣泄后的快感，创作慰藉了他破碎的灵魂，使之不至于在沉默中灭亡，用作者的话说就是"止心慌"，吐之而后快。小说没有给出一个合理的价值归宿，作者否定了废都，试图寻找而没有找到灵魂的归宿。小说因此受到了缺乏社会文化批判意识的批判，这是作家的悲哀，更是我们这个时代的悲哀。试问，在世纪末颓废情绪的笼罩之下，在一片废墟之中，又有哪一位批评者能为社会、为人类提供切实可行的人文关怀呢？贾平凹勇敢地站出来承认并表现这种文化缺失和人格崩溃的状态，承认自己的精神危机，承认自己找不到出路，同时又执着地寻找精神归宿，这是精神探索者才拥有的人间情怀。的确，唤醒废都中沉迷的人们是艰难的，需要足够的真诚和勇气。鲁迅先生呐喊过，当时也是应者寥寥，颇为寂寞、彷徨。贾平凹也不是一个"振臂一呼，应者云集"的英雄，他曾坦言："史诗并不是我要追求的东西，我没有那个欲望（其实哪有所谓的史诗呢？）。我只想写出一段心迹。"[①]正是这段心迹激动着他、逼迫着他，使他不能不提起笔来写下这段心迹，聊以自慰。

《废都》的遭禁和来自各方面的压力使作家的精神更加压抑。在平庸浮泛的都市生活之海中沉浮，忍受不被人理解和被人误解的痛苦，内心的紧张焦虑、苦闷烦恼，心灵的无所依托深深地压迫着他，现实的生存状态与内心对真善美的渴望不断冲突、斗争，都是他无从摆脱、难以化解的。这种无法排解的苦闷和矛盾最终化为创作的动力投注到《白夜》的创作之中。

来自生活和精神的压力在特定的条件下可能转化为一种创造的动力，对于作家来说，压力和痛苦可能转化为艺术创造力。这在中外文学史上不断得到印证，司马迁就是一个实例。是否有艺术创造力是一个作家成败的

---

① 贾平凹：《我要说的话——关于〈废都〉》，见《做个自在人——贾平凹序跋书话集》，内蒙古教育出版社，1998年，第191页。

关键，尼采和苏珊·朗格都把它等同于生命力，并认为其根源是性的冲动和能力。荣格则称之为心灵能，认为它"起源于人所经历的生活经验。犹如食物被生理性的身体消化，转换成为物理性的或者生命的能量，人的生活经验也同样被心灵'消化'转换生成心灵的能量"[①]。它外化为"奋斗、憧憬和向往"。他认为真正的艺术创造就是这种心灵能在艺术家身上的显现。心灵能是艺术活动、宗教活动的内在驱力，在艺术活动中表现为想象。想象，总是被人们看作一种能力、一种力量、一种精神活动的能量。比喻、象征，这些"人类精神的特殊形式"，在布洛赫看来，都源发于人类的想象能力和乌托邦冲动，艺术想象的实质就是"欲望在现实世界的空缺"。

"欲望"与生物的机体、情绪密切相关。当欲望在现实世界的缺失无法弥补、替换时，生物机体就会发生病变，情绪就会紧张、压抑，渴望得到宣泄，这种欲望往往通过梦和想象（白日梦）来实现。贾平凹在商州和城市都无法满足的"欲望"，即对真善美的执着追求，化作强烈的社会批判意识和自省意识，投注到文学想象之中，用隐喻、象征表达出他内心的欲望。《废都》中庄之蝶欲逃出废都西京却中风倒在车站，这一情节象征着文化人在社会转型期找不到出路的苦闷、挣扎和痛苦。《白夜》中夜郎得到再生人的钥匙，视之若珍宝命根，却始终找不到能开启的那把锁，隐喻着夜郎试图超越自我寻求再生而不能的艰难处境。"精卫填海"隐喻着人的生存处境的悖谬。精卫是一个"异种"，非人非鸟，她要靠大海养活，大海又溺死了她的女儿身，使她异化。大海既养育了她，又夺去了她的肉身，因此，她恨大海，决心填平它。然而大海至今还是那样浩瀚无边。浮泛的都市生活淹没人性，使人异化，给人带来精神上的苦闷、失落与痛苦，使人厌憎仇恨又无处可逃。这种悖谬在《土门》和《高老庄》中得到更加充分的体现。

[①] 卡尔文·S.霍尔、沃农·J.诺德拜：《荣格心理学纲要》，张月译，黄河文艺出版社，1987年，第57页。

二、《土门》和《高老庄》：无望的精神突围

在现实世界和文学想象中，作家苦苦寻觅人类的精神家园，这种探寻的过程使他的情绪得以宣泄，然而情绪宣泄之后没有出路，又会陷入新的、更深的痛苦之中。所以，突出"围城"，找到归宿，才是作家的最高理想。

《土门》中成义企图在仁厚村建成一个"都市桃源"，规划出的却是一个带有浓重封建文化色彩的氏族村落，结果仁厚村被城市吞没，村人们连生存的家园都失去了，精神的归宿就更谈不上了。那么，乡村的出路在哪里？村人们的精神又向何处归依呢？乡土出身的子路不堪忍受精神的苦闷、焦虑，突出重围，从城市逃回高老庄，虽然得到了片刻回归的欢愉，但很快高老庄封建文化所造成的人种退化（从形貌到文化人格）又使他恐惧疑虑，他再次从乡村突围，逃回城市。

早在"商州文学"阶段，作家就试图用古朴的传统乡村文明为城市注入新鲜的血液，十几年来的苦苦追寻，却使仁厚村人失去了生存的家园，使高老庄人种退化，人类的家园究竟在哪里？城市化是不可逆转的时代潮流，但城市生存方式弊病丛生，农村本土文化保守封闭，在市场经济大潮冲击下蜕变、解体。这是历史的必然，在世界其他国家和地区也曾出现过类似现象，"地球村"的有识之士在惨痛的教训中不断总结经验，并为未来的人类提供一个又一个乌托邦。在《土门》中，作家也为我们设置了一个新型桃源——神禾塬，它拥有完整的城市功能，又有农村优美的自然环境，却没有西京的弊害、农村的落后。小说结尾，"我"（梅梅）问去山区还是留在城里，云林爷说："你从哪儿来就往哪里去吧。"恍惚中"我"进入一条隧道，一头是母亲的子宫，一头是神禾塬。神禾塬是一个理想的生态乌托邦，已被生态学家反复论证，作为未来社会发展的模式，也是作者目前能为我们提供的最好的家园。

在《高老庄》中，西夏被当作城市文化、现代文明的代表，她形体健美，开朗大方，真诚热情，观念开放，勇于探索，富有正义感。菊娃是乡土文化的产物，却具有较大的包容性，她处世沉稳，有主见有原则。她身上既有传统的美德（真诚善良，温厚宽容，善解人意），又不抵触外来的商业资本文化。她用沉稳自守的态度维持乡土文化与城市文化的动态平衡。这两个人物身上寄予了作家的理想文化人格。作者在情绪宣泄和文化批判之后，着手于建立新秩序，为人类寻找理想的精神家园，为人类指出新的、更加完善的发展方向。作家曾说："作品中的人物当然不是具体的作者，但作品中的人物无不贯注作者的思想感情，尤其主要人物。"[1]从庄之蝶、夜郎、子路到西夏、菊娃，他们精神探索的艰难曲折不正是作者对社会、文化、人生痛苦的思索吗？虽然有人指责他最终没有为人类找到精神的归宿，然而，对精神的执着追求却使作家永葆文学创作的青春。他说："生活如同是一片巨大的泥淖，精神却是莲日日生起，盼望着浮出水面绽出一朵花来。"[2]西夏、菊娃的精神世界不就是那日日升起的莲吗？她们的精神鼓舞着作家与颓废的庄之蝶们不断追求、探索，给予他们创作的激情和动力，激励他们在平庸浮泛的都市生活中不断寻找人生的意义。那么，什么是精神呢？庄子认为"精神生于道"，它"化育万物"，是一切生命的本源和真义，是一种玄奥微妙的宇宙基质，是一种形而上的存在，它与形骸相对。道家认为人的最高精神境界是"循天之理"，即顺应自然。作家曾多次谈到道家文化对他世界观、人生观的影响，《怀念狼》集中体现了他对人类最高精神境界——天人合一的追求。

三、《怀念狼》：追寻天人合一的理想境界

《怀念狼》是作者进入21世纪以来的第一部长篇，小说情节本身就是

---

[1] 贾平凹：《答陈泽顺先生问》，载《小说评论》1996年第1期。
[2] 贾平凹：《高老庄》，长江文艺出版社，2016年，第395页。

一个完整的意象世界。猎人傅山与记者"我"在商州为仅存的十五只狼拍照存档途中的所见所感,是小说的外在情节;作者把商州这一具体的生态环境作为一个意象、一个小宇宙,以之象征人与自然的关系,生态环境保护是小说的内在线索。在这个特定的生物圈里,"我"(一个生态保护主义者)、猎人傅山、烂头,那十五只狼,富贵(狗)、翠花(猫)、黄羊以及山上的一草一木,还有那神仙一般的老道,共同处于一个生态系统之中,他们相互依存,缺一不可,一同维护着自然生态的动态平衡。村人们曾受到狼的疯狂侵扰,于是他们疯狂地捕杀狼,致使狼在商州濒临灭绝,政府为了保护生态平衡而保护狼。狼受到保护后,反而生病了,集体向人进攻。人为了保护自己的生命财产,被迫猎杀了所有的狼,而人却变成了"人狼",一种喜欢攻击陌生人的具有狼的特性的动物。看似荒诞不经的故事,象征着自然生态平衡被破坏后,自然对人的报复和惩罚。自然生态系统中每一个生物体都有属于自己的序位。人—狼—黄羊—植物—大地,相互依存,共同维护着地球生态系统的平衡,而高居食物链顶端的人为了本物种的利益,掠夺性地开发自然,造成全球性的生态危机。狼的灭绝破坏了食物链之间能量转换的规律,引起了人的恐慌、焦虑、衰弱、异化,人变成了"人狼";黄羊失去天敌,丧失了生存竞争的能力,开始生病,日益虚弱。自然生态的平衡、人与自然的和谐,一旦遭到破坏,就会造成整个生态系统的混乱。《怀念狼》隐喻的正是人与自然的和谐被打破后,人类所处的荒诞情境。在谈到怀念"狼"的原因时,作者说:"正因为狼是以一种凶残的形象存在于人的印象中,也恰恰是狼最具有民间性,宜于我隐喻和象征的需要。人是在与狼的斗争中成为人的,狼的消失使人陷入了恐慌、孤独、衰弱和卑鄙,乃至于死亡的境地。怀念狼是怀念着勃发的生命,怀念英雄,怀念着世界的平衡。"[1]作者关注的是人类赖以生存的自然生态环境。小说的内涵丰富而多义,有对人类原始生命力的渴望,有

---

[1] 廖增湖:《贾平凹访谈录——关于〈怀念狼〉》,载《当代作家评论》2000年第4期。

对英雄和产生英雄的时代的追忆，又有对人与自然和谐的向往。作品采用归谬的逻辑思维方式，假定人类中心是合理的，由此推出一个荒诞的"人变成人狼"的结论，进而否定了人类中心说。作家借荒诞的故事表达自己对人类现实生存状态的忧虑，表现自己对"顺应自然"的道家审美理想的追求，对天人合一理想境界的渴望。

贾平凹对现实的关注是始终如一的，《废都》《白夜》突出表现了他对处于社会转型期的都市文人和都市闲人的精神关怀，《土门》《高老庄》在继续寻找灵魂归宿之外，又加深了对乡村氏族文化和城市文化的现实批判，《怀念狼》则具有更加深切的"人类意识"，直接关注生态问题，视野更加开阔。20世纪90年代以来，他所写的都是社会现实在他内心所激起的感情的波澜，是他对人生的真切体验、对文化的自觉追求。

可见，他的文化自觉意识、现实批判意识、生存忧患意识以及对现实变革的"干预"精神，也是他创作的潜在动力。强烈的社会责任感和个体精神的困惑压抑共同成就了他作家的存在。从作家的个人情感和精神追求入手去评价一个作家，把他作为"纯粹"的个体来对待，忽略其社会性，对贾平凹来说是不公正的。他在小说中所进行的精神探索绝不是作家个人的，而是世纪末都市文化背景下一种普遍的存在。他对乡村文明的忧虑，对城市文明的批判，对生态环境的关切，既是他现代意识的表现，也是他强烈社会责任感的体现。

原载《唐都学刊》2004年第5期

论贾平凹笔下"性"的符号意义

一、性,作为文化符号

帕克说:"文学就是表现自我,表现压抑的人性。自我的内核是欲望。艺术是欲望的满足。性爱不是以道德固定的东西。道德家的伤心事,正是艺术家的好机会。"贾平凹曾说:"此话正合我意!我以此而获过荣誉,也因此遭受过攻击。文学是张扬人性的,张扬和表现压抑是作家的使命。作品若是以道德家的标准而写,那是低劣的作家。"[1]表现作家对真善美渴望的"商州文学",使他获得了极高的声誉和众多的读者。《废都》对性的描写又使他遭到评论家和读者的批判甚至攻击。《废都》之前的作品重在写人对爱情的追求,《废都》则通过描写性以及爱与性的背离来表现备受压抑的人性。

性是文学艺术的永恒题材,围绕着性,人类编织了无数甜美的梦,挥洒了最纤细的柔情蜜意,发泄了最强烈的愤怒激情。性是最具增殖能力也是最活跃的话题。在绝大多数人类社会中,性都构成了目光聚集、焦虑指向、禁忌所在、兴奋度凝结的一个焦点,它"把大量起源于别处的矛盾集中到自己身上来:阶级的、性别的、种族地位的、一代人与另一代人之间的冲突、道德上的可接受性和医疗上的解释等方面的矛盾,在性欲这里

---

[1] 孙见喜:《中国文坛大地震——贾平凹畅销书创作出版纪实》,中国广播电视出版社,2000年,第329页。

有了一个交叉点"①（丁·韦尔斯）。性不只是人的生命本能和原始生命力，又是生殖的必要条件。它不仅具有生物性，而且是现实社会众多矛盾的聚合点和交叉点，它具有社会性，是一个文化符号，具有深刻的文化内涵。早在人类告别了动物群体之后，人类的性就进入了文化领域，获得了文化的规定。人类的性行为，已经不是本能的反映了，它是包括思维、语言、情感、意识形态影响在内的社会心理因素与生物学因素的相互作用，是整个文化积累和本能延续交织、冲突和调整的结果。不同的民族、不同的文化对性爱有不同的观念。同一文化，在不同的历史时期，对性爱的理解、规范也是不同的。有人说20世纪50年代到80年代，是中国历史上性禁锢比较严酷的时期，"文革"十年表现得更加突出。《废都》中过于暴露、细腻的性描写在小说发表之初就受到评论界的质疑和部分读者的指责。

无论在中国，还是在西方，性问题历来是权力斗争的利器。不同的政治集团和个人无不用它来攻击对手，美化自己，性成为政治经济斗争中的有力武器。在中外文学史上，作家们通过人类在性问题上的态度表现不同时代不同国度政治、经济、文化等方面的特征和差异。在中国"五四"时期的小说中，性是作为工具或某种革命性的社会力量来运用的，个人的性爱悲剧指认的是现实社会的不合理，挑战的是传统的封建道德观以及"国矫饰习气"，作家们试图借外在的社会力量来肯定性的合理性，个人无力为性作出承担，在现实中个人的性欲得不到外在力量的庇护，从而导致个人在新的社会机制中感伤、苦闷。《在延安文艺座谈会上的讲话》发表后，性由革命的动力演变为与国家同体的关系。新时期以来各种观念纷至沓来，性观念也受到强大的冲击。80年代中后期，性从革命与国家的机体内被释放出来。由于性长期以来受到压抑和禁锢，没有自己独立的个性，加之西方性解放与中国传统性观念中某些腐朽堕落因素的死灰复燃，人们

---

① 转引自户晓辉：《解读文化中的性快感》，见叶舒宪：《性别诗学》，社会科学文献出版社，1999年，第127页。

在追求美好爱情与追求"性放纵"这两个方面不断发生冲突,以致人们对美好爱情的追求在现实中不断受挫,爱欲和性欲不断分离,理想和现实的矛盾日益激烈。《废都》的出现就是这一社会现实的集中体现。《废都》对庄之蝶性爱悲剧的形而下的描绘,直接的指向是对城市文明的反思和批判。小说以个人性爱悲剧为外衣,书写着时代的悲哀,但个人性爱悲剧的制造者却是个人在现代城市文明中的无所归依以及人的本真生存价值的丧失。作家曾明白地说:"《废都》通过了性,讲的是一个与性毫不相干的故事。"可见,作家对性的使用,从根本上说并没有突破"五四"时期性爱小说的模式,性仍然是工具,是文化符号,而没有真正成为个人的内在本质。这与王安忆的《小城之恋》《荒山之恋》《锦绣谷之恋》和《岗上的世纪》等小说不同。在王安忆笔下,性本身就是一切,它按自身的潜意识规则运行。作家试图将性从道德、政治、经济、文化等各种束缚中解脱出来,还原到纯自然的人类本能状态,以此来探索人类的生命本源。贾平凹则通过个人的性爱悲剧反映丰富的社会历史和文化内容,通过性这个焦点表现个人在文明发展进程中所受到的压抑,从而揭示城市文明的缺陷及其孕育着的城市文明的危机。

二、病态的男性世界

自《废都》始,性作为一个文化符号,频频出现于贾平凹的小说。他笔下的男人也如九斤老太所说是一代不如一代。庄之蝶一出场就是一个性无能者,具体表现在他的婚内性生活,一是如牛月清所言在性生活上哄她个半饥半饱,二是因他的性无能使他们在想要孩子时却怀不上,[①]不得不边治病边求人代替自己孕育生命。这种状况对于西京四大文化名人之首的庄之蝶来说简直是奇耻大辱,也是他自卑、苦闷、压抑的精神根源,更是

---

① 贾平凹:《废都》,北京出版社,1993年,第60页。

他与几个女人性纠葛或性游戏的深层或潜在动机。与他有过性行为的四个女性——牛月清、唐宛儿、柳月、阿灿，牛月清、唐宛儿对他的性无能都有过体会，唐宛儿和柳月初识就认为他性压抑，只有阿灿和他达到了片刻的灵与肉的结合（当然这与阿灿对他始终无所求只想再美丽一次有关）。在婚姻中性无能的他，在婚外性游戏中却显得生机勃勃，并使两个女人（唐宛儿和阿灿，其中唐宛儿为他堕过胎，阿灿在与他分手时称自己已经怀上了他的孩子）孕育了生命。[①]然而性冒险的辉煌战绩并没有使他摆脱精神的苦闷和压抑，形而下的性是无法取代形而上的人文思考的。性不只是纯生物的本能和发泄，性是各种社会矛盾的交叉点。庄之蝶也不是动物性的人，处于商品经济大潮中的文化名人是他在现实生活中的定位，正是这一社会性决定了他的现实人生。和他发生性纠葛的女人（牛月清除外，因为他们结婚时他还没有出名）无一不是冲着文化名人来的，作为生物体的他，从形体和外貌上，似乎很难唤起女性的性欲。但是千百年来男性文化的积淀使女人在寻找性爱和婚姻对象时看重的不是男性的外貌，而是男性的社会属性——社会地位、金钱、才能等。庄之蝶一旦发现性游戏的对象在性之外另有所图，就会表现出明显的退缩和厌恶。柳月主动到他家做保姆，对他百般照顾，万般体贴，不惜以身相许，其目的无非是希望有一天能取代牛月清；唐宛儿多次提出要他离婚，事情败露后，还要千方百计做一回庄家的主妇，找到做主妇的感觉，结果却造成庄之蝶的性无能。对柳月的厌倦表现在心理活动和行动上；对唐宛儿的厌倦是他潜意识中的，是通过性无能表现出来的，曲折隐晦，却更加深刻，难怪有人说庄之蝶的不幸就在于他不爱唐宛儿了，却还要迁就她对他的爱。

庄之蝶在与景雪荫的交往中始终受到压抑，因为景雪荫无论社会地位、家庭背景、个人相貌都明显地优越于他；在与牛月清的婚姻生活中也受到压抑，一是婚后没有孩子，二是他在经济上依赖妻子。在他的现实生活中，性

[①] 贾平凹：《废都》，北京出版社，1993年，第392、303—304页。

压抑无疑是最刻骨铭心的、最原始的、最个人化的。因此，在声名鼎盛、慕者如云时，他才会有"缺"，才会冒险"求缺"，才会在"求缺屋"与唐宛儿做爱，与阿灿一起实现生命的美丽。一系列的性游戏帮助他找回了男人的自尊和自信，也使他陷入更深的"缺憾"，而且缺口越来越大。景雪荫因为周敏文章中影射她与庄之蝶恋爱而与之对簿公堂，牛月清因为他与唐宛儿的恋情扬言要与他离婚，柳月为了他的官司下嫁市长的残疾儿子，唐宛儿被丈夫抓回潼关，阿灿为爱避而不见。通过性游戏摆脱压抑寻求精神解脱的企图破灭了。对庄之蝶来说，性生活的缺憾与失败并不是偶然的，是由他所处的社会环境、经济地位、名人身份、文化氛围以及个人性格等相互冲突形成的。作者在小说中着意刻画的是一个还未完全丧失良知的文人在城市文明中的痛苦与困惑，而不是一个关于性爱的悲剧故事。

小说结尾庄之蝶出走中风，躺在火车站候车室的长椅上，这时，另一个出走者周敏看到候车室窗外的女人竟是唯一与庄没有发生性关系的汪希眠的老婆（和景雪荫的结婚和离婚是在亦真亦幻的情境之中进行的）。性是最原始的人类生存的动力，是人类社会赖以发展的原初动力，在现代文明社会，性成为工具、手段，成为男人征服女人、实现自身价值的工具，成为女人改造自身命运的手段。小说结尾这一特写镜头，使我们看到作为原始生命力的性反而是最靠不住的，也使我们陷入新的沉思：道德这一人类文明的标志在当代城市文明的发展中具有怎样的意义？它能否继续作为未来人类文明的曙光？庄之蝶为发泄性欲而背叛家庭，在他最压抑、最痛苦的时刻，出现在他身边的竟是与他暗恋十几年的朋友的妻子，爱与道德为我们留下了丰富的想象空间，也暗示出作家的主观价值判断。对爱的渴望、对传统道德规范的依恋透过一个镜头表达出来。遗憾的是作家的写法太过隐晦，用他的话说就是"形而下"与"形而上"没有达到有机的结合，以致使大量的性描写冲淡了深刻的思想主题，引起部分读者的误读。

贾平凹笔下的性描写在以后的小说中明显减少，也远没有《废都》暴露，但性仍然是小说情节和人物性格发展的重要契机，而且每部小说对

"性"都有更进一步的挖掘。《白夜》中，夜郎在对颜铭的性欲和对虞白的爱欲之间犹豫、徘徊，屈服于性欲和世俗生活，又迅速逃离，表现出一个精神探索者的觉醒，以及找不到性、爱、家庭切合点的困惑和痛苦。也就是说在现实生活中个人无法实现灵与肉的完美结合。邹云为了金钱出卖爱情、出卖性，以满足个人的虚荣心。丁琳过着性与爱分离的生活，自得其乐。吴清朴把性压抑化为动力，拼命工作。宽哥在老婆的压抑下把情感寄托于音乐，用家庭责任和道德义务来完善自己。每个人都在现实生活中寻找属于自己的最佳位置，为自己寻找精神慰藉和解脱。庄之蝶曾经对自己的婚外性生活发出过"我是坏人吗"的疑问，但是夜郎对颜铭和虞白却没有丝毫歉疚，特别是对颜铭，嫌她不是处女，嫌她没有城市味，在她生了丑女儿之后遗弃她们。夜郎对性具有强烈的自主性，是典型的自我中心主义者。他先与颜铭同居，后追求虞白，在追求虞白的过程中又与颜铭发生性关系并使其怀孕，与颜铭结婚后仍去找虞白。以城市多余人或闲人姿态出现的他，在都市生活中找不到自己的位置，性成为他实现人生价值的唯一途径。颜铭的假面和虞白的逃入艺术世界标志着他性奋斗的彻底失败，留下的是一切皆假一切皆幻的虚假世界，特别是吴清朴的死和宽哥的垂死给小说笼罩了一层绝望悲凉的氛围，还不如来它个白茫茫大地一片真干净，然而，沉浮于都市浮泛生活中的人们却无处可逃。人的精神家园到底在哪里？人将向何处去？

《土门》写乡村城市化问题。作者对乡村和城市持双向批判的立场，认为城市和乡村都是残缺的世界。小说中的仁厚村人大部分是残缺人物，如云林爷、梅梅、成义等。他们的性行为和性观念都有缺憾：梅梅与老冉做爱不成；成义为控制生育，要梅梅买避孕药定期投放在村里的饮水池中，对超计划生育的村民，他像抓逃犯一样抓去拍片刮宫；连眉子那条丧失繁衍能力的狗都有"亮鞭"的毛病，而"鞭"是生存繁衍的象征。仁厚村从人到狗，从性行为到性观念都是残缺的，作者借性的残缺与顽强写出了乡村氏族文明的生命力是如何随着城市文明的扩张挤压，逐步丧失其继续繁衍的能力的。

《高老庄》写子路还乡寻找精神家园无望而返的经过。在高老庄他不但没有精神归依感，性功能也越来越差，性行为方式也变得粗鲁、草率，而他自己竟丝毫没有觉察。这引起西夏的沉思，对比他在城市的举止，她发现比城市人还城市化的子路一回到高老庄连性功能都退化了。她认为这是汉人的退化，其原因一是高老庄人种太纯，一是高老庄的水土即自然和文化生态的特异性。西夏的抱怨使子路联想到村里庆升两口子不行了要借种及"牛坤不行了"的话。他恐惧了，他担心"再过十年，二十年，高老庄人最大的困境倒不是温饱，而是生育了"[①]。他感到一种来自生命本体的危机，以致夫妻俩不敢在高老庄怀孕，担心生下的孩子畸形，而子路潜意识中试图通过西夏这个大宛马换种的愿望也愈加明朗。男人性功能衰退、人种退化在小说中是乡村文化衰退的具体表征，作家以之寄托的是对传统文化的深刻反思。这里，性已经不再是"形而下"的、个人的，它已经上升到理性的高度，成为一个社会问题，并直接威胁着整个民族的生存和繁衍。男性社会的生命力在衰退，在潜意识中男人希望通过健康鲜活的女性生命来改造男性社会，为之注入新鲜的血液，在理智上他们却并不愿意承认。高老庄男人性功能的衰退标志着以乡村文化为代表的男性社会正在走向没落。

《怀念狼》中，猎人们的性欲主要是靠手来满足的，这一方面是由于他们经常在山里活动，身边没有合法的或合适的性对象，另一方面是由于他们担心和女人在一起会失去阳气，有损他们的勇气及其在村人心目中的高大形象。不仅如此，小说中的狼和黄羊在失去天敌后繁殖力也有所下降。无独有偶，人在失去自然界的天敌成为自然的主宰之后，反而退化了，失去了人的原始生命力，异化为人狼。作家为我们描述了生态环境破坏所造成的人与自然之间的矛盾和冲突。猎人们为了猎狼而压抑自己的性欲，这种压抑是崇高的，是为了实现更高的人生价值，性压抑在狩猎（为

[①] 贾平凹：《高老庄》，太白文艺出版社，1998年，第318页。

民除害）中升华为一种英雄豪气，这种豪气在保护狼期间无处释放或转化，于是他们得了怪病，傅山就是一个典型。烂头属于另一类型，他的病根与傅山们完全相同。狩猎时他是英雄，有女人喜欢、崇拜，他的婚外性冒险几乎都发生在狩猎途中。禁止猎狼使他失去了性游戏的机会，使他的生命本能无法释放，从而导致肌体的病变。猎狼实现了猎人们的人生价值和理想。人的原始生命力通过狩猎得到升华或释放，狼成就了他们作为猎人的存在。狼灭绝了，他们的人生价值何以体现？难怪他们要怀念狼呢。

贾平凹笔下的男性似乎都是病态、无能的，这对于男性社会来说不啻莫大的嘲讽。男性社会对男人社会性的充分肯定，使女性在选择性对象时更看重其社会和经济地位，而不是其作为生物体的原始生命力。这里，性并没有作为人的内在本质来表现，而是作为一种社会力量得以表现的。

三、爱与性的背离意味着人的精神人格的分裂

现代科学证明几乎一切生物都有性能力，性是最原始的生殖力或生命力。从整体上看，人的性行为与动植物不同，它要受到社会伦理的制约。人不仅有性欲，还有爱欲。欲是从后边推动人盲目行动的力，爱欲是从上边引导人飞升的力。也就是说爱欲是人区别于动物，向"自由"人提升的力。性欲属于生物能量，爱欲显然是一种精神能量。人最高的性理想就是性欲与爱欲的完美结合，换句话说就是性对象与爱的对象合为一体。这是人类文明发展的动力和目标，也是衡量一个社会文明程度的重要标准之一。个体的集体无意识中都有一个性爱乌托邦——性与爱的完美结合，人类为之付出了血泪的代价，谱写出无数美丽的篇章。然而，在贾平凹90年代的作品中，性与爱却表现出明显的背离。

《废都》中共有六个女性与庄之蝶发生过性与爱的纠葛，其中牛月清是他的妻子，景雪荫是他的初恋情人，汪希眠的老婆是他朋友的妻子，他暗恋人家十几年。对这三个女人，他是有爱欲的，但由于种种原因，始终

无法与她们达到性与爱的完美结合。在妻子面前他性无能；景雪荫,他连手都没敢拉过,在幻觉中却既与之结婚又与之离婚;对汪希眠的老婆,他有性冲动,却受到社会伦理的制约。唐宛儿和柳月性感、热情、主动,对待性的态度随意,身份、地位比他低得多,她们崇拜他,迷恋他;他俯视她们,宠幸她们,给她们钱花,满足她们的性要求;和她们在一起,他随意、放松,性能力和性技巧发挥得淋漓尽致,她们是他的性对象、玩物,而不是爱的对象,更不可能成为婚姻的对象。这一点,柳月比唐宛儿更清醒。对庄之蝶来说,一旦性对象有了进一步的要求,他就会厌倦。对他来说,性与爱完全是两回事。和阿灿的性交往是他生命中的一个亮点。阿灿美丽脱俗,待人实诚,闪现出人类本性的自然和淳朴。她充分肯定了自己作为人的最基本的需要,勇敢地追求爱情,为了生命的美丽和正义不惜牺牲一切。作者把她作为性爱的理想为庄之蝶和我们留下一个美好的希望,然而,她出走了,为爱放弃了性,她清楚地知道性与爱的理想境界不会在现实中成为永恒。庄之蝶与她达到了性爱的最高境界,他找不到她就意味着他的肉体与精神无法融合,他的灵与肉将永远分离。作为文化名人和作家,他的精神人格是不完善的。

尼采认为艺术创造力与性力是同一种性质的活力,艺术家"对艺术和美的渴望是对性欲癫狂的间接渴望"[①]。"性欲决定论者"弗洛伊德曾强调性欲只有经过升华,才能进入审美和艺术的境界。当性欲升华为爱欲,成为一种精神能量,它才能激发艺术家进入审美和艺术境界。性与爱的分离使庄之蝶的精神人格始终处于分离状态,作为作家他无法产生创作激情,陷入内外交困之中。他只有出走、逃避。夜郎把性欲发泄在颜铭身上,把爱的理想寄托在虞白身上,所以他永远也找不到再生人的钥匙能开启的那扇门。他的精神只能继续在西京那残破的城墙上空游荡,永远也找不到栖息的家园。傅山只有性欲,没有爱欲。在现实生活中他没有正常的

---

① 尼采:《悲剧的诞生——尼采美学文选》,周国平译,生活·读书·新知三联书店,1986年,第350页。

性生活，没有正常的家庭生活，甚至没有多少亲戚朋友，他的人生充满了缺憾，他的结局暗示着猎人这一独特群体的消亡，预示着人与自然和谐的关系被彻底打破以及恢复这种和谐的艰难。他性欲的非正常发泄与他狩猎中的英雄豪气使他的人生充满悖谬。人在征服自然的同时也丧失了自我，丧失了人赖以生存的精神支柱。夜郎和傅山们的精神人格都是不健全的。

作家通过对男性社会中男人性观念、性生活及其性行为方式的描写，表现了他们精神上的困惑、痛苦和失落，刻画出了都市文人和都市闲人的现实生存状态及其找不到精神归宿的迷茫和痛苦，从而揭示出现代城市文明对人的异化，以及作家对日益丧失原始生命力的人类的深切关怀，对现代城市文明的深刻反思和批判。然而，作家的美好设想与作品实际表现出的"意义"存在一些差异，作家试图通过"性"这一符号表现和象征的意义并没有完全表现出来。作品的"开放性"较小，使读者无法以不同的方式阐释它而不损害它的独特性。阐释者完成的作品与作家文本所表现的"意义体系"出入比较大，作家曾多次坦言读者对他的文本产生了误读。究其原因正如罗兰·巴特所说，作品构成一个"意义体系"，"如果其中的所有话语未能找到易为人们所理解的合理位置"，这一体系"就没有完成"。[1]也就是说，造成读者误读的原因不是读者欣赏水平太低，也不能归咎于批评者没有作出正确的引导，而是文本本身所使用的符号与意义体系之间的矛盾，是文本本身的问题。当然这与作家对话语符号体系的运用及意象世界的建构也有关系，作家试图用"形而下"的性来表达自己对世界的"形而上"的人文思考，又要照顾大多数读者的审美趣味和接受能力，以致影响了作品意义体系的建构。可见，"性"这一文化符号在贾平凹笔下的意义并没有得到充分体现，也没有得到大多数读者的认可。

原载《唐都学刊》2002年第4期

---

[1] 转引自让-伊夫·塔迪埃：《20世纪的文学批评》，史忠义译，百花文艺出版社，1998年，第240页。

也谈《秦腔》的可读性

贾平凹的《秦腔》发表以来，引起了评论界与读者的普遍关注，毁誉不一。最多的指责是小说读起来太累，即"硬着头皮读《秦腔》"。贾平凹所有的长篇小说，我都读过，对他的语言和叙事技巧都比较熟悉，自认为他的小说并不难读，为何会有《秦腔》难读的说法？带着疑问，我耐心地阅读了《秦腔》，发现"硬着头皮读《秦腔》"在很大程度上是媒体的一种炒作，是一种营销策略。即评论界给予作品极高的评价，媒体又宣传"小说难读"，以此来刺激冲击读者的感官，利用读者的逆反心理，激起读者的阅读兴趣，使小说上市以来一直雄踞畅销书榜首。

小说出版之前，就有媒体称《秦腔》彻底突破了以故事情节支撑作品的创作模式，抽取了小说中故事、悬念、情节等重要元素，采取的是一种生活漫流式的细节连缀，带有反情节甚至反人物、反性格的特点。阅读行为发生之前，媒体就造成了先声夺人之势，读者和部分评论家带着畏难的情绪去阅读作品，用现成的观念去生套小说情节，从而得出了"阅读艰难"的结论。当然这与作家本人也有较大的关系。贾平凹在《秦腔》后记中说："写的是一堆鸡零狗碎的泼烦日子，是还原了农村真实生活的原生态作品，甚至取消了长篇小说惯常所需的一些叙事元素，对于这种写法，作家是要冒一定风险的。"这一表白给了某些人以口实，似乎这是作家有意为之，是作家的又一次叙述革命。其实不然。这部小说的确取消了长篇小说惯常所需的一些叙事元素，却加入了传统民间戏曲或者说秦腔的一些戏剧性因素，尤其是人物形象的塑造和人物关系的组合，都暗合了秦腔的脸谱化和角色设置的模式。

秦腔在小说中有丰富的象征意义和文化蕴藉，大量的曲谱必然有其深意，我觉得那些曲谱不仅是小说情节的内在节奏，而且是人物性格和情绪的外在表征。遗憾的是，大多数读者都不大懂秦腔曲谱，即使稍懂也没有足够的耐心在阅读中哼唱，更不可能像作家那样去感受乐曲节奏与小说情节节奏的同步性。所以作家精心设计的这些曲谱很难得到普通读者的共鸣，但是视觉的冲击力还是存在的，同时也使行文显得生动活泼，不厚道地说，也显得作者博学多才。

小说中的主要人物都是按秦腔角色的行当来设置的，具有类型化倾向。秦腔传统"组班制统"的"四梁四柱"就是《秦腔》人物设置的基本结构，"四梁"指头道胡子生、大花脸、正旦和小旦，"四柱"指二道胡子生、二花脸、小生和丑。叙述人张引生是一个疯子，或"圣愚"者，他的言行是秦腔舞台上典型的"丑角"形象所特有的；夏天义正直无私、吃苦耐劳，又骄横霸道、固执己见，俨然舞台上疾恶如仇的"大花脸"；夏天智是一个乡土"智者"的形象，他严于律己，追求道德的完善，仿佛清风镇上长须飘飘的"诸葛亮"；白雪在舞台上和生活中都是正旦，她身上具有中国传统女性的所有美德，集真善美于一身，她的命运是悲惨的，她本人是无过错的，她的悲剧是震撼人心的（在小说中，她是一个符号，既不真实，又不可爱）；翠翠敢爱敢恨，向往纯真的爱情和城市的文明，性格热烈鲜明；君亭有远见有魄力，办事果断，责任心强，善于玩弄权术，偶尔还有一点"白脸"的奸诈；夏风是一介文弱书生，才子的劣根性在他身上得到充分体现；等等。看来《秦腔》不是反人物、反性格的，而是典型化与类型化的结合。

作家早就预见到他写的那些鸡零狗碎的日子，叙事缓慢、沉闷，习惯快节奏的读者可能会出现某些阅读障碍，所以他给沉闷的生活流添加了一些作料，不时出现的黄段子，赵宏声的对联，秦腔唱段、曲谱等，都是吸引读者眼球的噱头，当然也有结构上的作用。

不仅如此，作者还有意识地使用了一些民间文学惯常的故事模式，以增加作品的可读性。家族叙事模式，小说用夏家祖孙三代新中国成立以来的辉煌与没落，串起半个世纪的中国政治社会文化变迁史，展现了改革开放以来农村社会转型期乡土的阵痛和乡土人的现实生存与精神困境。夏风与白雪的才子佳人模式；引生"癞蛤蟆想吃天鹅肉"式的暗恋；夏天义愚公移山的精神；君亭与夏天义，夏雨与夏天智之间潜在模式下的"弑父故事"。数个铁三角关系的确立——村委会是君亭、上善和金莲三人，七里沟开荒是夏天义、哑巴和"我"三人等——使人物关系更加明晰。三角恋爱、偷情等故事也满足了部分读者的猎奇心理。制造悬念是贾平凹的专长，夏天义数次在俊奇家门外无端地徘徊，他对俊奇娘那欲说还休的深切关怀，以及俊奇娘年轻时的"失魂"往事，既丰富了夏天义的情感世界，又吊起了读者猎艳的胃口，更契合了作家和读者"英雄美人"的文化心理定式。

一部小说运用了这么多传统的叙事技巧和读者喜闻乐见的故事模式，读起来应该不会太困难。但故事太多、太杂，情节不集中，就可能产生"阶段性阅读"的特点，就像《水浒传》《西游记》《三国演义》的阅读，读完"武松打虎""孙悟空三打白骨精""火烧赤壁"后，人们能耐住性子"且听下回分解"。《秦腔》就像现代的电视连续剧，不是没有高潮，而是高潮太多，犹如舞台上整晚都演折子戏，每一折都是演员最拿手的，都是一出戏中经典的唱段，结果观众也说不清哪一折演得最好。处处是高潮，等于无高潮，就好像行走在高原上，人并不觉得自己站得很高一样。这是《秦腔》让人恼火的地方。

贾平凹是一个创作技巧娴熟的作家，在创作过程中不可能忽略潜在读者的因素。他虽然以纯文学作家的身份出现，其作品却始终排在畅销书排行榜的前列，因此，他绝不会无视读者的审美期待，做无意义的先锋试验、叙述革命。《秦腔》之所以畅销，除小说深厚的文化底蕴之外，叙事模式、媒体炒作和营销策略也是不容忽视的因素。与此同时,第六届茅盾文学奖获奖作品就远没有这样的幸运,我想,这是值得作家、评论家和出版界关注和深思的。可见,不管作家和主流意识形态的意愿如何,文化消费市场都已强行将作家及其作品纳入了自己的运行轨道。

原载《文学报》2005年8月4日

文学如何超越现实生存

——从贾平凹十余年来的长篇小说谈起

一

新时期文学从审美、审丑到"溢恶"的审美选择是当代人审美意识的转变在文学上的集中体现。欲望是人的本质属性，是文学的永恒主题，但用什么样的话语方式表现人的本能和欲望却是作家的艺术选择。欲望不是不能写，而是该怎么写。

十七年文学、"文革"文学很少或根本不写人的本能欲望，新时期以来，"人""人性"被重新发现，人的本能欲望受到前所未有的尊重和表现，人的性欲、爱欲、物欲、权欲、贪欲等等都得到应有的展现，直至在一些文学作品中出现人欲的泛滥。《爱是不能忘记的》《被爱情遗忘的角落》等对爱的执着追求；张贤亮对人的饥饿感和性饥渴的刻骨铭心的描写，至今还震撼着我们的心灵——章永璘被饥饿折磨得产生了幻觉，还兴趣盎然地欣赏饼子上的指纹。那些作品中的性描写是含蓄的，运用的语言是充满诗意的。随着改革开放的不断深入，人的欲望也随之极度膨胀，文学作品开始讲述一个女人为了填饱肚子坦然地与陌生男子野合的故事，出现了莫言对"活剥人皮"的暴力行为的诗意描绘，余华对杀人的冷静客观的叙述，卫慧、棉棉、九丹们肉欲的宣泄。文学语言也开始被

"丑""恶"所统治，贾平凹的"□□□□"，以及某些作家行文中大量出现的"×"，不像在遮蔽，更像在引诱，唤起读者在某方面的丰富想象力。原生态的话语狂欢，直接导致了文学语言的粗俗化，作品中大量出现原始的、粗俗的动物性的野蛮行为和生理快感的渲染。值得一提的是董立勃近年的小说，他善于用男女间的"那点儿事"结构小说，似乎女人要成长就只有通过"那条终南捷径"，这无疑抓住了大众最敏感的那根神经。性是人性冲突最激烈的所在，作家的审美选择本来无可厚非，但是作家的语言表述不由人不产生怀疑。董立勃的小说语言是真实的、原生态的、日常生活化的，但未必是美的，例如《风吹草低》，曾有人说，这篇小说"读来让人阵阵作呕"，如果说对话的"粗俗"是为了表现人物的本真形态，那么叙述语言呢？能否给人一些美感、诗意？语言风格的转换不是也能使行文更加生动活泼吗？难道对弱势群体的人文关怀只能用这种不加修饰的、粗陋的语言来表达吗？语言的堕落是作家文化价值追求与审美取向的选择问题，也是文学编辑们对大众低级审美趣味和猎奇心理认同的一种表现。人文知识分子社会启蒙的神圣职责，社会精英的伦理示范意义，正在"欲海"沉浮中经受着严峻的考验。贾平凹是最能代表新时期以来审美意识转变的作家之一，下面我们将以他十几年来的长篇小说为例进行阐释和批判。

二

贾平凹在《商州初录》前后，为我们创造的是一个纯美的世界，他的作品从语言、意境、人情到人物现实的生存环境都是至真至善、至纯至美的，是超越现实生存的。"商州"犹如沈从文笔下的"湘西世界"，是"应该如此的人类的精神家园"，是人类"理想的诗意的栖居地"。二十多年后，同一个"商州"在《秦腔》中已成为乡土文明终结的象征，成为作家为"故乡"吟唱的一曲挽歌。

自《废都》始，贾平凹的创作就从审美转向了审丑，从对人类精神理想的追求，转向了对人类现实生存状态的客观摹写。他较早地写出了知识分子在社会转型期所面临的精神困惑，人在现实中孤独寂寞的痛苦情状，以及人在"围城"之中无处可逃又找不到出路的尴尬处境。一个作家敢于面对自身与人类的缺陷，用艺术的语言客观准确地将这些缺陷展示出来，十几年来承受评论界和读者的"捧杀"与"棒杀"，是很不容易的。无论在何种情况下，都能用心灵去感悟世道人心，并将自己的感受、"心迹"细致地描摹出来，与广大读者交流对话，这份真诚和坦率的确让人感佩。

然而，作家个人的审美选择与时代文化话语之间的冲突、妥协也是不可避免的，贾平凹最后认同了时代和大众的审美追求和选择（这里我们不追究他产生这种认同的原因）。这种审美追求内化为作家的生命体验，成为他审美情感的外在表现形式，为作家带来了巨大的声誉和可观的经济收入，也招致了一些评论家的质疑和批评。通常情况下，身体病弱的人，内心深处往往充满对美与和谐的深切渴望，易于感受美，对外界的反应也极其细致敏锐，在潜意识中，常常会产生美化现实生存境遇和人类情感世界的原始冲动。这种内在要求一旦在现实中遇挫，"丑"和人性的"恶"就会强烈冲击病弱者敏感的神经，甚至扭曲他们的心灵。贾平凹自称"文坛上著名的病人"，他对"纯美"的追求在市场经济大潮的冲击下，不可避免地受到世俗化、欲望化的审美选择与价值取向的影响，加之个人遭际给他心灵深处烙下的难以愈合的创伤，使他对丑产生了异于常人的感受力，从而产生出一种渴望表达的原始冲动，并转化为文学创作的动力。审丑成为他的审美选择。对"纯美"的追求，对"丑"的刻画，对"人性恶"的展示，都是作家生命本体的内在需要。丑作为一种美的形态，早已被美学和文学艺术所确认。波德莱尔在《恶之花》中虽然描绘了腐朽、丑陋、肮脏的事物，如垃圾、苍蝇、蛆虫等，表现人的本能欲望的邪恶等，但他的语言是优美的、充满诗意的。丑是客观存在，作为一种美学范畴，它必然要在文学中得到展现,现实的丑恶、人物内心及言行的粗鄙不可避免地要成为文学的对象,问题在于作家如何表现丑。

《废都》客观地描述了当代社会阴暗、腐败的现象,控诉了当代社会的精神饥荒,描绘了那些所谓的"社会精英"在物欲中沉沦、堕落的真实情态,写出了某些知识分子当下的生存状态。小说不回避人内心的丑陋、肮脏和自欺欺人,对"知识分子""社会名流"真实的心理、颓废的精神进行了直露的描摹,对当代文化人的悲剧人生和人格缺陷进行了深刻反思。但是不合时宜的性描写,"以下省略××字"的视觉冲击力,对当时人们的审美心理定式是一个巨大的挑战。由于作家乐观地估计了读者的审美期待,忽视了文化积淀和传统审美观念的能量,致使"审丑"没有达到预期的审美效果,小说被部分读者认为是人的原始本能和性欲的泛滥,叙事成为"话语的狂欢"。小说在西方世界赢得了赞誉,这与西方人的审美文化心理有着密切的关系,读者透过审丑发现了中国人文知识分子与西方人共同拥有的精神困惑,体会到作家对人的深切关怀,感悟到小说所表现的人类性的情感。尽管《废都》本身存在着诸多缺陷,但此后以描写欲望而著称的当代小说在人性挖掘的深刻性上,却很少能超越它。《废都》的最大缺憾就是它对古典美的颠覆方式,难以获得时代和读者的主观认同和情感共鸣。

三

《废都》所带来的巨大争议也迫使贾平凹对其创作进行了深刻的反思,并强烈意识到审美超越对其今后创作的重要性。他在文化层面上进行了执着而有益的开拓,《白夜》在展示现实生存困境的同时,对民间文化的传承进行了深刻的思考;《土门》探讨的是农村在城市化过程中向何处去的社会问题,是人类可持续发展的问题;《高老庄》触及了城市文明与乡土文明的冲突及人种退化的问题;《怀念狼》叙述的是人与狼的关系、生态平衡及人与自然和谐相处的全球性的社会问题;《病相报告》写最具有人类性的永恒的情感——爱情;《秦腔》为20世纪以来的乡土叙事谱写了一曲挽歌。回顾贾平凹十余年来的长篇创作主题,我们发现作家的创作视野日益开阔,但他潜意识中对宏大叙事的热衷和深藏的"史诗情结",仍然制约着他的审美超越。贾平凹一直试图超越人类的现实生存,进入精神层面的拷问。"精神"是他上述小说的主题词,他倔强地追求着文学的"人类性"。

庄之蝶是一个精神苦闷者;夜郎是一个精神求索者;《土门》中是一群为乡村寻找出路的人;子路是一个在城乡之间寻找精神家园的突围者;《怀念狼》中的"我"试图寻找人与自然和谐生存的方式;胡方一生追求纯真的爱情,不惜自虐伤人,却在追求"灵肉结合"的最高境界中牺牲;引生则走向极致,"暗恋—偷窥—自残—精神恋爱",以残破之躯完成爱的升华。

作家有如此清醒的超越意识,为何其作品却难以完成这种超越呢?作家对人性"丑恶"的宽容与无奈,使小说的精神内涵丰富深厚,也使小说拥有了无限的想象空间,同时使小说表现出道德上的混乱,从而引起评论界的争论和批评。

叔本华认为,审美可以转移人的生存意志,是消解人生欲望的有效途径。蔡元培也说,审美可以使人"把占有的冲动逐渐减少"。在文学作品中,作家通过美的形象的塑造,将主体的生命力从现实生存的羁绊中解放出来,在精神上不断超越现实生存,创造出一种"虽不能至,心向往之"的审美意境,满足读者渴望精神超越现实生存的内在需求。那么,人为什么会产生"超越"的内在冲动?因为对现实生存状态不满。现实生活中存在太多的丑恶、灰暗和污浊,美好的东西总是转瞬即逝,文学的使命就是把美好的瞬间留住或创造一个理想的美的世界,这就是文学"超越"现实的神圣使命。对"不满"的超越表现在:批判或否定现实,将现实生存提升到精神的层面。贾平凹审美意识的转变就根源于他对现实生存处境的不满。在《废都》之后的作品中，他极力宣泄这种不满情绪，充分展示人性的丑陋，试图通过否定现实来超越现实，由于对现实生存缺乏深层次的批判和理性的观照，致使其终极关怀和文化价值追求被日常化的叙述和"话语暴力"所消解。

俄国作家果戈理是以鞭挞丑陋而闻名的作家，别林斯基说他揭露丑恶时，从不曾放弃"诗意"和"公正"。他的小说有一种"纯洁的道德性"，引导读者追求道德的完善。贾平凹的小说在揭露丑恶时，缺乏的正是这种"诗意"和"公正"，他过分执着于故事、人物、语言的自然随意和原生态，不愿对人物进行典型化、艺术化的处理，不愿对原生态的、日常化的语言进行过滤、加工和"纯化"，对原生态的"琐碎日子"有一种发自内心的迷恋，这些都使其创作难以完成从现实到精神的超越。作家对"叙事技巧"和"形式创新"的主观追求，削弱了小说深刻的社会性和深切的人文关怀，如《怀念狼》的寓言化叙事就没有得到广大读者的普遍认同。

小说难以摆脱"叙述人"的影子，作家作为全知全能的叙述人操纵着情节和人物性格的发展，人物成为作家的"傀儡"，作家对人物缺少必要的尊重，事物发展缺少内在的逻辑关联，具有极强的随意性。如《秦腔》中引生的精神成长就缺乏因果律的依托，是作家主观随意的创造，引生从世俗爱向纯精神的爱的升华缺少一个合理的契机。小说中"阉割"似乎成为爱情从肉体走向精神的桥梁，丧失了性能力就一定能完成精神的超越吗？这种人为的必然性让人质疑。司马迁甘愿接受"宫刑"是为了崇高的理想，引生的"阉割"是因为怨恨，怨恨身边的一切人和事，甚至怨恨自己的肉体。内心的软弱致使这股"怨气"无处释放，最终以极端的方式发泄在主体的肉体上，即主体的怨恨对象化为主体的肉身，这是一种个体内部的精神与肉体的搏斗，精神以摧残肉体的方式获得了胜利。难道精神的成长就一定要付出这样惨重的代价吗？从这一点看，贾平凹的冷酷和残忍绝不亚于残雪、余华和莫言。精神的成长是个体不断超越现实的过程，需要痛苦的思考和心灵的搏斗，需要精神导师的引领，可当代的许多小说恰恰缺少可贵的精神资源，阿来笔下的傻子是天赋异禀，引生也是自学成才。引生的成长是由于白雪的被弃，秦腔的衰落，还是夏天义的精神引导？似乎都不是。在小说中，夏天义是引生的精神偶像，作家反复张扬他青壮年时期的"丰功伟业"，不仅为引生"泛暴力"情结的形成埋下了伏笔，而且"不经意"地暴露出作家潜意识中的暴力倾向。他小说中多次写到的男性"自渎""自虐"行为，就是懦弱的个体向社会和他人实施的一种"潜暴力"，这对人的健康发展是极其有害的。要完成审美的超越，贾平凹首先要超越的就是他自身道德理想的局限，以及潜意识中形成的对社会人生的看法，因为道德理想直接制约着作家的艺术创造。

作家的世界观、人生观、价值观、道德观、审美观会在现实中不断发展，也会受到社会的影响和作家个体生存境遇的限制。《病相报告》歌颂纯真永恒的爱情，集中体现了作家的主观意念。在身体写作泛滥的社会转型期，小说淋漓尽致地展现人追求爱情而不可得的肉体痛苦和精神苦闷，将灵与肉的结合作为爱情最完美的表现形式，赋予爱情无法超越肉体需求的本体意义，表达了作家对爱情的独特理解。这既抵制了欲望化的身体叙事，又颠覆了柏拉图式的精神恋爱的崇高。作家的主观愿望是良好的，也符合现实和艺术的真实，然而这是爱情的真正意义吗？（伤害了别人，也没有使自己幸福）它具有多少人类性？因为"现实的"可能是合理的，但未必是美的。爱情是人类永远的"乌托邦"，人类需要文学和爱情，就像需要阳光和水一样。这种爱情基调灰暗，让人悲观绝望，很难给人审美的愉悦和超越现实生存的勇气。

《秦腔》被誉为传统农业文明的纪念碑和中国乡土文化想象的终结，有人说它具有史诗意义，开创了新世纪乡土叙事的新纪元。其实，《秦腔》中的乡土是贾平凹心中的乡土，是一个城市中等收入者审美观照下的乡土，而不是现代转型时期中国乡土的"唯一形态"。他细致入微地写出了农民生存方式的变化，却没有进入作为精神主体的农民的内心世界，回避自己难以把握的内心世界是诚实可贵的，但削弱了小说的艺术表现力。贾平凹笔下最有生命活力的还是那些出身乡土的城市知识分子，"庄之蝶"们在现代城市文明与传统乡村文明的夹缝中徘徊、挣扎，他们尴尬的生存处境，困惑压抑的精神，艰难无望的"突围"，渴望精神超越的执着和痛苦，都是作家感同身受的，写起来得心应手、真切感人。他们悲观绝望的情绪是作家情感体验在作品中的投射，浓厚的"世纪末"情绪笼罩着他们，这是生命存在真实的情态，读者从他们那里感受到的是超越的渴望，以及超越不可得的焦虑和痛苦。

客观地说，贾平凹是我们这个时代最诚实的"记录员"，他记录了一个时代的人的精神历程，"浮躁"是他对时代精神的概括，他的小说就是时代的"缩影"。然而，文学是源于生活，又高于生活的，文学要创造"应该如此的生活"，要超越现实生存，关注人的精神生态，我们期待他在审美和精神上的新的超越。因为作家只有站在时代的前列，承担起人文知识分子对大众的启蒙责任，做人类精神的守望者，才能在文学创作中完成主体精神和审美的超越，这是当下文学亟待解决的问题。如果文学都不给人以希望，那么我们到哪里去寻找精神的家园呢？

原载《唐都学刊》2007年第3期

《废都》：欲望旋涡中的无谓挣扎

"1993年是中国人文知识分子在精神上普遍失业的一年，也是文人纷纷走向市场的一年……"①这一年，长篇小说《废都》的发表，在相对沉寂的文坛引起轩然大波，小说得到的溢美之词和诋毁之语可谓新时期之最。《废都》是中国当代文学史的任何一个撰写者都无法绕过的难题，文本的文学史价值远远大于文本本身的价值，文本所引起的论争的意义远远大于文本本身的社会意义和文学意义，正如某些评论家所指出的：这部小说不是一部真正完美的文学作品，它存在着许多艺术上、思想上、观念上的不足，甚至还引起了一些"误读"，造成了一些不必要的社会问题。但是，十几年过去了，《废都》仍然没有走出读者的阅读视野和评论者的研究范畴，这样一部颇有争议的小说至今还一次次引起人们的密切关注。不管怎么说，《废都》的发表都是新时期文坛具有标志性意义的事件，"它标志着知识与权力的临时同盟的终结，标志着在写作领域娱乐道德观开始取代行善道德观，标志着利己的私有形态写作开始取代利他的社会化写作，标志着理性、道德、责任和良知的全面崩溃，标志着服从市场指令的写作倾向和出版风气的形成"②。因此，我们有必要对《废都》及由其引起的"废都"现象进行客观审慎的解读和阐释。

---

① 陈晓明：《分化的时代：众声喧哗与独领风骚》，见《原道》编委会编《原道》第1辑，中国社会科学出版社，1994年，第362页。
② 李建军：《私有形态的反文化写作——评〈废都〉》，见李建军编《十博士直击中国文坛》，中国工人出版社，2004年，第371页。

一、《废都》产生的时代背景

对《废都》产生的时代背景，贾平凹这样说：

> 社会发展到今日，巨大的变化，巨大的希望和空前的物质主义的罪孽并存，物质主义的致愚和腐蚀，严重地影响着人的灵魂，这是与艺术精神格格不入的，我们得要作出文学的反抗，得要发现人的弱点和罪行。①

作者选择西京城作为故事发生的背景是有深刻寓意的，西京是一个具有深厚历史文化积淀的古都，在历史上长期作为政治经济军事文化中心，古老的城墙还残留着皇家的威严和气派，面对市场经济大潮的冲击，帝王都的虚荣丝毫禁不起物质欲望的挑战，传统文化和固有的道德规范节节败退，工具理性正在扩张，人的精神世界日益变得荒芜、空虚、颓败。城市里呈现出一种虚假的繁荣景象，在经济学上这叫"泡沫经济"，在文学作品中就是"废都"现象，也就是《废都》所描绘的都市的自然生态和景观。"假烟假酒贾平凹"曾被戏称为西安市的标志，小说中到处都充斥着虚假的人和事：卖柿饼的妇人用白灰涂抹柿饼，冒充柿霜；柳月用化妆来遮掩自己农村人的身份；牛月清化妆化得连自己的母亲都发生了错觉；黄厂长的老婆喝了黄厂长制造的假农药侥幸不死；气功师是假的，道貌岸然的尼姑也是假的；庄之蝶对跟他有关系的每个女人都含情脉脉；龚靖元专门制作假画；等等。由于假的东西太多，庄之蝶的岳母神经发生了错乱，神神道道地分不清阴阳两界，辨不清是非真伪，怀疑家里的电视、锅、女儿、亲戚、邻居等都是假的。

关于贾平凹创作《废都》的动机，著名评论家雷达这样说：

> 在贾的创作中前所未有，这倒不是他首次描写了都市知识分

---

① 贾平凹：《答陈泽顺先生问》，载《小说评论》1996年第1期。

子的生活，而在于剖露灵魂的大胆，性描写的肆无忌惮，由审美走向审丑，由美文走向"丑"文，以及那透骨的悲凉，彻底的绝望。我倒不以为作者自言的"痛苦"有何矫饰，或竟以痛苦为幌子诲淫诲盗，更不以为是被金钱煎熬，早早打定了赚钱的主意。这些都不是真实的贾平凹，真实的贾平凹却是被痛苦的重负折磨着，无法解脱。①

自身遭际的不幸又使他深切地品尝和体验了川端康成式的悲凉，以至于他特别沉溺于颓废美。这是站在理论的高度、从文本实践出发，对《废都》所作的客观公允的评价。

20世纪90年代是一个物欲时代，"是人们追求金钱财富，追求消费享受的年代，市场经济的社会体制保障了人们追求欲望的合法性与可行性，人性的解放从理性走到了'自己的亚当'②的原欲大释放，以致80年代在人性问题上所表现出来的理想主义被席卷一空，以财富为基础的欲望吞噬了一切温情脉脉的人性因素，浮士德所想象的人通过征服自然以证明自身的价值，变形为对物质世界的赤裸裸的占有欲，物的欲望成为一切欲望的基础，原欲中的原欲"③。在这个时代里，"真情被不断掩饰，欲望时刻在迸发，人与人之间充满了怀疑、伪装、欺骗以及相互利用，彼此应有的信任系数几乎降到零度状态"④。物欲时代不仅改变了人们的社会生活状

---

① 雷达：《文学活着》，人民文学出版社，1995年，第129—130页。
② "自己的亚当"见马克思语："随着资本主义生产方式、积累和财富的发展，资本家不再仅仅是资本的化身，他对自己的亚当具有'人的同情感'，而且他所受的教养，使他把禁欲主义的热望嘲笑为旧式货币贮藏者的偏见。"（马克思：《资本论》第1卷，见《马克思恩格斯全集》第23卷，人民出版社，1972年，第651页）"自己的亚当"是资本时代被膨胀起来的性的欲望消费，而这种与现代化相吻合的原欲是随着资本和财富的不断扩张而膨胀起来的。
③ 陈思和：《欲望：时代与人性的另一面——试论张炜小说中的恶魔性因素》，载《文学评论》2002年第6期。
④ 洪治纲：《欲望：时代的都市冒险——杨映川小说论》，载《南方文坛》2002年第1期。

态,而且酝酿并产生了新的社会阶层和新的意识形态话语。

新时期以来,改革开放和思想解放运动使向旧的意识形态符号告别成为思想文化运动和文学创作的内在精神,国家政治文化内部悄然兴起一支主张放弃社会文化垄断权的力量。①在20世纪80年代的历史语境中,这股力量的价值取向相对集中而统一,并且有一定的政治文化取向和诉求,但他们尚未找到一种恰当有序的储备方式和释放方式。1992年国家政治文化生活的调整使这股力量中的很大一部分在现代化和全球化话语的遮蔽下,成为市场经济体制确立后在经济活动中形成的一个新的社会阶层,他们有自己独特的生活方式和价值追求,汇聚于经济文化领域,以顺应市场经济运行的方式组织起来。市场的本质就在于揭示现有社会资源分配与重组的规律,90年代文化市场资源的重组,也使知识分子群体因不同的文化心态和文化观念发生了裂变和重组,并成为社会资源重组后所形成的各社会阶层的代言人,其中最具代表性的是三大力量:代表主流意识形态的,代表社会底层民众的,如小市民、农民、民工等,代表新兴社会阶层的,如中产阶级、都市白领等。王晓明认为伴随着社会转型,一种新意识形态已经诞生。在经济领域,这种新意识形态以市场经济的运行规律来解释自身存在的合理性;在文学领域,这种新意识形态催生了中产阶级话语系统的产生,并迅速为人们勾画出一幅市场经济时代应有的成功人士或商界精英的理想形象和全新的豪华奢侈的充满浪漫情调和温馨氛围的生活图景。这不仅意味着社会财富的转移和重新分配以及权力结构网络的重新调整已初具形态,金钱和权力的关系也由相互制衡转变为相互生成,相互利用;而且意味着金钱正在逐步取代信仰成为新的宗教和偶像崇拜。一种全新的生活理念正在形成,物质享受成为堂而皇之的人生理想和价值追求,整个社会弥漫着一种喧嚣、颓废、浮躁的世纪末的情绪。对此,王晓明深表忧虑,并强调指出,当政党文化的某些意识形态观念在表达上仍然恪守成规时,

---

① 李林荣:《1990年代中国大陆散文的文化品格》,载《海南师范学院学报》(人文社会科学版)2002年第5期。

新的意识形态及其主导的社会阶层已成为整个社会最大利益的获得者；而在原有的意识形态话语下，新意识形态尽管引领了现代中国的生活方式与潮流，却不得不具有反讽意味地屈居边缘和民间，使得他们的利益在表象上处于被统辖和控制的视野下，这种遮蔽性几乎完全建立了新意识形态及其话语的合法性特征。[1]中产阶级意识和中产阶级文学形象的产生在事实上要早于这个社会阶层的形成，比如池莉笔下的梅莹就是一个具有典型的中产阶级意识的女性形象，还有《来来往往》中的康伟业，《废都》中的四大文化名人，等等。"90年代中国中产阶级写作以及大众传媒和影视制作所传播的中产阶级文化和生活趣味已经与全球化、现代性以及如今最时髦的小康生活一道成为整个中国日常生活想象的中心。中产阶级写作所表露的生活方式和情调抒写引领了一种新的消费观念、生活观念和价值系统，并使得中国各阶层社会不同程度地向这一系统发生位移。"[2]中产阶级成为90年代中国大陆社会阶层分化后引领时尚和文化想象的一族，他们在经济文化领域使自己的价值得到确认后，就迫切希望得到主流意识形态的认可或进入国家政治权力的核心。《废都》中庄之蝶对市长的逢迎，对市人大代表身份的看重，都表明了他向主流意识形态靠拢的强烈愿望，他虽不满现实，潜意识中拒斥城市文明，但他始终在调整自己以适应社会现实，为现行体制寻找合理性的证明。他珍惜自己半生奋斗得来不易的身份、地位、名气，为人谨小慎微，做事瞻前顾后，边缘化的身份在与颇有政治背景的景雪荫的那场诉讼中得到了最充分的确证。也就是说，文化名人是主流意识形态赐予的，是用来吓唬普通大众的，文化名人一旦触及某些人的政治利益或冒犯了拥有政治地位的人，那文化名人就是被牺牲的对象，这种尴尬的处境令中产阶级的代表人物庄之蝶困惑、不满而又无可奈何。

---

[1] 参见王晓明：《九十年代与"新意识形态"》，见林大中主编《九十年代文存》（下卷），中国社会科学出版社，2001年，第284页。
[2] 石现超：《新意识形态与中国想象的转型——论"中产阶级写作"的文化品格》，载《理论与创作》2004年第4期。

在80年代的社会文化思潮里，人性的解放始终是以发展社会经济，以及对政治制度的改革愿望联系在一起的，文学对欲望的叙述也是在这一大前提下展开的。物欲与性欲是推动社会发展和人性解放的两个最基本的欲望原型。张贤亮就把章永璘受到的性原欲的困扰转移、升华到自我精神的超越与主体人格的完善上，张弦将主人公性的困惑转移到国家的富民政策上，而贾平凹却不按规矩出牌，他试图借性来反映广阔的社会文化生活和世态人心，难怪《废都》的发表会掀起巨浪，引发出一场文坛地震。

二、《废都》：欲望的放纵与狂欢

《废都》不仅"是一次对纯粹的阅读欲望的最成功的煽动"，而且"有对欲望的革命性放纵"。（陈晓明语）路文彬也指出在《废都》里涌动着的，是对那个时代主流精神的必然回应。这种主流精神就是对欲望的发现和肯认。小说写出了全球化时代人们日益膨胀着的欲望追求，活脱脱就是一次人类欲望的大联展，但就庄之蝶来说，他的欲望其实是很实在的，也是非常具体的，是属于庄之蝶个人的，不仅包括强烈的性欲望，还包括生存的、艺术的、感情上的、物质上的等等。他的物质欲求被遮蔽在名人外衣之下，他的权力欲在那场诉讼中严重受挫，他伪装自己，维护自己在他人心目中的名人形象和尊严，在家里，他要保持家长的尊严，在社会上要树立精神领袖文化名人的高大形象，在周敏面前他要摆出大作家为人师表的姿态，在婚外性生活中要表现出浪漫激情性技巧和男人的雄健耐力，还要在几个女人中游刃有余，就像印家厚一样。每一个角色他都力不从心，各种欲望的围追堵截使他陷入欲望的泥淖无法自拔，他最终选择了逃避——出走，然而在这个物欲的时代，他只有逃向死亡或混沌（中风）。就这样，理想和崇高被作者不动声色地、无情地解构，彻底地颠覆了，剩下的就只有欲望。"五四"以来一直活跃在文学创作中的集体无意识冲动退化为个人欲望的表达，文化英雄蜕变为欲望英雄，启蒙话语被欲望话语所取代，知识分子的政治理想和文化诉求在现实中不断受挫，被迫退回到个人生活的小圈子中企图固守而不得，最终退到性的藩篱中寻求灵魂和精神的庇护和安慰。一种新的文学创作趋向——私人化写作悄然来临。

人的一切欲望都是从身体出发的，关注欲望的最显著的表现就是关注身体，人最本能的欲望一是食欲，一是性欲。对人的食欲的叙述在此前许多作家的笔下都有精彩的描写，况且20世纪90年代温饱问题已经不是社会和大众关心的首要问题，只有对性欲的客观、写实性的展示才有可能引起轰动效应，这也是众多文本将性作为核心展开叙述的主要原因。因为文学走向市场之后，作家就必然要考虑小说的消费市场需求，人们潜意识中的某种欲望膨胀之后也需要一个适当的渠道进行释放。文学作品的消费在一定程度上缓解或满足了某些读者潜在的心理需要，人的某些欲望通过文学阅读在想象或幻想中得到释放，从心理学上说对人的身心健康是有益的。《废都》的出现恰恰满足了一部分读者的审美期待，《废都》的热销除了商业炒作的成功之外，露骨而细微的性描写无疑是小说最大的看点，至于"误读"则要归咎于作家的叙述方式和艺术技巧了。贾平凹不幸做了"第一个吃螃蟹的人"，《废都》也成为众矢之的，这也许是历史的必然。有人说如果《废都》晚出十年，就不会招致如此厄运（指被批被禁），那么必然有一位作家要代替他做"第一个吃螃蟹的人"，是陈忠实，还是莫言？（这两位作家在当时也因小说中的性描写引起过争论），这将成为永远的谜。（有关部门还曾发文，《废都》和《白鹿原》不得改编为影视剧。）

《废都》的外在形态是庄之蝶和几个女人的性爱故事，乍看很像通俗小说和地摊文学的结构模式。对此，贾平凹解释说："《废都》通过性，讲的是一个与性毫不相干的故事。"[①]福柯也说过，性经常是政治的转喻

---

① 贾平凹：《答陈泽顺先生问》，载《小说评论》1996年第1期。

形式。性文化的变异是社会和时代变化的晴雨表,人们在性意识方面的表现,人们性观念的变化,不取决于生命个体自身,而取决并受制于社会,是社会造就了人们的性意识,决定了人们性行为的方式和准则。一个人物的性行为方式和性心理、性观念就是一个社会道德观、价值观、审美观的集中体现和反映。著名评论家雷达认为:

> 《废都》尽管处处写实,其实处处隐喻性很强,它喻示在大转型的时代,由'士'演变而来的某些人文知识者与原先的文化价值脱节后严重的失落感,颓废感,从而表现了古老文化精神在现代生活中的消沉。①

这段话对《废都》的概括是相当精辟的。李洁非认为文学与商业性文字制品的根本区别在于:"文学从来不以描写某一生活现象为目的。文学做出的任何描写,目的都在于探究,深刻的描写必基于深刻的探究。"②贾平凹对都市现代生活的探究不能说不深刻,只是他的探究,包括在小说中对都市生存现状的描摹,都有极其强烈的个人色彩,是一个生命个体的独特的生存体验经过作家个性化的艺术加工所展现出来的艺术世界,其中融入了更多个人的生存经验和情感。有评论家称其为私有形态写作,认为小说展示的不是具有普遍意义的人类经验和共同体验,缺乏对丰富的人性内容和广泛的人类经验的深刻展示。即便小说所表现的完全是个人的生存体验和内心痛苦,它也客观地告诉人们在中国社会转型时期有一个人曾经这样生存过,面对现代性和全球化,他的内心充满困惑,既排斥又渴望进入现代城市文明,艺术和性都无法救赎他迷失的自我,他最终走向毁灭。这样一种纯粹的个体生存经验对未来的世界也是具有一定的研究价值的,为什么一定要求每一个作家的写作都要具有"全人类性"或公共性呢?

如果说张贤亮的《男人的一半是女人》是政治遮蔽下的欲望书写,那

---

① 雷达:《第三次高潮——90年代长篇小说述要》,载《小说评论》2001第3期。
② 李洁非:《躯体的欲望》,载《当代作家评论》1998年第5期。

么贾平凹的《废都》就是性欲望遮蔽下的政治文化书写。小说的整体结构其实是左翼文学"革命+爱情"模式的发展和变形,即"政治文化+性"的模式。性爱故事是小说的外部形态,其内在形态是借着庄之蝶在政治经济文化大潮的旋涡中艰难挣扎的生命形态,写出了中国90年代现代化过程中现代观念对传统知识分子行为规范和内心世界的冲击,写出了知识分子在转型期对现代文明拒斥、对传统农业文明变态依恋的文化心理,以及两种文明在他们内心深处的巨大冲突。小说的隐性结构是社会文化批判,试想文化名人用性来排解政治生活带来的苦闷和革命者用爱情作为手段进行革命(比如利用爱人去散发传单),这样两种行为从本质上和操作技巧上来说没有太大的差异,但作家的遭际却产生了如此大的差异,这是人们的文化心理和对宏大历史叙事的迷信在作怪。同为美色,西施是为国牺牲,杨贵妃则是美色祸国。性不是不可用,关键看你怎么用。性是用来排解个人苦闷,还是用来救国救民、实现解放全人类的伟大理想,其间的社会价值和文化内涵就发生了变化。在中国历史上性被人为赋予了太复杂深厚的社会文化意蕴,很多人说中国历史是一个身体缺席的历史,可在某些方面、某些特定的历史时期,身体,尤其是女性的身体却在承受着"生命无法承受之重"。以至于处于原始状态、生理层面的单纯的对身体和性的描写不易被读者接受,而进入社会文化层面的性描写和性行为(如《白鹿原》中对白嘉轩的性描写)反倒更容易得到主流意识形态的宽容和谅解,得到读者的共鸣和喜爱。

《废都》的写作充满了激情,其一是对变革社会现实的政治文化批判的激情,其二是渴望性得到充分张扬并与爱和谐统一的浪漫激情。小说用一种自我作践的写法,把人物的政治遭际与性爱生活交融在一起展示人物命运,借个体的日常生活,特别是婚姻生活和性交往来审视时代的政治文化变化,这种结构模式为展开更丰富复杂的生活内容和人物的心灵世界提供了更广阔的叙述空间。在物质极端匮乏、人性极端压抑的时代里,革命激情刺激了弥漫全国的权力欲望,权力成为人们欲望的核心。随着"文革"的结束和改革开放时代的到来，政治的可怕阴影终于逐渐退出人们的日常生活，人性首先在思想解放运动中觉醒，人性解放的欲望成为新的时代精神，自我力比多的释放比物质欲望更早进入中国人的日常生活，人们经过了对婚姻爱情和个性解放的浪漫想象之后，开始对人自身的身体和生理欲望发生兴趣。贾平凹选择性作为欲望表现的核心，与当时的时代氛围是有关系的，尤其是对知识分子来说，受几千年传统文化的影响，一向不屑于谈论物质欲求；而性是与人的生命力和创造力相关的，知识分子对性欲的敏感度要强过他们对物质欲求的兴趣。

小说的中心事件是一场因报告文学引起的关于个人隐私和名誉权的官司，诉讼本身就是一个富有现代意味的事件，因为只有在法制日益健全的社会环境里，在人的自我意识充分觉醒的情况下，才可能发生这样的诉讼。围绕着诉讼，当事各方站在不同的文化立场上，表现了人们对代表着现代文明的这场诉讼的不同态度。庄之蝶希望私了，上蹿下跳，托关系走后门说情，他潜意识中认为知识分子、社会名流涉足官司无论如何不是一件好事，千方百计阻止这件诉讼成为社会热点，这和当前的名人明星借隐私和"诉讼"大肆炒作相比，庄之蝶还算是一个羞耻心尚存的无行文人。景雪荫提起诉讼的目的一是显示自己的权力和高洁，二是借机自高身价。周敏本来想借名人发家，没承想"赔了夫人又折兵"，可见，小人物的命运总是可悲的，即使在社会转型期遍地机会和黄金的都市，其生存处境也注定是尴尬的。这是社会发展的不二法门，投机成功者当然也有，但社会基本的游戏法则还是权力、金钱、名气，当然也许还应该算上知识或暴力。什么都没有的人，要想成功，必然得攀附上其中之一或具有其中之一的人，与之结盟联姻，当然具备三者之一的人相互利用，效果会更佳。庄之蝶与几个女人的性交往都是围绕中心事件展开的，在诉讼的间隙中发生、发展的。

从庄之蝶与几个女人的交往模式来看，他们的关系几乎都是建立在庄之蝶自我文化身份认同的基础上。他的文化身份是计划经济体制下的遗留物，他的文化心理和价值观念是传统的，他缺乏商品社会应有的平等意识和开放自由的品格，他与女性之间缺乏心灵的平等交流与对话，即使在性行为中，他也始终要处于主导地位，一旦性对象有了需求，他就会产生挫折感，并在生理上表现出来，在妻子面前性无能就与他在经济上对妻子的依附有关。他是西京四大文化名人之首，还有老婆借他名气开的一家小书店贴补家用，无论从文化修养、经济收入、社会地位来看，都应该符合十年后权威人士所开列的中产阶级的指标了。他的生活方式、精神困惑和崇尚清静的心境，也都是中产阶级才可能拥有的。穿着盗版名牌服装坐在咖啡屋里清谈的是"小资"，只有跨入中产行列的人才有足够的实力和雅兴与小尼姑谈禅说道。因此，庄之蝶做什么事都放不开，连伤感和自怨自艾也生怕被他人知晓，处处以假面示人，他最怕别人触及他的心灵深处，习惯成自然，以至于连他本人都害怕触及自己的精神世界，举步维艰地躲藏着。许多人指责作者在小说中过多地保留了自己的影子，作者也说小说的创作是为了"安托自己的灵魂"，是自己的一段"心迹"，那么，作者越是回避庄之蝶内心的苦痛和悲凉，我们就越能感受到作者所未能言说的或不愿言说的属于作者的独特的心灵感受和体验。小说是对社会转型期城市文化生态的一种白描，四大文化名人借城市这个舞台展示自己生命的原欲，他们的生活态度、行为方式、精神世界都使人难以认同，更不要说激起人的崇高感了。像张承志笔下那探索自然奥秘和人类社会历史进程的生命主体，或张贤亮笔下那渴望超越自我的启蒙知识分子形象，都是催人奋进的知识主体或历史主体，如今却从形而上的象牙塔走进了形而下的世俗生活，沉溺于金钱、肉欲、名声等欲望的旋涡，一部分知识分子的操守和社会良心正在逐步丧失。在物欲横流的社会，庄之蝶在人格上缺乏应有的道德能力来约束自身的欲望，调节主体与社会的关系，从而迷失了自我。

弗洛姆认为强烈的性欲来源于两种需要：一是本能的生理需要，一是心理需要。这两种需要都"根植于某种不足或贫乏中"，但前者是在生物体内正常的化学过程中所产生的贫乏，后者是心理障碍所引起的结果。贫乏会引起人生理或心理的紧张，紧张状态或情绪的消除会使主体感觉到快乐。他举例说：

> 一个无安全感的人，有一种强烈的需要，即向自己证明他的价值，向他人证明他的强大，或在性欲方面压倒别人，而使自己处于统治地位。这种人很容易产生强烈的性欲，如果性欲得不到满足，便会产生一种痛苦的紧张。他很容易认为，他那强烈的性欲来自他身体的需要，但事实上，这些欲望是由他的心理需要所决定的。①

也就是说，强烈的性欲有时是内在心理欲求的外在隐喻或变形化的表达，性成为人的心理需要的外在表现形式或符号。"这种被外在行为扭曲为强烈的性要求的非生理需要的不合理欲望，比如渴望名誉、统治、顺从、忌妒、羡慕，都根植于人的性格结构，他们是由人格不完美或人格变形所造成的。"②从外在表现来看，生理上的性要求"在本质上具有周期性"，而心理欲望引起的性欲求，其根本特征在于贪得无厌，这种性欲求不会因生理上的片刻满足而消失，有时还可能因暂时满足而引起更强烈的需求。生命主体健全人格的形成不仅取决于个体的主观努力和自我完善的程度，而且与特定的社会文化、国家的现行体制和综合实力密切相关。庄之蝶的人格是不健全的，他试图通过性欲的满足来弥补他灵魂的空虚和精神的荒芜，这个人物无疑是需要批判的，但是为什么会在社会转型期出现这样一个人物，作家在塑造人物的同时，对形成他的社会文化环境及现代城市文明也提出了质疑，只不过庄之蝶没有像郁达夫笔下的"我"那样公开抱怨："祖国，你快强起来吧！"但他显然缺乏自我反思和自我救赎的能力，更没有自我毁灭的勇气，于是他只有沉沦、颓废、苦闷。

贾平凹说《废都》写性"只是写了一种两性相悦的状态，旨在说庄

---

① 弗洛姆：《为自己的人》，孙依依译，生活·读书·新知三联书店，1988年，第72页。
② 同上，第75页。

之蝶一心要适应社会到底未能适应,一心要有作为到底不能作为,最后归宿于女人,希望他成就女人或女人成就他,却谁也成就不了谁,他同女人一块毁掉了"①。小说"大肆描写""过度渲染"的性,实际上是一种在现实包围中的偷偷摸摸的可怜的性。一个名人将自己的灵魂寄托在"两性相悦"上,又生怕因此而影响他现有的既得利益,他用成功人士和文化名人的外衣遮蔽着他内心的痛苦,在外在行为上他是"偷情",在精神维度上他的痛苦也处于黑暗中,见不得光,见不得人,只能深深地埋在心底,隐藏起来,连与他"两性相悦"的女人也要回避。他一心要融入社会,适应社会,从没有想过要站在社会和现实的对立面,他珍惜和看重世俗社会给予他的社会地位。他的精神苦闷是中年知识分子的苦闷,他的精神颓废和虚无是有分寸的、小心翼翼的、需要算计得失的,他做不到彻底的放浪形骸,所以作者用放肆的笔墨书写被主体自觉压抑的性,简直是"反讽"技巧的完美运用。他要所有与他有关系的女人都来遮蔽保护他,维护他的名人形象,竭力对外塑造他完美的外在形象或者公众形象,你说他虚伪也好,说他玩弄女性也好,说他自私也好,反正他自我中心的神话不能打破。当一切昭然若揭时,他精心构建的"求缺"的理想生存境界被现实击得粉碎,他的精神也随之崩溃,他选择了逃亡。面对精神的苦闷和现实生存的困境,他采取的人生态度是"求缺"、逃避,具体表现就是颓废伤感和自恋自怜。

重读《废都》,我奇怪地发现,性在小说中是一个相对纯洁的概念,它只牵涉男女双方的生理和心理快感,很少涉及性交易,庄之蝶对送上门的妓女并没有太大的兴趣。在小说中,权力、金钱、名气都可以直接进行交换,但性还停留在"两性相悦"的生理层面,其社会资源或经济资源还未得到充分开发,至少在相当一部分人心目中,性还没有堕落成可以交换的商品,还没有直接用来进行交换,唐宛儿、阿灿从庄之蝶那里除了得

---

① 贾平凹:《十年一日说〈废都〉》,载《美文》2003年第4期。

到肉体上的欢愉之外，就是心灵上的满足或者说是虚荣心的满足了。罗素说："虚荣心是同性紧密相联的一种动因。"①庄之蝶与她们的关系都是私密状态下的人与人的关系，而不是人与物的关系。从某种程度上说，唐宛儿和阿灿与庄之蝶的性交往还应该算是非功利的。也许正因如此，作家才会让庄之蝶用性去拯救自己迷失的灵魂。而当柳月以下嫁市长的残疾儿子为代价帮助庄之蝶渡过难关时，性的纯洁性开始蜕化。如果换个角度思考，我们会发现从一开始柳月就在利用庄之蝶，诱使他一步步落入自己预设的圈套和陷阱，这个小保姆倒很像中国当代的女拉斯蒂涅，她用自己唯一的资本——性——挤进了上层社会。与庄之蝶有过情感和性纠葛的女性中，柳月是动机明确、具有强烈功利性和目的性的，她具有强烈的现代意识和自我意识，是一个清醒的、颇有心计的现实主义者，她成功地利用别人的欲望实现了自己成为城里人的原初欲望，她善于利用身边的每一个人，并随时调整自己的生存策略。这个都市女冒险家一直被作为一个被名人玩弄的无辜少女，堂而皇之地接受着人们的同情，这其实是对这一人物的"误读"，也是对作家良苦用心的蔑视和亵渎，更是众多号称公允的以"文本细读"著称的评论家的悲哀。这个人物的社会意义和文化意义是深远的，还有待于有心人继续研究和阐释。作为最早进城打工的一代农村女性，她们的现实生存境遇，选择生存方式时的困惑和迷茫，城市现代文明对她们的诱惑、对她们纯朴本性的冲击，以及由此引发的传统伦理观念和价值体系的消解与崩溃，这些都曾给她们稚嫩的身心带来难以言说的伤害。作者回避了对这个人物心理世界的描述，选择了用行为方式的变化来刻画人物，写出了一个纯真少女如何从迷恋文学堕落到利用名人，发展到世故地对名人指手画脚的渐变的过程。可见，柳月这一文学形象的文学史价值还有待进一步开掘。

在小说中，女人是庄之蝶欲望的对象；庄之蝶又何尝不是他人和那

---

① 罗素：《真与爱——罗素散文集》，江燕译，上海三联书店，1988年，第252页。

些女人欲望的对象。作者对庄之蝶冷眼旁观,客观冷静地描述他的生存困境,看着他在欲海中挣扎,一步一步走向毁灭而不伸出援手,不仅如此,还把他置于矛盾的旋涡。四大名人之首,每个人都对他寄予厚望,从市长、朋友、岳母、黄厂长到刘嫂,和他有纠葛的女人们更是如此:牛月清充分享受了名人妻子的虚荣尚不知足;唐宛儿渴望有一天能成为作家夫人;柳月作为一个小保姆也不时做着作家夫人的美梦,而且认定作家是不会亏待她的;阿灿渴望借名人的青睐找回即将失去的青春和自信;景雪荫则通过与名人的官司抬高了自己的身价。只有汪希眠的妻子与他"发乎情,止乎礼",他内心对这个女人充满了欲念和爱意,他打心眼里敬重她,他们彼此都把爱藏在心里,颇有张洁笔下爱情的纯洁性,以至于在他中风之时,这个女人翩然而至,为读者留下无限的遐想,也许这是作家有意留下的美丽的"花环"吧,想让传统文化的精髓在现代文明的土壤中顽强地生长。遗憾的是,作者精心描摹的这个完美的理想女性因其未与庄之蝶发生性关系和绞缠不清的纠葛而很少引起人们的关注,两人的关系总是那样若即若离,又心有灵犀,反倒使那些批评者忽略了她在小说中的象征和隐喻意义。她的脱俗、柔弱、虚幻,总像生活在梦中或隔世的情态,恪守着自己的本分,犹如一个传统中国女性的影子飘荡在现代社会之中,有时显得那样格格不入,有时显得那样微不足道,以至于在谈到与庄之蝶有感情纠葛的女人时,很少有人提及她。这个节制的美丽女人就像中国传统的伦理道德一样,虽然美好,让人怀恋,但已是明日黄花,难以抗衡开放、青春、激情四射、充满肉欲诱惑的唐宛儿之流。这就是90年代都市人的现实生存处境,庄之蝶身陷其中,没有勇气和能力进行自我拯救,就只有毁灭。作者没有像新写实作家那样以小人物为小说的叙述核心,而选择了一个肩负着启蒙使命的著名作家,这种颠覆和反讽的效果的确让知识界大跌眼镜,启蒙者尚且如此,那么被启蒙者该如何生存?社会和大众启蒙的任务该交给谁呢?

在整理关于《废都》的研究资料时,我发现批判《废都》最彻底的就是随后进行"人文精神讨论"的那些知识精英。是《废都》激发了他们进行"人文精神讨论"的热情,也是他们在《废都》中看到了知识分子失去精神操守的丑恶行径后感到震惊,从而诱发了他们对社会文化和人文精神的思考。鲁迅说悲剧就是将人生有价值的东西毁灭给人看。知识分子在中国一向被称为社会的良心,但社会的良心已经严重变质,成为欲望的奴隶,这种社会现象早已普遍存在,而掌握话语权的知识分子(作家们)率先揭露的却是小林们如何迷失自己,印家厚们如何庸碌无为,鲜有人敢冒天下之大不韪向知识分子开刀,向社会的良心开炮。贾平凹是一个具有强烈悲剧意识和忧患意识的作家,真诚勇敢到"剖腹自杀",让读者看看社会的良心在做什么,想什么。

《废都》曾遭到猛烈的批评,却很少有人指责它脱离现实、胡编乱造,如果按照现实主义文学的真实性原则进行分析的话,小说完全符合生活真实的创作原则。令读者和主流意识形态领域的权威者们震惊的不是这种事本身的存在,而是贾平凹居然敢把庄之蝶和多个女人有染的故事堂而皇之地写进小说。庄之蝶这一艺术形象的塑造,刺痛了某些人文知识分子的软肋,剥下了他们"启蒙者"神圣不可侵犯的外衣。"文革"后的十几年知识分子是反思和改革的中坚,他们被惯坏了,娇气了,"老虎尾巴摸不得"了,揭示国民劣根性越深刻越尖锐越好。而知识分子刚从"文革"的噩梦中惊醒,还没恢复元气,贾平凹就来揭短,人家不批他批谁?于是,马上有人出来表态,庄之蝶是个别现象,不足以代表中国知识分子的整体风貌,自己是纯而又纯的。甚至有人在批评文章中指责作家写出这样的小说是因为没有经常参加政治学习,或干脆说作者就是庄之蝶。

尽管小说用了极端写实的笔法,对世俗生活场景和人物的性交往进行客观白描,并用自我作践的方式对小说进行象征化、寓言化处理,在写作时战战兢兢、小心翼翼、备受折磨,但知识分子们并不领情。你客观、冷静、写实,不进行主观价值判断,那可没人用罗兰·巴特的"零度情感"为你辩护;你细腻真实地刻画生活场景,那是你沉溺于生活中,没有对生活进行必要的艺术提炼和加工,没有经过"典型化"处理,缺少批判现实的勇气和精神;尝试借古圣贤之笔法,古人这样写过"性",好像没什么大碍,咱也试试看,坏了,贾平凹运气真是不好,人家认为他是抄袭。真是生不逢时,倘在新文学运动时,这样写也许还会被人认作对传统文化的继承呢。多年来读者已经习惯了宏大叙事的小说叙述模式,形成了固定的审美心理定式,《废都》的写法超出了读者心理接受的底线。通俗小说、大众读物有它固定的消费市场和读者群,与纯文学井水不犯河水,读者对两种文学形态的阅读审美期待也完全不同,地摊文学怎么写都登不了大雅之堂,负面影响是有限的。贾平凹一直是一个纯文学作家,猛然间推出这么一部写法奇特的小说,让读者和评论界有点儿措手不及,难以接受,但这并不影响小说本身的价值。

李建军对《废都》批评的焦点之一就是小说不厌其烦地对庄之蝶的日常生活进行了细致入微的叙述,却很少触及人物内心深处的隐秘,即使偶尔涉及也迅速荡开笔墨,似乎有意避免碰触,但越是避免碰触就越让人觉得问题就出在那儿。张新颖则认为,小说在这一点上处得非常成功,"它不写这个人精神上的问题,写的都是庸常的琐事,有心的读者却应该能够不时地感受到这个人物精神上的茫然与危机"[①]。他建议解读作品时应该把小说中的性和人物的精神状态结合起来看。庄之蝶试图用性来排遣精神上的茫然、苦闷和危机,这一点是显而易见的,但问题在于小说的这种艺术处理未必能被所有的读者领悟。一个为人类创造精神食粮的作家在逃避精神和灵魂的拷问,逃避自己神圣的启蒙者的使命,而又无处可逃,他的痛苦恐怕比苏童笔下的那些逃亡者更甚。但是,深刻的思想要通过一定的审美形式来表现,《废都》的外在形式却使读者在阅读中产生了"误读",究其原因,还是小说艺术形式引起的。

不仅如此,小说还涉及一些当时还未引起人们广泛注意的社会心理

[①] 张新颖:《重读〈废都〉》,载《当代作家评论》2004年第5期。

问题，比如贾平凹较早注意到夫妻间审美疲劳的文化心理问题。小说多次对牛月清的外貌和情态进行了描绘，让人觉得她即使徐娘半老，也算得上"风韵犹存"，待人接物为人处世也没有什么不妥，堪称"贤妻"的美誉。面对丈夫的性无能和肉体上的背叛，她忍辱负重，处处维护丈夫的利益；遭遇无法生育的厄运，她也在多方努力无效后，痛苦地默认了自己生命的"残缺"。庄之蝶在妻子面前没有了男人的雄风，倍感压抑，但他从未产生离婚的念头。婚外性生活的雄健使他找回来男人的尊严，他沉迷其中，却并没有深刻反思他与妻子之间性生活不和谐的实质。唐宛儿曾说原因在牛月清身上，因为她不能"常新"，不懂性生活的技巧，不够风骚淫荡，无法唤起男人的激情，没有注意到距离产生美，"久入芝兰之室而不闻其香"。庄之蝶夫妇的问题其实就是一个审美疲劳与审美迟钝的问题，双方都在不自觉地寻求出路。牛月清化妆美容，求医问药，求神拜佛，只在生理上找原因，不在心理上找原因。人类生理上的疾病可以依靠医药科学的进步，心理和精神上的疾病靠谁来医治呢？上帝，还是自己？

有人说《废都》通篇都在表现丑，我觉得小说体现出的是一种残缺美。我们身边很多人都是有缺陷的，人格分裂，表里不一，言不由衷，真假难辨。庄之蝶就误以为他爱着所有与他有情感纠葛的女子，甚至包括景雪荫，他从未有意识地去欺骗或伤害她们其中的任何一个，最终却伤害了所有的女人。他从头到尾爱的就只有他自己，他是一个彻头彻尾的自恋狂，他将所有女人都作为自己的镜像，从女人对他的爱怜和需要中反射出自己生命存在的价值。能给女人带来生理上的快感，能唤起女性的激情让他感到自己的强悍，使他对自己充满信心，相信自己还有创造力，还有用。

《废都》对现代性的深刻反思和质疑，对城市文明的批判是有一定的现实意义的。现代化在带来经济繁荣、文化发展的同时，也带来了人的价值追求的转变、情欲的分裂等社会问题，在小说中作者没有将人在现代性冲击下的情欲冲突崇高化、审美化，而是客观地展现出来，这是作家本人的困惑与无所适从感导致的，人物的迷茫其实是作家精神迷茫的客观再现。在现代性观照下的人，迷失了自我，失去了赖以生存的精神家园，人被物化、异化、欲望化，这些都在小说中得到了淋漓尽致的表现。人失去价值追求和道德理想的痛苦、彷徨并没有被欲望的暂时满足所消解，反而更加激烈、深刻、痛彻心扉，人在追逐无限生成着的欲望时，忍受着肉体和精神毁灭的痛苦。米兰·昆德拉说："小说家是一个发现者"，"没有发现过去始终未知的一部分存在的小说是不道德的。认识是小说的唯一道德"。①《废都》表现了作者寻找人类自我救赎之途的痛苦无奈的心路历程。

三、性描写，《废都》争议的焦点

性描写简单地说就是描写人类男女两性之间的性关系及性征性状，其中包括对男女双方性器官的描写，青春期性征性状的描写，性接触的描写，性行为过程和性心理、性反应、性动机的描写，等等。曾有人按性质对性描写进行过细致的分类：一类是指与情爱发生联系的性爱性质的性描写，一类是指与性欲发生联系的非性爱性质的性描写，一类是指生物性的性描写。文学作品中的性描写大致可分为两个水平层级：

> 第一水平层级描写拥抱、接吻、抚慰等位于亲昵与性爱、审美性的情爱与生物性的性欲之间的性行为，性征性状描写以第二性征为主。第二水平层级主要描写男女交媾的性行为，性征性状描写以第一性征为主。②

在文学创作实践中，这两个水平层级的性描写往往是交织在一起的，很难严格区分，通常有第一水平层级的性描写未必有第二水平层级的性描写，而第二水平层级的性描写却常伴随第一水平层级的性描写。

---

① 米兰·昆德拉：《小说的艺术》，孟湄译，生活·读书·新知三联书店，1992年，第4页。
② 王达敏：《论当前小说性描写热与性描写艺术原则》，载《当代作家评论》1994年第5期。

整个十七年文学只有情爱描写，没有性描写，爱情描写也是羞羞答答、遮遮掩掩、躲躲闪闪，拘谨而含蓄。那时的文学观念受制于政治观念，文学中存在着一种可笑的逻辑：爱情是小资产阶级思想情调，无产阶级是不屑于谈爱情的，无产阶级文学也不应该写爱情，即使写到了爱情，也要尽量进行净化处理，因为爱情描写也能突出英雄人物崇高的思想境界，但一定要净化，剔除性的成分。十年"文革"，爱情、性欲、性描写都成为文学的禁区，直到新时期刘心武在《爱情的位置》中讨论爱情是否应该在人们心目中占有一定位置，占据一个什么样的位置时，爱情描写已在文学创作中得到认可并普遍存在着，却始终弥漫着一种泛政治化的气息，日常生活很少在场，爱情要么作为政治话语的补充，要么被阐释为历史文化主体成长的契机，要么被上升到人性解放的高度，把爱情作为两情相悦的男女相处的生存状态和美好情境来处理的作品还很少见，生命个体的身体在文学中缺席实在太久了。在张洁笔下，苦恋多年的人是没有肉体需要的，也没有世俗的休闲时光需要打发，也不需要与他人和社会打交道。20世纪70年代末到1984年，爱情描写基本停留在爱的层面，尤其是爱情心理的描绘和刻画上，性爱、性征性状的描写只是初露端倪。1985年，张贤亮的《男人的一半是女人》发表，小说在性描写上有了重大突破，首先是对女性身体和性器官的描述，章永璘总是不由自主地向往黄香久身体的隐秘部位，且不管他随后做怎样的反思和忏悔，但他对女性身体的渴望，被女性身体所诱惑的情状却是实在的、真切的；其次是对男性性饥渴、性无能、性想象的描述；再次是对男女性行为的描写，作者没有直接写性行为的过程，而是将性行为的过程审美化、诗意化、虚幻化，用审美感悟的方式对性行为的过程作抽象、虚化的描写或处理，有一种朦胧的美感。就是这种审美化的、有分寸的性爱描写在当时也引起了不少的非议。新写实小说对性的生理层面的描写在逐步扩展，先锋作家、新历史小说作家的性描写也在不断挖掘性作为生命原动力的社会文化内涵和价值。1993年《废都》和《白鹿原》的出现并不是偶然的，而是社会文化文学发展的必然，因为经过十几年的发展，至刘恒、苏童等作家，性描写几乎涉及了人类性行为的方方面面。《废都》对性行为具体操作过程的细致入微的描绘，不仅是文学创作的一种趋势，也与当时读者的阅读期待和社会风气有相当大的关系，因为1992年出现了世界范围内的大众性文化热潮。这股热潮不可避免地波及了文学领域，《废都》中的性描写也使敏锐的商家看到了无限的商机，不惜以性为诱饵来吸引读者，虽然《白鹿原》的作者陈忠实反复强调他小说中的性不是诱饵，自己也没有把性作为诱饵来写，但读者和商家却毫不理会，仍旧把性作为卖点或看点来对待小说及其性描写。

瓦西列夫在《情爱论》中说：

性欲赋予爱情以巨大的内在力量。它是爱情愿望的潜意识动机。爱情愿望反过来则从规定目的和达到目的的角度指导着性冲动。它赋予人的行为以意识的坚定性，使性欲同人的审美、道德、社会本性的高级领域结成和谐的统一体。性欲以"被取消的形式"蕴含在爱情的愿望之中。①

爱情是文学永恒的主题，要表现爱情，就不可避免地要在文学作品中写到性。在文学创作中禁止性描写是不可能的，那么，彻底放开又如何呢？我们举一个例子来看，90年代初，大都市开始用女性的大幅肖像做广告牌，据说一位汽车司机因贪恋观赏某长江大桥桥头竖立的广告牌上的美女竟将汽车开进了长江。我们姑且不论此事是否杜撰，单说这件事如果放在今天是否可能？今天，在闹市裸游、裸奔的事也偶尔发生，但驻足观看的人却十分有限。这里其实包含着一个心理学的问题，即感官刺激过剩会导致人的生理反应迟钝。同理，文学中的性描写泛滥成灾之后，再想用性描写作为小说的卖点和看点就会越来越难。目前，来自影视网络的性刺激已经使人的感觉系统达到了饱和或临界状态，限制了人对性的想象空间，限制了性给人带来的无限的激情和幸福感，临界状态的性刺激过强可能会

---

① 瓦西列夫：《情爱论》，赵永穆、范国恩、陈行慧译，生活·读书·新知三联书店，1984年，第163页。

导致感觉系统和人类精神的麻木，麻木的精神又需要深度的刺激才能激发，否则个体的情绪就会焦虑不安，产生悲观、厌世、绝望的心理，要安慰狂躁的灵魂就需要更猛烈的感官刺激，某些生命个体就会产生吸毒、性泛滥、换妻、卖淫嫖娼等冲动，这些社会毒瘤既危害了产生冲动的个体也危害了他人和整个社会。20世纪90年代初青年人看到小说中描绘男女拥抱接吻就可能脸红心跳，产生美好的联想和渴望，看到影视剧中男女亲昵的举动，少男少女会下意识地捂上眼睛或羞涩地从指缝中偷窥，其情状惹人怜爱，让人感到青春骚动的可爱；今天的青少年由于受到太多不必要的感官刺激，恐怕很难再产生那样甜美的小小冲动了，这实在是对人类原始天性和童真的一种恶意剥夺。那么，性描写有没有一个基本的衡量标准或底线？关于这个问题，曾有人就《废都》的性描写与国家有关部门的"扫黄"细则相对照，结论是《废都》当禁，事实上，《废都》的确被有关部门一度禁止发行，这一禁倒引发了一场盗版与珍藏热。

对文学作品中性描写的评价标准不外有两种：一是社会道德评价原则，一是艺术评价原则，作家通常更关心其艺术价值，读者更关心其社会道德价值。道德评价的最高标准是要求性描写达到美与雅的审美境界，最低标准是当时社会普遍的道德心理所能承受的底线，但这条底线是因人而异的，标准的不确定性导致了《废都》既被"捧杀"又被"棒杀"的尴尬处境，《废都》的被禁则说明它的性描写超出了这条底线的平均值。对《废都》性描写的批判大多数都是从社会伦理和艺术两个层面展开的。

衡量性描写的社会标准是看性描写本身所体现的社会文化价值是否丰厚，也就是说性是否与小说构成一个有机的整体，游离于艺术整体的性描写就成了不必要的噱头和诱饵，透过性要能反映出广泛的社会生活内容，表现出当时人的人生观、价值观、道德观、审美观，表现出丰富的人性和社会世态，这样的性描写就是必要的，有价值的。《废都》的性描写的确表现了中国社会转型期的都市生活的新变化，表达了人们在市场经济大潮中的迷茫和挣扎，也写出了知识分子面对城市文明的冲击所表现出的困惑、逃避等，从这个角度看，小说的性描写是十分必要的，文化蕴藉也是相当深厚的。著名评论家雷达说：

> 庄之蝶通过性活动所暴露的灵魂的复杂，比之他在现实生活中的流露，要多得多。他的软弱，他的窘迫，他的不无恶谑的情趣，他的自相矛盾的女性观，他的本想追求美的人性却终于跌落在兽性的樊笼的尴尬，全可从他的性史中看到。①

衡量性描写的美学标准，我想应该是与当时社会的审美标准一致的，不同时代有不同时代的审美标准，不同的社会阶层，审美标准也不尽相同，但康德关于美的非功利性的论断，还是得到普遍认可的。美有不同的风格和形态，丑、荒诞、残缺都能作为美的形态出现，并能为人们所接受，那么性描写的美学标准也应当参照同时代美的标准。首先，性描写应该是非功利的，即作者不是有意识用性来做商业卖点；其次，性描写不能写成生理教科书，性描写的表现应给人以美感和心理上的愉悦，如果读了让人觉得恶心那就是色情淫秽，而不是文学；最后，性描写要符合善的原则，使人在得到审美享受的同时产生对爱情的美好想象和向往。

人们批评《废都》是因为它写得太庸俗，写得太污秽，写得太肮脏。②《废都》中那些毫无节制纤毫毕现的性行为和性心理描写确实缺少了中国古典文学所推崇的含蓄内敛的美学风范。米兰·昆德拉说：

> 如果说，小说有某种功能，那就是小说是让人发现事物的模糊性。③

《废都》的性描写恰恰破坏了性在人们心目中的模糊性和虚幻性。《废都》的问题就在于它的性描写缺乏一种美学上的节制，使描述成为一种情绪的肆意宣泄，作家言说的欲望冲破了理性的束缚，迫切的表达欲望

---

① 雷达：《心灵的挣扎——〈废都〉辨析》，载《当代作家评论》1993年第6期。
② 章克雷：《有感于〈废都〉居然获奖》，载《文学自由谈》1997年第2期。
③ 安·德·戈德马尔：《小说是让人发现事物的模糊性——昆德拉访谈录（1984年2月）》，见乔·艾略特等《小说的艺术》，张玲等译，社会科学文献出版社，1999年，第76页。

犹如洪水猛兽，奔腾直下，造成了小说中性描写的泛滥，给人一种"慌不择言"的感觉，小说中直露的性描写碾碎了性的朦胧感和神秘感，剥夺了读者对性的丰富联想和美好想象，从而失去了文学上的美感，使人产生心理上的厌倦和逆反，这就好比吃糖，糖少了，不甜，不过瘾；糖多了，就会太腻，让人犯酸。

几乎与《废都》同时发表的长篇小说《白鹿原》中也有相当细致的性描写，在当时也引起了一些争议，但小说还是得到了读者和主流意识形态的一致认可。其中就有一个性描写策略的问题。《废都》写性是抓住一点写深写透，整部小说就围绕庄之蝶和与他有性关系的女人们展开，性描写太多、太密、太滥，冲淡了小说社会批判的主题；《白鹿原》的性描写比较节制，采用的是散点透射的方式，性描写涉及的人物相对较多，跟故事情节也更加贴近，而且作者善于通过人物的性行为方式刻画人物性格，比如，白灵与鹿兆麟和鹿兆海兄弟之间的性爱描写就表现了三个人不同的性格特征，白灵热情奔放，鹿兆海多情缠绵，鹿兆麟瞻前顾后。另外，作者有意识地强化了性的社会文化内涵，淡化了性的生物学内涵。对白鹿两大家族主要人物的性行为都有多次描述，在描写不同人物的性行为时，作者所用的词语、语气、语调、表述方式等都是客观的、冷静的，没有明显的褒贬或主观价值判断，完全是一种自然化表述。在写到白嘉轩和鹿子霖的性行为时，描写本身并没有明显的美丑善恶之分，也没有两军对垒式的一套语词系统，他们性行为的性质完全在于性活动的社会意义。白嘉轩的性行为是在正当的伦理范围内进行的，他的性对象都是明媒正娶回来的，性行为停留在婚姻内部，其目的是传宗接代，而不是感官享乐，当然，他的男性中心主义，把女人作为工具而不是作为具有主体性的人来对待，在女权主义者看来都是对女性的亵渎，但在当时，人们更多是从伦理上来看待性，对此并没有提出太大的异议；鹿子霖却是婚外性行为，或有乱伦的嫌疑或仗势欺人或以权谋私，且不说他与那些与他有染的女人之间是否是"两性相悦"，单是他获取性的手段就与白嘉轩形成了鲜明的对比，这样一来，小说中性观念的二元对立（男女）被转化为社会文化伦理的二元对立，性的社会文化意义得到彰显。弗洛伊德认为所谓文化，就是有条不紊地牺牲原欲，并把它强行转移到对社会有用的活动和表现上去。《白鹿原》的性描写就是对弗洛伊德这一论断的有力阐释。白嘉轩和鹿子霖都想通过性能力表现自己旺盛的生命力，显示自己家族生生不息的顽强生命力和创造力，只要白嘉轩没有子嗣，族长的位子就无人继承，他的族长地位就会受到威胁。性在小说一开始就是工具，在白嘉轩和鹿子霖那里是家族斗争的工具；在田小娥那里是女性反抗被侮辱被损害的不公正命运的工具；在举人老爷那里是有钱人养生的工具；在鹿兆麟那里是反抗封建婚姻制度的工具；在白灵那里是追求自由平等、爱情婚姻自主的工具；在其他人那里是传宗接代的工具。在白鹿原上，性唯独不是人生命的原欲，没有人看重它给人带来的生理上的快感和精神上的愉悦，（鹿子霖的性快感更多是占有欲与权力欲满足的外在形态或转换形式），性的生物学意义被完全消解，社会文化意义在无限地膨胀着。这是小说性描写的重要特色，将性欲望"社会文化化"，暗合了中国人传统的文化心理和审美定势，在写法上较之《废都》也更唯美、节制，与小说整体结构的融合也比较紧密。

选自《沉溺与超越——用现代性审视当今文学中的欲望话语》，中国社会科学出版社，2008年

论贾平凹笔下的"打工者"形象

贾平凹上世纪70年代后期开始文学创作，是新时期最勤奋的作家之一，有文坛劳模之称。中国现代社会发展的每一个时期的世态变迁、人情冷暖，在他的作品中都有所表现，他曾说甘愿做时代的记录员，他的第一部长篇小说《浮躁》对变革时期中国人精神特征的描述，成为公认的时代精神特征。考察贾平凹的小说，就可以看到中国社会经济文化发展的缩影，对一系列敏感的社会话题，诸如变革时期人的精神困惑迷茫失落，物欲膨胀、金钱万能、道德沦丧，现代都市文明与传统乡土文明的冲突，对纯洁美好爱情的永恒追寻，对生态危机的忧虑，对农村经济日趋凋零和即将消亡的乡土文明的怀恋，以及对农民工在城市生存状态和精神状态的关切等。贾平凹都客观真实地把自己看到的感受到的记录下来，现在有一个人的文学史，贾平凹的小说可以看作一个作家对新时期三十年历史的叙述。2005年在研究欲望化写作时，注意到《废都》中有一个一直以来被误读的女性形象——柳月，这个小保姆被当作受害者的形象得到了足够的同情，经过认真细致地剖析，我发现她是一个拉斯提捏或于连式的人物，而不是被庄之蝶欺骗或侮辱的弱小女子，那时电视剧《保姆》还没有播出，小说《高兴》还没有发表。贾平凹小说中出现的打工者形象并没有得到应有的重视，这些人物大致勾勒出了打工者十几年来走过的艰辛曲折的谋生发展之路。本文拟从《废都》中的周敏和柳月谈起，直到《高兴》中的刘高兴和他的朋友们。

一、1990年代的打工者——为融入城市艰难打拼

周敏带着唐宛儿到西京去谋求发展有两个原因：其一是因为唐宛儿，周敏在当地是一个小才子，两人的出走应属私奔性质，小说后半部分有交代，唐宛儿的丈夫将她抓了回去；其二是觉得自己在当地窝屈，才华无法施展，到西京谋求更大的发展空间。柳月虽是农村姑娘，但自幼热爱文学，心高气傲，不甘心一辈子在黄土里刨食，她向往现代都市文明，渴望成为城里人，出人头地，而那时的市场经济还在发展之中，社会能提供给农村女孩的就业机会还很少，能够尽快进入上流社会、直接与上流人接触的职业恐怕就只有保姆这一行当了，更何况柳月对外国小说和中国传统才子佳人言情小说略有了解，深知进入上流社会对一个农村女孩来说必须先踏进这个圈子，哪怕是以保姆的身份。《废都》中，这两个人物起点不同，但进入西京，千方百计走进庄之蝶视野的目的几乎是一样的，我们来回溯一下这两个人物与庄之蝶的交往过程，以便分析他们作为打工者的艰辛与屈辱。周敏有点小文采，他为庄之蝶写吹捧文章，利用唐宛儿的美色引起庄之蝶关注，就是想进入文艺圈，先在西京文艺圈站住脚，然后设法成为西京文化界的名人。也就是说，在1990年前后，放弃公职外出打工的很多人实际上都是时代的弄潮儿，是那些有理想或野心、不安于现状的人。周敏的每一步可谓处心积虑，最终还是无法融入都市生存环境，找不到属于自己的生存空间，丢了情人、工作，惹上官司，陷入困境。都市对外来者的轻蔑与排斥是一种深层次的文化心理积淀，是积习与惰性，这也是"废都"的典型特征，"西京"只是无数所谓文化古城的一个缩影，外来文化、新生事物、异己力量很难撬开古城人内心那顽固颓废、自怜自傲的壁垒，封闭保守排外。这些古城人特有的习性，从商洛农村进入省城西安的贾平凹也是感同身受，很多读者都认为庄之蝶身上有贾平凹的印记，其实，周敏这一形象更能体现贾平凹早年艰难跋涉的坎坷和内心的孤

独无助。新中国成立以来,陕西文学在全国的影响都是比较大的,而且名家众多,柳青、杜鹏程,新时期的路遥等,都是陕西文坛甚至中国当代文坛的标志性人物,那时的贾平凹还有一点边缘人的味道。周敏所经历的那些困境、所做的那些努力,包括那些内心的痛苦,又何尝不是贾平凹曾经的隐痛呢?如果说庄之蝶身上有成名后贾平凹的影子,那么周敏身上又何尝没有在成名之路上跋涉时的贾平凹的辛酸呢?

柳月本来不是庄之蝶家的保姆,她以一个纯真可爱的文学青年的形象引起了庄之蝶的注意,当然我们绝不能忽视她的美貌,她喜欢文学,崇拜名作家,朴实、虔诚、懂事、勤快、漂亮,连庄之蝶都没有察觉她的城府,牛月清发现时为时已晚。进入庄之蝶家,只是柳月人生奋斗的第一步,她更大的目标是发挥自己地利人和的优势,最终取代牛月清成为庄之蝶的夫人。为实现目标,她先取悦庄之蝶,为他和唐宛儿提供方便通风报信,进而在唐宛儿唆使下与庄之蝶发生性行为;在唐宛儿与庄之蝶恋情暴露后,为求自保,她又转而投靠牛月清,将唐宛儿彻底击败;庄之蝶陷入官司与各种烦琐事务之中无所适从时,柳月为庄之蝶解困自愿嫁给了市长的残疾儿子,当然这里或许有诸多无奈与伤感,有为自己曾经崇拜爱恋过的男人的同情与怜悯,但柳月最大的感受恐怕还是庄之蝶夫妇对她态度的转变:她不再是这家的保姆,而是他们诚惶诚恐小心伺候的恩人,连曾经的偶像庄之蝶也要仰视她。柳月从此可算是进入了她期望的上流社会。那个时代市场经济还在发展之中,官本位的传统思想还支配着人们的思想行为,金钱已经开始向权力挑战,但尚未占据半壁江山,周敏削尖脑袋想进入的还是文化部门的行政单位,柳月改变自己命运的方式还不是嫁一个有钱的老板,不过小说中也写到一些最早的商界弄潮儿,比如与牛月清一起开书店、靠买庄之蝶书画富起来的小老板,他的能量越来越大。

颜铭(《白夜》)就没有周敏和柳月这么幸运,名人不是人人都能结交得上的,颜铭也抱着与柳月同样的雄心来到西京,然而天生资质平平的她,压根无法进入社会的主流,在城市边缘徘徊了许久之后,她才与夜郎这个社会边缘人或"多余人"走到了一起。夜郎选择她本来就很勉强，他心里怀着对另一个女人深沉的眷恋，但颜铭还是为他生下一个女儿。奇丑无比的女儿让夜郎几近疯狂，终于发现了颜铭的真面目，颜铭为了生存整过容，原本的她与女儿同样丑陋。整容在十几年后的今天似乎已成为一种时尚，但在国人的潜意识中，美容是可以接受的，整容却被人从骨子里蔑视。颜铭可谓最早吃螃蟹的女人，然而假的终究是假的，颜铭的结局是可悲的，而且没有得到大家的同情与怜悯。其实，夜郎受到的伤害一部分是颜铭带来的，另一部分是他咎由自取，如果没有男性中心的价值评价标准，颜铭何以要在自己的身体上动刀，这期间女性的艰难辛酸委屈无奈又向何人诉说？整容使她得到貌美如花的容颜，那颗备受摧残的心可能早已支离破碎；而虚假的美丽不仅使她失去了家庭，同时失去的可能还有生存的意志和人的尊严。小说是以夜郎为叙述核心的，反复渲染、细致描摹的是夜郎内心的痛苦，被悬置的颜铭的痛苦应该是夜郎的千百倍。后来类似的整容风波还有很多作品涉及过，但最早引起关注的可能还是《白夜》这部小说。不过由于《废都》的缘故，这部小说在当时的反响并不热烈。贾平凹的观察是敏锐的，他的思索常常具有超前性或预见性，作为一个作家，我们不能要求他提供解决这些社会问题的方法，但发现问题也是一个作家的基本素质。我们对20世纪20年代前后的"问题小说"能够公允地评价，为什么要对贾平凹求全责备呢？

这些"寻梦"者牺牲爱情，放弃自尊，扭曲个性，压抑欲望，甚至不惜以肉体为代价迎合都市文明，诚然，他们无力改变纷扰变化的城市，就只能改变自己的生存与行为方式来适应急剧变化的社会。进入都市之初，他们个个才华横溢，锋芒毕露，雄心勃勃，抱着坚定的成功信念，怀着浪漫主义与英雄主义的情怀，要开辟一片属于自己的天地，成为都市的新主人。然而，现实却磨平了他们的个性与棱角，有成功者，有失败者，但那一批"打工者"很难让人以成败论英雄，他们留下的是一种奋斗精神。以往人们谈得最多的个人奋斗者是孙少平（《平凡的世界》），他以道德人格的健全与完善树立起一个奋斗者的标杆，坚忍顽强，永不放弃，爱憎分明，勇于承担，为了理想四处奔波，这是那个时代青年的代表，代表着国家的未来与民族的希望。而贾平凹关注的不是他们身上理想主义的色彩与光环，而是他们境遇的艰难、遭遇的不公、精神的痛苦裂变和人性迷失的不甘。柳月由一个单纯美丽的女文学青年变成一个善于利用一切力量和关系实现自己目的的投机者，她付出的代价也是巨大的，以她的个性那个市长的残疾儿子可能会成为她的又一个踏板，就像我们坚信孙少平无论放在哪里都是一块金子一样。

这一时期的打工者虽然融入都市的过程是艰难曲折的，但他们是以"开拓者""寻梦者"的身份进入都市的，他们是都市的建设者。在计划经济体制向市场经济体制转轨的过程中，较早的打工者并不是社会的底层，而是社会经济文化发展的新鲜血液和新生力量。我觉得，我们的社会学家、经济学家有必要考察一下，打工者是如何由最具活力、最有闯劲的群体成为如今公认的弱势群体和社会底层的。我们的文学在这一过程中扮演了怎样的角色？一味地同情怜悯，过分关注所谓的都市白领，有意识地将打工者分为三六九等，消解他们的精神追求，激发他们的物质欲望，等等。打工文学和底层写作过多地渲染了打工者的苦难和艰辛，而忽略了他们身上那种不甘被命运摆布、不满足于现实生存状态的原动力，以及他们身上至今依然存在着的奋斗精神、顽强意志和人的尊严。

二、2000年之后，打工者与城市的冲突与和解

贾平凹的《土门》《高老庄》都表达了作者对城乡文明的深刻思考，《秦腔》被认为是乡土文明的最后一首牧歌。清风镇的青壮年男子几乎都进城打工去了，只剩下越来越多老弱孩子的空巢村落，土地荒芜，乡村凋零冷落，一片凄凉，最后夏天义为保护耕地而献身，清风镇竟然找不到四个抬棺材的青壮年男子，农村的悲凉景象可见一斑。社会主义新农村没有

劳动力怎么建设？难道只能靠市场来抉择与淘汰吗？2008年全球范围的金融危机也波及中国，国家又鼓励在城市失去就业机会的农民工回乡创业，并给予政策与资金的支持。这些问题在几年前就已经出现并在文学作品中有所表现。打工者一窝蜂地拥入城市，繁荣了城市，败落了乡村，农民工增加了收入，见识了现代城市文明，但是长期以来形成的城乡差异，特别是城乡教育水平的差异，以及中国户籍制度管理的特点，造成了农民工进城之后大多数人只能从事劳动密集型、技术含量低的工作或服务性行业的工作，相应的居住条件和工资待遇也比较低。这给一些农民工的心理带来了极大的伤害，在城市找不到自己期待的位置，甚至受歧视，于是就产生了爱恨交织的独特情感，所谓的底层意识就产生进而膨胀，本土居民与外来务工者及外来务工者之间的矛盾也随之产生。其实，那些来自不同国度的外籍工作人员又何尝不是打工者，他们的境遇为何与农民工不同呢？城市生存虽然艰难，但农村人口还是大量地进入城市寻找生存空间。清风镇的荒凉景象从一个侧面衬托出打工者的生存状态，即他们在城市的生活虽不及城市人，但相比较在农村面朝黄土背朝天的日子还是要好很多，更何况某些成功者的示范作用，吸引了更多的农民到城里讨生活，于是就有了刘高兴和五富的进城打工。

《高兴》的创作缘起简单而偶然，就是贾平凹的老同学刘高兴就曾是西安城的一个拾荒者，他的生活经历激发了作者的创作欲望。贾平凹想通过他写生活在大都市中被忽略的底层人群的生活和人生，捕捉《秦腔》中迁徙到大都市的那群人的精神脉搏。我始终觉得要把《秦腔》和《高兴》放在一起分析和考察，在城市化的进程中，大量农村人口进入城市，直接带来的是城市的繁荣和芜杂，农村的荒凉与凋敝。农村留守人口对土地的坚守越发艰难，面对即将消亡的乡土文明，作者和他笔下的人物一样，既眷恋又无奈，所以他说《秦腔》就是为故乡竖起一块碑子；《高兴》写出走者在城市的生存困境与精神痛苦，刘高兴这个人物原型在《秦腔》中也出现过。两部小说就像是一个铜板的两面，一面是乡村，一面是城市，合起来才是一个完整的现实世界,夏天义、引生们与夏风、刘高兴、五富们,合起来才是一个完整的清风镇,才有一个西安城的大致轮廓。

高兴进城不是为了养家糊口,也没有不得已的苦衷,他就是觉得自己不像个农民,就该是个西安人。为了娶妻盖房,他把自己的一个肾卖给了一个西安人,他的一个肾在西安,他理所当然该算是西安人,甚至认为自己的老婆就在西安等他,他梦中的妻子是能穿得上精巧高跟鞋的女人,就像章永璘在劳改农场想象自己的妻子是穿着白纱裙煮牛肉汤的小布尔乔亚一样。刘高兴和章永璘是同一精神谱系的人,只是所处的时代与境遇略有不同。贾平凹塑造人物有一个固定的模式,即将人的灵魂撕成碎片,由几个人物形象共同承担叙事功能,也可以说从《废都》到《高兴》,所有长篇就在写一个灵魂在变革时代的迷茫、漂泊、寻觅与坚守,至今这个灵魂的状态还是"在路上"。尼采说人是桥,超人才是人的目标。贾平凹笔下只有人,《秦腔》中引生、夏风、叙述人和作者彼此阐释着,像一个找不到肉身的元神时常栖息、依附于不同的躯壳。高兴、五富和叙述人是"三位一体",他们的灵魂是合一的。五富一心只想过老婆孩子热炕头的生活,并为此进城打工,他蠢笨自卑,还不讲卫生;而高兴却仪表堂堂,聪明乐观,有思想爱干净,还会吹箫,专注于心灵的宁静与致远,有一点道家的空灵之气;叙述人的价值立场在小说中相对比较明确,他是站在一个早已具有城市身份且成为城市主人的立场上展开叙述的,他居高临下地俯瞰在城市讨生活的城里人和打工者,在物质与精神上,他都高高在上,犹如锁骨菩萨塔的锁骨菩萨般宽厚慈悲,又有现代人的宏阔视野。他们分别从不同的视角切入并观察现代背景下的古城西安,五富艳羡中有仇视,高兴热切地想要融入其中,对城市文明有强烈的自我认同感。但最终他们都没能找到自己的位置,五富客死异乡,要求回故乡土葬而不得,高兴的灵魂永远飘荡在西安城的上空,无论如何他都在西安城留下了自己的脚印,淡淡的,且早已被城市文明的扫把轻轻抹去。一个在现代与传统夹缝中寻求发展的古城西安就这样被叙述、言说着,也就是说高兴是被作者叙述的打工者形象,他既是这一个,同时又可以是这群打工者中的每一个。

关于刘高兴这个人物有过诸多的争议,有些读者认为作者将人物的内心世界刻画得太虚幻,进城打工没技术,只能去拾破烂,这样一个人,作者却赋予他丰富的知识,清醒的现实意识,还常常对自己的命运进行反思,具有超乎常人的自尊,有感情有情趣重情义,简直像是一个精神贵族,大隐于市的智者。现实生活中的刘高兴是贾平凹的中学同学,还写了三万字的稿子叙述他们十八年成长交往的故事,预备卖三万元,《高兴》发表后,还接受过多年多家媒体的采访,一度成为名人,目前在西安用三轮车拉送蜂窝煤,收入比拾破烂要稳定。此人快活幽默,喜读书,练书法,"在肮脏的地方干净地活着"[①]。贾平凹实地采访过许多拾荒者,与其中几位促膝交谈过,他们身处底层,每天早出晚归,饭不敢吃饱,生病不敢去看,维持着微薄的收入,还要常常受人白眼和侮辱,废品收购站的人盘剥轻视欺辱他们,房东的邻居也趁机占他们的便宜,拾破烂的同行也排挤欺负他们,但他们中的许多人都不愿再回农村。城市人对底层农民工的态度是无视他们的存在,因为他们的存在对城市人的生活不构成威胁,他们不具有竞争力,而像周敏那样有才能有野心的人或者像柳月那样天生丽质又不满足现状的人,才是城市土著居民的内心隐忧,因为他们很有可能一夜变凤凰。城市需要农民工的劳动,从理智上来说城市人不排斥农民工,事实上像韦达那样的城市人还会真心实意地帮助他们或者与他们交朋友。"欺负民工最凶的是民工",如果说城市人给农民工的是精神上的压抑或忽视,那么农民工彼此之间的伤害却是切实的,同命相残更让人痛心,但这的确是很多农民工所经历和困惑的。也许在某些人看来,城市人的冷漠更让人难以忍受,张爱玲的感觉却略有不同,她的《公寓生活记趣》表达了她对城市生活的感受,城市人与人之间相对疏离的关系让她产生了一种莫名的安全感,有"大隐于市"的感觉。当然,冷漠作为现代文

---

① 贾平凹:《高兴·后记》,作家出版社,2007年。

明病是应该批判的,孤独、轻蔑对人自尊和心灵的伤害可能更大,高兴就时常觉得生存的尊严受到了践踏,而对生存的艰难坦然面对。贾平凹在《废都》《白夜》《怀念狼》《病相报告》《秦腔》《高兴》等作品中,都对这类颓废的世纪末情绪和人的精神困惑进行过细致入微的描摹和探究。

贾平凹说这部小说数易其稿,原因就在于对城市态度的把握和对时代本质的认识。①他想写出刘高兴式的农民工对城市的复杂情感,他们大多高中毕业没考上大学,不会也不愿种地,有文化知识又不安分,只好进城打工,当然也没技术,只能在底层晃悠,但却在衣着服饰语言行为方式上不断向城市靠拢,他们灵魂上的有些东西更靠近城市,而不是传统的农村。刘高兴多次教训五富"吃饭要像个城里人,走路也要像个城里人",这代表着一种文化立场,与城市亲和而非对立,刘高兴总是在自觉超越自己的农民意识,他不断告诫自己"不能恨,恨了就更难在西安生活",他要在苦难的底色上书写自己快活的城市生活。"粪便、尿和臭屁似乎就构成了中国农民。中国总是批判欧洲对她的错误呈现,如果允许我们把这个时髦批判调转过来,则中国当代文学也面临这样的问题,即在中国像你我那样的普通人是否就被'如此'地正确呈现了出来。"②顾彬这段话用来分析我们当今文学中的打工者形象同样恰当,有些作家以为农民工生活在城市的边缘或底层,就会对城市产生抵触甚至仇恨,农民工要么会以朴素纯真的乡土情结应对城市生活,要么以像五富那样的行为证明自己的存在。其实,很多农民工城市化的程度或追求时尚的热情极高,他们自觉地用城市的生活方式和行为规范要求自己,就像高兴这样,他渴望成为城里人,并自觉摈弃自身的农民意识和不良语言及行为习惯。这是一种发展趋势,是文明的表征,反而让某些人觉得不像农民,这是某些人潜意识中对农民的一种歧视或误读,是一种盲目的城市优越感在作祟。事实上,在中

---

① 贾平凹:《这代农民要被牺牲掉》,载《南方周末》2007年10月26日。
② 顾彬:《二十世纪中国文学史》,范劲等译,华东师范大学出版社,2008年,第305页。

国的广大农村,像白嘉轩那样追求道德完善的农民大有人在,像孙少安、孙少平兄弟那样的优秀青年依然是城乡建设的主力军。

贾平凹在创作中随时调整自己的心态,防止自己根深蒂固的农民意识不小心跳出来替那些在城里生存艰难的拾荒者厌恶仇恨城市。他希望写出这一代农民工的精神状态,特别是他们那种迸发于困境中的顽强的生命力,因为他们中的相当一部分人最终会彻底融入城市之中,成为城市的一员,而他们一旦成为真正意义上的城里人,即有户口有工作有房子有一定的经济实力和社会地位,哪怕是成为像韩大宝那样的破烂王,只要愿意,韩大宝也可以像都市白领一样生活。韩大宝对自己家乡的人还是不错的,愿意并尽己所能帮助他们,这也许只是作者和我们共同的期望。城市化是人类文明发展的自然法则,谁也没法改变,我们能做的就是在发展的过程中少走一些弯路。片面强调农民工在城市生存的艰难,忽略城市带给他们的快乐新奇的另类生存体验,对底层的反复言说和所谓的悲悯忧患意识,并不是对农民工或底层人群的真正的人文关怀,而是一种居高临下的怜悯,是对人性的另一种形式的压抑和践踏。很多农民工在城市的生活比在农村时好了许多,而且和城里人一起享受城市的市政设施、园林绿化、繁华街道和琳琅满目的商品(农民工消费不起的商品,大多数普通市民也消费不起),他们从心底里并不仇恨城市及普通市民,高兴对城市的亲近不是作者的主观臆想,而是比较普遍的社会文化心理,抱着怨恨与敌视的态度,无论生活在农村,还是城市,都可能"看山不是山,看水不是水"。作家如果戴着有色眼镜看社会人生,看到的就可能是苦难、丑恶、怨恨与绝望。

阿尔伯特·莫德尔认为:"说到底,文明只是一种虚饰,许多人只要稍加诱惑,内心的野蛮情绪就会被激发起来。这种情绪始终存在于我们的无意识中,所以它为作家提供了一种虽然有点危险,但很有吸引力的创作素材。"[①]这段话同样适用于文学阅读,读者不断接受城乡二元对立及农

---

① 阿尔伯特·莫德尔:《文学中的色情动机》,刘文荣译,文汇出版社,2006年,第9页。

民工生存艰难、尊严被践踏的信息，并与内心曾经的伤害与怨恨对接，负面的"野蛮情绪"就可能被激发，由无意识变成有意识，从而形成一种有害于社会与个体的非理性的能量，进而危害社会，毁灭个体。毋庸置疑，农民工在建设城市的同时，也在客观上带来了一些不安定的因素。曾有读者指出，高兴不像农民，从心底来说他们更认同五富，但五富的某些言行的确是不文明的，应该批判的，比如粗俗、抱怨等。作者对高兴是认同和欣赏的，这种文化视角有别于他之前的长篇，《秦腔》之前，贾平凹笔下的城乡沿袭了"五四"以来二元对立的思维模式，《高兴》的社会意义之一就在于作者突破了传统的农民意识，开始站在全球化的视野下观察和思考中国社会未来的发展和命运，探讨农民工该以怎样的生存方式和心态融入城市，最终完成城市化的过程。这种文化视角应该对我们目前的"打工文学"和"底层写作"有所启示。

原载《衡阳师范学院学报》2011年第4期

《秦腔》：乡土文明的终结

——《贾平凹评传》节选

《秦腔》是贾平凹的第十二部长篇小说，他说要以这本书为故乡竖一块碑。他曾说商州是他创作的根据地，早期"商州三录"、《商州》及其他中短篇小说都是取材于商州的，商州对他来说是一个"泛故乡"的概念；长篇小说《浮躁》《高老庄》《怀念狼》等，商州是故事发生和人物活动的社会文化背景，真正以故乡和故乡人为原型，真正描述故乡风物、人情人性的作品，《秦腔》是第一部。小说中的清风街是以他故乡棣花镇为原型的，小说中的人物也或多或少有着亲人与村人们的影子，贾平凹在棣花镇生活了十九年，在故乡时一心想要逃离乡村成为城里人，去省城上大学路过秦岭，下车小便时，他感慨地说："我把农民皮剥了！"进城后，他发现自己骨子里还是农民，并著文《我是农民》表达自己内心的复杂情愫。1979到1989年，十年间，他每次回乡都感受到家乡的巨大变化，农民的生活水平提高了，村人们开始想进城里的公园、戏园子，要成为作家的贾家老四的儿子给他们写中堂对联，人们欢快地在地里忙活着，盖房子，娶媳妇，做家具，为老人提前准备后事，田塄上农民们听着收音机里嘶吼的秦腔，抽着旱烟锅子。那时的故乡让他振奋，欣悦，他写了大量表现农村变革的作品。他敏锐地发现，农村解决吃饭问题后，国家将经济中心转移到城市，有限的土地将其潜力发挥到极致之后，粮食产量便不再提高,棣花镇远离省城,没有矿藏,没有工业,经济发展进入瓶颈期。随着改革开放的深入,公路、铁路等基础设施不断蚕食有限的耕地,物价几番上涨的后果是化肥、农药、种子及其他生产资料与各种税费跟着上涨,农村成为各种社会压力的泄洪池。土里刨食越来越艰难,青壮年劳力外出打工成为许多家庭的主要谋生手段与经济来源,农村成为空心村,村庄逐渐萧条,留下的大多是老人和孩子,留守儿童成为社会性问题。贾平凹首先意识到的是父亲去世后,贾家在棣花镇没落了,进入新世纪前的那几年,棣花镇的老街几乎废弃了,街面上长满草,原本不够种的地,竟然荒芜了许多,村里死了人都发愁怎么抬到坟地里去。走在老街上,他发现叫他"八爷"的小媳妇们,都不认得了。长辈们接二连三地去世,同辈们老相尽显,故乡越来越陌生,身为作家,他发现自己为棣花街写得太少太零碎,他怕故乡有一天再也找不到童年时的模样,他怕故乡和农村从此消失,精神与情感无所依附。他要为故乡写一本书——为了忘却的回忆。这部小说动用了他所有素材中最后一块宝藏,倾注了他的灵魂和生命。写棣花就是在描画自己和族人、村人的灵魂。他想把郁积在心中的复杂情感表达出来,给故乡,给心灵一个交代。

他说以前写商州,是概念化的故乡;《秦腔》写的是他自己的村子,家族内部的事情,他在写故乡留给他的最后一处宝藏。过去的作品中一直不敢触及,他怕牵扯到他的亲属、他的家庭。生活中、读者中,有太多善于对号入座的人和事了。总有人将作品中的人物与生活相对应,比如《废都》出版后,很多人坚持认为庄之蝶就是贾平凹,贾平凹就是"流氓",这与"文革"期间的主题先行论在本质上有什么区别;唐宛儿这个人物,单是西安市就有三位女性公然宣称贾平凹是以她为原型塑造的,弄得贾平凹哭笑不得,百口莫辩。《秦腔》中的夏家基本上是以贾氏家族为原型的,他的堂哥、堂嫂、堂妹等都是人物原型。贾平凹不敢轻易动笔触碰家族资源,因为他觉得一旦写了,就等于在揭家务事。中国人一向有家丑不外扬的习惯,他说这本书稿是在惊恐中完成的,写作异常艰难。为了写作,他推掉了许多会议,招致领导的批评;拒绝了很多朋友的邀请,引来不少抱怨。他用了一年九个月的时间,集中写作。先后写了三稿,还是不满意,最后在三稿上又修改了一遍。他是以双重身份审视棣花镇的变迁的,既是时代的记录者,又是棣花的孩子。棣花镇的山山水水,老街上的人与他血脉相连,棣花是他的根。他永远记得棣花镇是养育他的地方,棣花文化底蕴深厚,村人崇尚耕读传家,能写会画、擅长书法算数者大有人在,有人不识字却能将封神的故事讲得与原著一字不差;扮社火、吼秦腔、拉胡胡,各种艺术门类都有人精通;种地之外,村人各有谋生技艺傍身,木匠、泥瓦匠、做酱醋的,以及各种小手工艺,不拘大小技艺,老街上都有人务弄,棣花镇就是一个自足的小社会。贾平凹在省城写书成了名,书法被人追捧,老街人却说"像他这样的,这里能拉一车"。《秦腔》之后,他以小时候的玩伴刘书桢(小说中叫刘高兴)为原型创作了长篇小说《高兴》,刘高兴随后便用数万字写了他认识的贾平凹,发小眼中、心中的贾平凹。刘高兴没有丝毫"怯场",你写了我,作为同学,我也写你。

秦腔是陕西地方戏种,在西北地区广为流传,有广泛的群众基础,在陕西,几乎每个村子都有秦腔自乐班,西安的许多高校都有自发的秦腔剧社。秦腔是秦人之腔,是我国梆子腔的鼻祖,历史悠久,唱腔激越婉转,快板慷慨苍凉,慢板缠绵凄婉。秦腔曲目善慷慨悲歌,激昂雄壮,大喜大悲。秦人之声,孕育于陕西独特的地理与人文环境之中,以大吼大叫、大开大合见长,东南人听不惯,尤其是纤巧的南方女子,听秦腔时惊吓得直捂耳朵。1983年5月,贾平凹创作了散文《秦腔》,讲述了作为剧种的秦腔的前世今生,他说秦腔唱出了秦人大苦大乐的人生,表达了秦人的喜怒哀乐与心声,是秦人的民族与家乡交响乐。长篇小说《秦腔》中秦腔剧种是贯穿始终的线索之一,秦腔的衰落与白雪的被遗弃象征着传统文化与民间道德秩序的没落,一段段唱腔,一段段曲谱,串联起小说的主要人物与故事。唱腔与唱段及剧目的选取都煞费苦心,与情节发展、人物性格、心境等关系密切，也隐喻着不同时期村人的道德选择与伦理困惑。但小说是借秦腔的衰落写乡土文化的消亡的，小说的主线与重心是写作者亲历的中国乡村二十年历史变革的，是解读新形势下农民与土地的关系及新时期农民的现实生存状态和心灵阵痛的。他想写出这种衰败中的挣扎，写出衰败的过程，这种挣扎是悲凉而无奈的，是"生命透着凉气"。结果是必然的，过程却是惨烈而哀伤的。从农村走出来，站在城市的中心，站在人文知识分子的立场上审视生养他的故乡，身份是双重的，笔尖始终是温暖的柔软的，他无法以旁观者、批判者的眼光剖析他们，批评他们，文化积淀与情感内蕴使他很难以"内视法"观照他们，像写《废都》《白夜》那样深刻锐利。

不同于前几部长篇小说出版时的低调作风，贾平凹这次很高调，他想为故乡实实在在做点什么。2005年1月，长篇小说《秦腔》在《收获》杂志第1、2期连载，4月，单行本由作家出版社出版。1月17日，《秦腔》后记《故乡啊，从此失去记忆》在《南方都市报》发表。文章以绵密的叙事，对童年少年时代的故乡往事娓娓道来，详述自己对家乡的复杂情感，对自己的农民身份与情感结构追根溯源，他说："我是农民，善良本分，又自私好强，能出大力，有了苦不对人说。我感激故乡的水土，它使我如芦苇丛里的萤火虫，夜里自带了一盏小灯，如漫山遍野的棠棣花，鲜艳的颜色是自染的。但是，我又恨故乡，故乡的贫困使我的身体始终没有长开，红苕吃坏了我的胃。"好不容易离开故乡成为城里人，他发现自己本性依旧是农民，就像乌鸡一样，"乌"在骨头里了。这是他第一次公开以"萤火虫"自喻，称自己为"带灯"，2013年，贾平凹出版了以《带灯》为题的长篇小说。潜意识中，他一直想做一盏能照亮黑暗的"灯"，自带光芒与色彩，哪怕这光芒微若"萤火"，照亮自己，也照亮他人与世界。

随后，又发表了对话录《一次寻根，一曲挽歌》，为《秦腔》预热造势。与王彪对话时，他谈到小说的语言问题，以及小说的表现形式，为什么要用那种"密实的流年式的书写方式"。似乎他明知这种叙事方式可能会带来阅读障碍,但他依然那样写了。他发现农村文化形态就表现在农民日常琐碎的生活之中,乡土文化是一种建立在血缘与伦理根基上的土性文化,具有黏糊、混沌的特性。

2005年,《美文》杂志第1期发表了贾平凹的散文《〈秦腔〉记》。

3月25日,长篇小说《秦腔》研讨会在复旦大学召开。会议由复旦大学当代文学创作与研究中心、《收获》杂志及《文汇报》联合召开,陈思和、王鸿生、罗岗、栾梅健、刘志荣等对小说进行了高度评价,从思想主题、总体风格、语言表现、文化底蕴、艺术形式、审美追求等方面进行了分析阐释。王鸿生称《秦腔》为"反史诗的史诗性写作",栾梅健将《秦腔》放在中国现代化的过程中进行考察,将之与鲁迅的《故乡》、赵树理的《李家庄的变迁》、高晓声的《陈奂生上城》进行比较,认为这四部作品先后反映了"五四"之后、新中国成立之初、改革开放之后及社会转型期四个重要时期农村的面貌与时代变迁,小说具有重要的意义。也有人指出叙述人张引生疯癫痴傻、神神道道,在书中显得太过突兀,不但不一定能抓住读者,反而破坏了内心朴素的情感。[①]

4月1日,《文汇报》发表了贾平凹与郜元宝的《关于〈秦腔〉和乡土文学的对谈》。

12日,长篇小说《秦腔》首发式在西安建筑科技大学图书馆举行。省委宣传部、组织部、教育厅、文化厅、文联等单位领导及省内外评论家参加了会议,见证并祝贺小说出版。贾平凹在首发式上讲述了小说创作的历程及感悟,他说《秦腔》是最费心血的一部长篇,写作是为了宣泄他心中的块垒,是他灵魂与情感的寄托。在创作中,他的情感是痛苦、分裂,极为困惑的,他只想呈现一段历史,不带有任何先在的观念。社会转型期农村表现出的复杂态势,常常表现为"最分明处最模糊",矛盾交错,混沌不清,只有通过看似平庸的、琐碎的、泼烦的日子才能真实有效地呈现

---

① 陈思和、杨剑龙等:《秦腔:一曲挽歌,一段情深——上海〈秦腔〉研讨会发言摘要》,载《当代作家评论》2005年第5期。

这段历史，这种呈现越沉稳、越详尽，理念的东西才能表现得越加坚定突出。《秦腔》的美学追求是力求简淡，在简淡而迷离之中见苍茫。《秦腔》的写法是整体的、混沌的、循环的。①

当下的、变动中的生活是最难写的，既要写得鲜活生动，又要写得质朴，这个度很难把握。贾平凹主观摒弃了当时流行的"家族史诗"写法和华美绚丽的语言，选择了说话体小说和生活流小说的写法，运用朴素的、口语化的陕西民间方言来写作。仪式结束后，签名售书四百多册。午饭后赶往西安图书大厦，两小时内签售七百多册。

14日晚，在陕西新华读者俱乐部签售五百多册，为读者俱乐部题词："读者之家"。

五一期间，由穆涛陪同，前往河北石家庄为读者签名售书。3日，在杭州市文二路浙江图书大厦签名售书；14日，在北京王府井图书大厦签名售书。

15日，长篇小说《秦腔》研讨会在中国作协召开，五十多位国内知名评论家参加会议。与会专家对《秦腔》给予了高度评价，李敬泽认为小说的主题是沉默，乡土中国的终结是一个巨大的沉默区域，此前还没有哪个中国作家充分意识到这种特殊的终结。贺邵俊认为《秦腔》体现了贾平凹的成熟，承续了中国传统文化中日常叙事的脉络，小说具有叙事革命性的意义。陈晓明认为《秦腔》是乡土中国文学叙事、文化想象与美学想象的终结，作者选择了一种极端的叙事方式，他在进行"一种阉割式的叙事"。雷达认为作品突破了以往小说的写法，是一次成功的艺术探索，作者抽取了故事、悬念、情节等小说叙事的元素，这是一次冒险的写作，作者显然成功了。孟繁华读出了《秦腔》"透彻骨髓的绝望感"。张颐武说《秦腔》有很强的悲伤感觉，但不是悲观之作，是温旧梦寄遐思，温旧梦是为了中国的新梦。白烨认为小说的细节密集而精彩，塑造了夏天义、夏

---

① 《贾平凹新作〈秦腔〉西安建筑科技大学首发式记》，载《美文》2005年第6期。

天智和张引生三个人物,这是一部死后可以当枕头的书。

贾平凹感谢大家对小说的关注、解读与评价。他说写作《秦腔》时,他痛苦极了,他发现之前关于乡土叙事的经验无法把握当下乡村的现实,他的知识结构与洞察力,都无法解释乡村凋敝与文化衰微的状态,新中国成立以来形成的农村题材的写法不再适合,他说他"只描绘,不想解释"。过去的乡土叙事迷恋宏大叙事,强调文学源于生活,高于生活,要对生活素材进行艺术加工等。他感觉过去的一些农村题材作品是将生活像大树一样连根拔起,还要抖掉洗净根上的泥土。他想对那种家族史诗式的宏大叙事进行"拨乱反正",让文学回归日常与本真,通过"一堆鸡零狗碎的泼烦日子",透过泥沙俱下、浑然天成的原生态生活,抵达生活本质的真实。他一反过去用情节结构小说的写作套路,用琐碎的细节和不假雕饰的语言推动整个叙事,尽管他知道读者更喜欢读情节跌宕起伏、戏剧冲突激烈的小说。这种写法,对作者、读者和评论者都是一次艺术的冒险。

《秦腔》不分章节,漫无目的地写,拉拉连连地如流水般,没有一个清晰的情节线索,是对农村生活的原生态的还原。这种写法一点都不讨巧,写《高老庄》时,他曾经尝试过,结果是毁誉参半。这次写作他走得更远更极端,他认为小说写法是由内容决定的,并非什么刻意的文体实验或创造新的文本。这种生活流写法,明清时期的说话体小说就有,如《金瓶梅》《红楼梦》等。贾平凹说创作时,他只是觉得故乡的生活就是由那些细枝末节、鸡毛蒜皮的小事构成的,乡亲邻里之间哪有那么多大是大非、爱恨情仇,有的就是如浆水面一样发酵过的略有些酸爽黏稠的日子。他清楚地知道这样写作难度更大,首先,要对所写的生活非常熟悉,这一点他有足够的自信;其次,小说中的细节要真实生动鲜活;再次,写作者要能控制好叙事节奏;最后,要写得好读,语言灵动、活泛,如潺潺的小溪缓缓流过,有波澜却不阻滞。在创作中,贾平凹非常清醒,对文本接受是有期待与预设的。他说:这种写法"弄得不好,是一堆没骨头的肉,弄好了,它能逼真生活,使作品褪去浮华和造作"①。

《秦腔》要写的是故乡的全部,而不是写故乡的某一部分,如鲁迅写《一件小事》《故乡》《祝福》那样,他想要呈现出故乡浑然的整体,单一视角或主副线几条线索来写,很难写出故乡的变化,故乡和作者关系的变化。现实生活的枝蔓很多,拉拉扯扯的,贾平凹试图写出生活的啰唆与繁复。在国人的文化记忆里,文人们在外面(官场、仕途或者都市)受了委屈,如陶渊明、王维等,还可以归隐田园,或者回到乡村那片净土去,寻找田园牧歌式的宁静与温馨;在社会转型期,乡村凋敝,街市萧条,青壮年都外出打工了,村上剩下的都是老弱病残,乡村没有了"人气",贾平凹发现家乡正在发生的事情还不如城市,家乡回不去了。曾经醇厚的民风民俗,相厚的乡亲找不回来了,记忆中乡村的形态消亡了。在城里找不到归属感,乡村家园也回不去了,主体便产生了无根感、漂泊感和孤独感,进而感觉恐惧、无助与绝望。这是他产生强烈创作冲动的根本原因。写作中,面对这样的乡村,他矛盾、痛苦,不知道该歌颂还是批判,乡村的前景是光明还是阴暗。他发现自己没有能力站在人文知识分子的启蒙立场上俯视生活,解释生活,在无助中,他选择描述,将乡村衰亡的过程呈现出来,为家乡竖一块碑子,由历史评说,由后人评说。在小说中,夏天义死后,坟头就立了一块无字碑,取意即武则天无字碑的意思。

贾平凹的语言是有鲜明个人化特色的,他常说一部作品最能表现个性的是语言,小说无非是作者在用作品中的人物说话,表达的还是作者的思想情感。他的语言风格早期与中晚期虽有较大的区别,但他对说话语言(即言语)重要性的认识是深刻的,他从不掩饰自己语言创造上的野心,他清醒地意识到作家还承担着改造并规范语言的责任。贾平凹的语言基础是陕西民间方言,即陕南方言、关中方言与改造规范过的西安普通话,这一地域民间语言本身就是厚实又不乏灵性的。陕西方言中有大量的古语和

---

① 贾平凹:《访谈》,生活·读书·新知三联书店,2015年,第237页。

雅言，民间化之后，外地人以为这些语言很俗很生硬，比如"咥"，本是古语，雅正的用语，当下却常被外地人耻笑"生硬"。他试图将这些曾经雅正规范的汉语表达延续、记录下来，还原语言的本真。《秦腔》中，这种尝试显得格外"故意"。

郜元宝认为《秦腔》整套语言系统都口语化了，叙述语言和小说中人物的语言没有区别，小说虽然安排了一个出走后归来的作家夏风，但夏风已经不再像《土门》《高老庄》那样成为一个叙事的角度，作者没有给他太多说话的机会，在语言上，他也无法打破方言世界的纯粹，就像现实生活中，很多归乡者只有重操方言时才能获得融入乡土的资格一样，外来者一旦进入封闭的乡土环境或空间，很快会被同化，比如子路。而个体，无论出走多久，走得多远，一旦回到故乡，乡音便脱口而出。

研讨会三天后，中国青年报发表李建军题为《〈秦腔〉：一部粗俗的失败之作》[①]，文章批评《秦腔》是一部"失败的粗俗之作"，是"一部似是而非、不伦不类的怪物"，是"一部僵硬的、虚假的作品，一部苍白、空洞的作品"，整部小说充斥着"一种琐碎、芜杂、混乱的自然主义描写"。三天后，贾平凹接受《华商报》记者采访，高调回应李建军及其批评，称"骂我是他存在的方式""他是我的文学托儿""他的执着让我感动""他不是骂出名了吗？""猪尿泡打人不疼但有臊气""我应该赶紧去打一针狂犬疫苗"等，访问中出现了一些非理性、超出文学论争的言辞。文学论争出现口水战的倾向，双方各有支持者，有人认为贾平凹是文学大家，上述言辞显得过激，且有失长者风范，也有人认为贾平凹的回应在情理之中。上述言辞冲淡并淹没了贾平凹关于文学批评，作家与作品、读者、评论家关系的论断，如"对一部作品，有什么看法都可以，作家、评论家、读者都是为汉文学的繁荣而共同工作的，在这项工作中可以有破坏，但更要有建设……"类似这样专业的文字还有很多，但都没有引起关

---

① 李建军：《〈秦腔〉：一部粗俗的失败之作》，载《中国青年报》2005年5月18日。

注,媒体和读者关注的是那些情绪化的文字和话语,网络转载最多的也是这些文字,这恐怕是贾平凹始料不及的。大众媒介需要的是话题,而不仅仅是文学观念的交锋。

随后,在另一篇评论《秦腔》的文章中,李建军列举了小说的五大罪状:靠不住的阐释与被取消的"叙事",意义的沉沦与自然主义描写的泛滥,缺乏朴素与诚恳,被物化与被损害的叙述者,恋污癖与性景恋依然如故等。①小说中无所不在的粗鄙成为争论的焦点之一,反对者不少,也有人称之为贾平凹的美学趣味。南帆对粗鄙描写进行了如下解释,他说贾平凹之所以这样写,或许是因为他"对于乡村失望了。记录商州时体验到的田园风情不再是沁人心脾的美学对象。幻象已逝,贾平凹深刻地意识到乡村生活之中的鄙气"②。

9月,谢有顺发表《尊灵魂,叹生命——贾平凹、〈秦腔〉及其写作伦理》一文,对贾平凹作品的中国化思维和语言、探查现代感和精神真相的艺术尝试给予高度评价。他认为《秦腔》在非常短小的时间与狭窄的空间里,建构起了恢宏、庞大的文学景象,建构起了全新的叙事伦理,是尊灵魂的写作,即在作品中找天地之"心",寻人类之"命"。

还有读者指出小说细节描写烦琐,人物关系复杂,内容芜杂,结构凌乱,境界庸俗,大量鸡零狗碎的乡村生活琐事让人感觉厌烦;语言糟糕,直露粗俗,毫无文字韵味,通篇是半文半白类似于明清小说风格的语言,还夹杂着陕西方言,不只是普通读者读不下去,专家、评论家也读不下去,如雷达、白烨、李敬泽等都说不好读或是"硬着头皮"(白烨语)读完的。李敬泽读《秦腔》读到发火,后来找了一位陕西朋友用陕西方言朗读,才深得小说意蕴。谢有顺对贾平凹的创作十分推崇,据传他读了九

---

① 李建军:《是高峰,还是低谷——评长篇小说〈秦腔〉》,载《文艺争鸣》2005年第4期。
② 南帆:《找不到的历史——〈秦腔〉阅读札记》,载《当代作家评论》2006年第4期。

次才将小说读完。尽管难读，评论家们对《秦腔》都给予了高度评价：陈晓明认为《秦腔》基本代表了中国当代汉语文学写作的水平；谢有顺认为《秦腔》是对乡土中国变迁的精细刻写，以及对这种变迁的沉痛忧思，所达到的深度和广度，都为同类题材所难及；穆涛说，《秦腔》是写给专家看的，《高兴》是写给老百姓读的。

陕西蓝田县元君庙村有个民间雕塑师姜国兴，他素来喜欢贾平凹，看到他的作品都会找来读。《秦腔》，他前后读了三遍，书都翻旧磨损了。书中人物与故事深深感染了他，他放下手头雕塑的神像，开始雕塑《秦腔》人物情景群像，共雕塑了一千多尊，生动形象地还原了小说的故事和人物。看着这些雕塑，摸着那本翻破的书，贾平凹表情凝重，他在书的扉页上写道："……此书能在乡下被人阅读如此，作为作者甚为欣慰。'三农'永远是我们的痛，农村事大如天。"① 贾平凹说读者是支撑他创作的根本动力，《废都》之后，他的小说风格和语言风格发生变化，失去了早期的一些读者，但也赢得了新的读者。作品是写给人看的，不是拿来评奖，或仅仅作为史料、文献存在的。这类自然也有存在的价值，但不是他的创作追求和目标。他认为作家不能一味地迁就读者，读者喜欢什么就写什么；作家还有责任有义务培育读者，提升读者的审美品位和艺术鉴赏力。

在争议声中，长篇小说《秦腔》被关注着，阅读着，并获得《收获》年度金奖、第二届《当代》长篇小说年度最佳奖、中国小说学会专家奖、首届红楼梦奖（又名世界华文长篇小说奖）、首届陕西文艺大奖·文学作品奖、第七届茅盾文学奖等。这些奖项给贾平凹带来了巨大的声誉。

贾平凹本人因《秦腔》获得第四届华语文学传媒大奖2005年度杰出作家奖，这届大奖的终审评委分别是北京大学教授洪子诚、作家马原、《当代作家评论》主编林建法、苏州大学教授王尧、评论家谢有顺等五人。评

---

① 孙见喜、孙立益：《贾平凹传》，陕西人民出版社，2017年，第305—306页。

委会给贾平凹的颁奖词如下:

> 贾平凹是当代中国持续写作的重要象征。他三十多年的写作历史,连同他不同凡响的创造力,自成一家的语言风范,富有争议的探索精神,成了当代文学稳步前行的缩影。他的作品既传统又现代,既写实又高远,憨厚朴拙的表情下藏着的往往是波澜万丈的心。他在灵魂的伤怀中寻求安妥,在生命的喟叹里审视记忆,他的写作,深刻地注解了生活世界和人心世界之间隐秘而复杂的关系。他在2005年出版的《秦腔》,怀着对故土、对亲人的赤子之心,以谦卑、仁慈的写作伦理,细致、密实的叙事艺术,记述下了乡村社会动人心弦的变化,以及在这种变化中难以挽回的衰败、无地彷徨的哀伤。从"废都"到"废乡"的生命流转,贾平凹以一个作家的宽广和坚韧,出色地完成了对自我和世界的双重塑造。①

这段话对贾平凹文学创作的总结与评价是准确而中肯的。"持续写作",沉甸甸的四个字,蕴含着无尽的沧桑与深意。近百年来,由于政治、战乱及个人原因而放弃写作的作家不胜枚举,贾平凹能在困境中沉静下来,坚持自己的创作理想,不断实现艺术上的探索与超越,何其不易。他对三十多年来中国社会变迁的个人化书写,他建构中国化诗学的执着追求与努力,都使他的创作具有了特殊的文学史意义,他是时代的见证者、记录者与探索者。他的写作既是中国社会的缩影,也是作家本人的心灵史与奋斗史。

2008年11月2日,在浙江乌镇举行的第七届茅盾文学奖颁奖仪式上,谢有顺宣读的授奖辞是:"贾平凹的写作,既传统又现代,既写实又高远,语言朴拙、憨厚,内心却波澜万丈。他的《秦腔》,以精微的叙事,绵密的细节,成功地仿写了一种日常生活的本真状态,并对变化中的乡土

---

① 2005年第四届"华语文学传媒大奖"授奖辞,来源:新浪读书,2007年3月18日,网址:http://book.sina.com.cn。

中国所面临的矛盾、迷茫，做了充满赤子情怀的记述和解读。他笔下的喧嚣，藏着哀伤，热闹的背后，是一片寂寥，或许，坚固的东西都烟消云散之后，我们所面对的只能是巨大的沉默。《秦腔》这声喟叹，是当代小说写作的一记重音，也是这个大时代的生动写照。"①贾平凹在获奖感言中说："《秦腔》受到肯定，我为我欣慰，也为故乡欣慰。感谢文学之神的光顾！感谢评委会的厚爱！获奖在创作之路上是过河遇到了桥，是口渴遇到了泉，路是远的，还要往前走。有幸生在中国，有幸中国巨大的变革现实给我提供了文字的想象，作为一个作家，我会更加努力，将根植于大地上敏感而忧患的心生出翅膀飞翔，能够再写出满意的作品。"②

茅盾文学奖的肯定，再次引发《秦腔》的出版热潮。截至2008年年底，《秦腔》共印刷13次，印数总计29.9万册。12月30日，"立足文学，铸就辉煌"——贾平凹从《满月儿》到《秦腔》三十年获奖历程暨新版《贾平凹文集》首发式在西安建筑科技大学贾平凹文学艺术馆举行，该活动由陕西省作家协会、西安市文联、陕西人民出版社等单位联合主办。这次展览共展出二百余种贾平凹作品和研究贾平凹的专著，以及贾平凹三十余年来获得的六十八个奖项的证书和奖杯，同时还展出了贾平凹参加各种活动的图片资料，图文并茂，展现了贾平凹三十余年的创作成果，以及社会各界对其文学成就的认可。展览的贾平凹作品包括长篇小说、中短篇小说集、散文集、诗集、文论集和书画集等，为广大读者了解贾平凹及其创作提供了重要的文献资料与平台。

会议前十天，西北大学举办了大学教育与西北大学作家群现象学术研讨会，"西北大学作家群"这一提法经过长期酝酿与提炼，得到社会与学界的认可。第七届茅盾文学奖四位获奖作家，其中两位与西北大学有渊源，贾平凹毕业于中文系，迟子建毕业于西北大学中文系作家班③

---

① 穆涛：《写意贾平凹》，载《光明日报》2010年1月8日。
② 贾平凹：《〈秦腔〉获奖感言》，载《美文》2008年第12期。
③ 同时开办作家班的还有北京大学、复旦大学、武汉大学等高校。

（1984—1985），西北大学被称为作家的摇篮。20世纪80年代至90年代初，西北大学开办作家班，先后培养了以诗人牛汉、雷抒雁，作家贾平凹、迟子建，编剧张子良、王刚，评论家何西来等为代表的作家群体，形成了具有广泛社会影响和美誉度的"西北大学作家群"，除两位获得茅奖外，还有近二十人获得鲁迅文学奖，一百余人获得省市级文学奖项。2015年，西北大学复办作家班高级研修班，面向全社会广招学员，以期提升学员的创作素养、创作技巧和创作灵感等综合技能。贾平凹在会上感谢母校的培养，说他和作家们对西大有一种对母亲的情感，西大教学环境宽松，自己在校期间受到了切实的文学"熏陶"，他说大学带给学子们最重要的财富是"一种氛围"。西北大学以母亲般的胸怀包容着她的学子贾平凹，关心他创作上的每一次突破，当年他离婚后没有住所，母校借给他一套房子供他居住创作，并聘请他担任客座教授，后来又聘请他担任硕导、博导，组织翻译团队翻译推介贾平凹的作品，为他建立贾平凹文学馆。贾平凹也倾心回馈母校，为母校学生做讲座，为母校发展建言献策，在各类会议与活动上为母校站台、发声。

关于《秦腔》的争论，并没有因其频频获奖而消失，署名于仲达的文章认为，《秦腔》是"一部语言粗鄙、结构凌乱、内容芜杂、审美趣味低俗、可读性很差的失败之作"[1]。这篇批评文章在网络上流传很广，网友对此有赞同，亦有反对。

选自《贾平凹研究》第1辑，陕西师范大学出版总社，2021年

---

[1] 于仲达：《绝望背后的绝望——贾平凹病象观察》，该文于2008年12月31日在天涯社区发布，后被多家网站和网友转发，在网上引发热议。

第二辑

陈忠实研究

自虐，生命存在与延续的方式

——《白鹿原》中鹿氏父子的精神内质透析

《白鹿原》以其深厚的文化底蕴和一系列栩栩如生的人物形象吸引了无数读者，也确立了作者在文学史上的地位。小说通过白、鹿两家在白鹿原上半个世纪的争斗，展示了儒家文化在中国最动荡的时代是如何显示其顽强的生命力并最终走向衰落的过程。新时期以来，还没有哪一部作品能够超越它。朱先生作为民族文化精神的象征，白嘉轩作为儒家文化正统人格的代表，在行动上实践着儒家文化的精髓——仁义，在白鹿原上创造了最后一个传统文化意义上的"乌托邦"，他们是传统文化中正面价值的体现者。鹿子霖是作为白嘉轩的反面出现的，他的思想内涵极其丰富，绝不是假仁假义、功利市侩所能概括的。鹿家父子三人虽然阶级立场、人生道路、性格特征各不相同，但他们的精神内质是相通的。

一

相传很久以前白鹿原上自然灾害不断，为了生存，为尽占白鹿的全部吉祥，当时一位很有思想的族长将村名改为白鹿村，并与兄弟商定，老大一脉统归白姓，老二一脉统归鹿姓，白、鹿两姓合祭一个祠堂，族长由长门白姓的子孙承袭下传。白、鹿两家虽然是同根同种，但他们治家的传统却不尽相同。白、鹿两家在历史上都出过败家子，有兴有衰，而两家重新发迹的途径却截然不同，这标示着两家不同的家风。白家奉行耕读传家的古训，白家的子孙是靠一个只进不出的木匣子发家的，是一个铜子一个铜子积攒，靠勤劳节俭重新找回失去的土地和尊严的。无论穷富，白家都是当然的族长。鹿家由于宿命（天生排行老二），在家族中永远处于边缘地位，犹如月亮只能反射太阳的光芒。鹿家历史上最重要的人物是鹿马勺，在沦为叫花子后靠做勺勺客发家，受尽磨难，成为白鹿村的首富，但身为下人——名厨，他无时无刻不感到深深的自卑，他总结出两大人生经验：一是供孩子读书，做人上人；一是卧薪尝胆、忍辱负重的勾践精神。他把自己个性化、具体化为白鹿原上的勾践。这种个性化的勾践精神一代一代传留下来，成为鹿家撑门立户的精神财富。

在小说中，白鹿是吉祥美好的象征，白、鹿两家犹如鲁迅笔下的华夏一样，具有深刻的象征意义，两家的争斗，实际上是手足相残，是民族历史的缩影和隐喻。白、鹿两家同根同源，却代表两种不同的文化传统，白家代表的是中原儒家文化的传统，鹿家代表的是江浙吴越文化的传统。两种文化传统相互磨合、冲突，共同造就、孕育着中华民族的子孙。在白鹿原上，何以产生鹿家这样的精神文化财富，其意义究竟在哪里，作者没有深入挖掘，只是做出相应的暗示，即白家在小说中是主流意识形态的代表和捍卫者，鹿家则处于边缘地位，是"他者"，在政治上，鹿家永远无法超越白家，他们只能另辟蹊径，寻求文化或经济上的优势，要么走"学而优则仕"的道路，要么在经济上压倒白家。白、鹿两家的情形，恰如儒家文化与吴越文化在中国文化史上的情形。儒家文化是主流，吴越文化是分支，吴越文化始终处于从属地位。事实上，宋代以来，政治经济中心南移，吴越文化受儒家文化的浸染，其锋芒越来越弱。由于自然生态环境的限制和影响，吴越的子民们更容易接受外来事物，勇于开拓，思想比较开放，能够顺应时代的潮流。吴越人具有独特的精神气质和文化个性：刚健豪放、坚韧不拔、辛苦勤劳、坚毅慷慨、忍辱负重、发愤图强。吴越文化不像儒家文化那样具有系统的思想理论，吴越文化的精神实质具体体现在大禹治水和越王勾践卧薪尝胆的故事上。在白鹿原上，白家的家学传统体现在《乡约》上，白家的威严体现在祠堂里，而鹿家的家学传统就是鹿马勺艰难曲折的人生经验，形象、生动、直观。鹿马勺的人生理想就是出人头地，让别人来伺候自己，在封建社会，实现这一人生理想的唯一方式就是科举，所以他的子孙都以读书为第一要务。鹿马勺是一个清醒的现实主义者，他对鹿家的现实生存状况有理性的认识，鹿家在家族中的地位是无法改变的，鹿家发家的方式是为世人所不齿的。在以农为本的社会，靠做厨师发家是不被正统社会认可的，更何况还有那一段屈辱的经历，因此，在鹿氏一脉的血液中积淀着强烈的自卑感，至鹿子霖已成为一种集体无意识，在生活中表现为一种不自觉的平等意识和强烈的功利心。黑娃是长工的儿子，鹿家父子对他的态度却是亲切、友好的。由于鹿马勺是在忍受了巨大的屈辱之后发愤图强的，他把屈辱作为动力，把忍受屈辱作为生命的强力，并把这种精神作为传统传于后代，使他们"达"不忘苦，"穷"能隐忍，以图东山再起。这种忍辱的精神内化到鹿家后代的血液中，在潜意识中表现为自虐意识。这种精神在鹿子霖父子身上都有突出的表现。

从心理学上讲，受虐者大都相信自己处于被迫害或某种痛苦的地位，需要寻找痛苦和压抑宣泄、转移的出口，从而可能产生报复行为，甚至出现自杀行为。受虐有时是主体的一种客观存在，具体表现为肉体受到摧残压抑或自身处于一种痛苦而尴尬的境地，如鹿马勺的生存处境；有时是主体的一种心理暗示，即主体自以为处于受虐的地位，时刻被一种受迫害的感觉所控制或被一种紧张情绪所操纵，比如日本人，就有一种强烈的危机意识，总以为自己处于危险中，随时可能失去生存的空间，为此，他们拼命工作、享受、扩张，以维持种族的延续。受虐，有时是被动的，有时是主动的。勾践沦为夫差的阶下囚，受到非人的虐待，这是被动的，非他所愿的；而回国后励精图治、卧薪尝胆，则是自觉的、主动的、有目的的。卧薪尝胆实际上是一种自虐行为，通过自虐使自己不忘国耻，发愤图强，寻机复国。鹿马勺的受虐也是自愿的，为了生存、为了某种目标或理想，甘愿忍受非人的折磨和虐待。这是一种典型的自虐行为，因为受愤者完全可以拒绝虐待，或接受他人的帮助（如鹿马勺的老板），但为了实现某种愿望，主体甘愿受辱，并且化屈辱为力量，最终向施虐者进行报复，如勾践、鹿马勺等。如果自虐者的目标明确、合理，自虐可能转化为一种生存的能力，表现出正面的情感价值，这与阿Q的自轻自贱、自欺欺人不同。

通常情况下，自虐者都处于弱势，他们要么在政治经济上弱于对方，要么在身体或能力上弱于对方。如果自身强于对方，就无须受虐；如果势均力敌，就可以战斗；只有主体明显地弱于客体，才可能产生自虐的心理和行为。自虐者往往会在受虐时通过想象将痛苦消解或转换，甚至以苦为乐，因为他在积蓄能量，为反击做准备。自虐是受虐者（弱者）在面对强大生命力或生存压力时无奈的表现，它使弱者巨大的痛苦得以缓解与释放（即与其让他人残害自己还不如自虐），从而获得心理上的平衡和安慰。自虐是弱者或弱势群体的心理或行为，有些人只有自虐心理，而没有自虐行为，有些人二者兼而有之。自虐者在自虐的过程中使自己的痛苦、怨恨得以缓解，得到心灵的慰藉。如果自虐者在"卧薪尝胆"的过程中积蓄了足够反击的力量，那他可能会复仇，成为施虐者。如果自虐者的对手过于强大，自虐者自知无力抗衡，就有可能自轻自贱、自甘堕落，进而形成一种奴性心理，有些人可能会走向宗教。基督教教人如何忍受痛苦，佛教教人如何化解仇恨。忍受痛苦、化解仇恨，都是对自身情感和生命的虐待。在自虐中发愤图强，实现生命的价值，是自虐作为一种情感现象的价值所在。对于生命力强悍的人来说，自虐是其在自身力量与对手相比处于绝对劣势时，其生命力或力量无处释放，反射到自己身上的结果，是自虐者将怨恨、痛苦、不平内化之后发泄在自己身上的结果。通过自虐，自虐者麻痹了施虐者，使自己得到了发展壮大的时间和机会，最终战胜施虐者。这样一来，自虐成为自虐者自身生命的放纵与狂欢。在这种放纵与狂欢中，自虐者的生命得以延续，生命意志得到磨炼，生命力更加旺盛，性格更加坚韧、顽强，更能经得起痛苦和挫折。对于真正的弱者，自虐最终导致的只有自轻自贱和毁灭。关于这一点，鲁迅先生在揭露国民劣根性时已有精辟的论述。自虐可能产生的正面价值，却很少有人提及。《白鹿原》中，作者通过对鹿氏父子精神实质的挖掘，使我们看到自虐作为一种正面情感价值可能体现出的巨大的生命能量。儒家文化作为正统文化正在走向衰落，而作为边缘文化的吴越文化的精神内质的持有者们——鹿氏父子，却在事实上代表着历史发展的潮流，推动着时代向前发展。虽然鹿氏父子最终的结局几乎都是悲剧性的，但他们的那种精神（尽管不被传统文化和人们惯有的文化心理定势所认可），那种在任何艰难困苦下任由生命放纵与狂欢的人生态度，他们的隐忍、自虐、坚忍、以苦为乐，都让现实生活中处于劣势与弱势的那一群体受到鼓舞、感到振奋。

二

在中国历史上，中原文化始终是一种强势话语，异族文化的多次入侵、融合，都没能打破中原儒家文化的统治地位。在吴越文化与中原文化的无数次交锋中，中原文化不断同化、解构吴越文化，到宋元时期，吴越文化中强悍、刚健的精神实质逐渐被经济的繁荣所消解，吴越人经济上的优势与中原人政治文化上的优势开始抗衡，吴越人有了依靠经济实力来改变政治地位的强烈愿望。他们思想开放，不满足于现状，勇于开拓，敢于冒险，这种精神内质和文化个性与资产阶级的特征极其类似，他们代表着先进的生产力和文化精神。这也是近代以来东南沿海经济迅速发展不容忽视的一个原因。吴越一带自然环境与生产方式的影响，形成了吴越人性格的另一面，即温文尔雅，精美细腻。东晋、南宋时期，江浙成为政治文化的中心，中原文化对吴越文化产生了很大影响，吴越文化开始从"尚武"转向"崇文"，这也是明清以来江浙一带多出文人才子的原因之一。

在历次的文化融合之中，吴越文化受到中原文化的强烈冲击，但吴越文化的精神内质却作为一种集体无意识融入了吴越人的血液，一代一代流传下来。卧薪尝胆、励精图治的勾践精神作为文化积淀深深地印刻在吴越人的潜意识中，作为一种文化品格得到中原百姓的认可和赞赏，为弱势群体提供了可资借鉴的文化资源。在白鹿原上，鹿氏一脉始终处于宗法制社会的外围，永远不可能超越白家在家族中的地位。这种边缘性使他们对吴越文化产生了强烈的认同，加之鹿马勺的亲身实践，具体化、强化了以勾践精神为代表的吴越文化的实用价值。在小说中，作者有意识地从外貌到精神内涵上区别白、鹿两家：白家人的眼睛是鼓出的，鹿家人的眼睛是凹陷的，一般来说，眼窝比较深，凹陷下去的人大多富于智慧，如鹿家父子。祖上的屈辱经历在鹿马勺的强化下，作为一种精神财富积淀于鹿氏家族后人的身上，也形成了他们人格心理上的缺陷，如热衷功利（祖训"崇文"）、睚眦必报、善于玩弄阴谋诡计等等。然而，抛开儒家文化传统的价值观，尝试用一种开放的、现代的观点来重新审视鹿家人的人生理想、性格特征，重新审视那一段历史，我们发现，鹿家人的文化品格更具有现代性，在中国现代化的进程中所起的作用是积极的。这种文化品格与儒家文化的精髓和西方现代文明相结合将会形成更加完善的"人"，鹿兆海就是作者精心刻画的、富有寓言意味的人物。他的身上既有家族的遗风，又不乏儒家文化的精髓，还受到过现代文明的熏染。除朱先生外，他是白鹿原上对中国政治、历史、文化、未来有着深刻思考的人，并被朱先生誉为"白鹿精魂"。在小说中，朱先生临死时成了一只白毛鹿；白灵临终时，白嘉轩恍惚看到女儿幻化为白鹿；鹿兆海抗击日寇，为国捐躯，更是当之无愧的白鹿精魂。他们都是理想人格的化身，强烈震撼着人们的心灵。虽然朱先生的形象有点"神化"，但他所体现的却是儒家文化最有生命力的精神源泉，即使用今天的伦理价值观念来考察，他同样是真善美的化身。曾有论者批评作者对儒家文化过于迷恋，缺乏批判，其实，白嘉轩的虚伪、冷酷无情就是儒家文化没落的表征。白灵像一只白鹿，美丽、纯洁，她代表着中国最广大人民的利益和理想，她的死是政治内斗的结果，也是政治路线斗争的前兆，也许朱先生正是从她、鹿兆鹏、黑娃身上预感到、推测到"文革"的"噩梦"的。作者对社会、历史、文化的思考是深刻的，但由于他潜意识中回避主观的价值判断，从而给读者留下了无限的思考和想象的空间，使人们在读故事的同时重新去思考历史。这也许就是人们不断对《白鹿原》做出新的解读的重要原因之一。鹿兆海和白灵都是中西文化、传统文化与现代文化融合的结晶，鹿兆海身上有儒家文化、吴越文化、西方文化、三民主义的影子，他吸收了诸种文化的精髓，但这几种自成体系的文化在他心灵的深处交锋、冲突，撕扯着他，使他痛苦、抑郁、孤独。如果说在朱先生身上充满了"神性"的光芒，那么鹿兆海身上闪现的则是"人性"的光辉，他有人的痛苦、人的缺陷和不足。

在国共两党的争斗中，鹿兆海无奈地采取了独善其身的处世方式。在民族大义面前，他义不容辞。在两难选择（国民党对延安的围攻）时，他坚守军人的职责，以服从为第一要务。在父子兄弟的关系处理上，他遵循最古老的亲情原则，即使父亲有错，他也维护；即使兄长与他政见不同，或有负于他，他也毫无怨言地帮助他。在婚恋问题上，他率先追求自己的爱情，并忠于爱情，至死不渝。在恋人因政见不同而提出分手时，他没有改变自己的政治态度和人生理想，更没有放弃自己的爱，而是采取自虐的态度，用一生的孤寂来书写自己对爱的执着。国共合作失败后，鹿兆海和白灵、鹿兆鹏成为政治上的敌人，他的内心是矛盾、痛苦的。与恋人亲人的反目使他痛苦，对现实的不满、对国家民族未来的忧虑更使他痛苦。他在迷茫中孤独地思考，按自己所能接受的价值观念、行为准则为人处世，这一点上，他似乎深得朱先生的真传，而不像黑娃那样纯粹"发乎性情"。鹿兆海处事是"发乎情，至乎礼"，宁可自己忍受痛苦、煎熬，也不愿伤害他人。失恋后，他独自咀嚼痛苦，甚至在恋人与自己的哥哥结婚后仍然一如既往地关爱、保护着她。他嘴上说恨哥哥，却没有丝毫复仇的言行，或许他心里也恨，但由于仇恨的对象是自己的亲人，善良的本性、良好的教养，都不容许他复仇。爱不能爱，恨又不能恨，命运残忍地折磨着他，家族传统中忍辱负重、卧薪尝胆的文化个性使他自觉地采取了自虐的方式来面对不幸，用儒家文化的伦理规范约束自己，履行了一个军人在国家危亡之际所应尽的职责。强烈的社会责任感、深重的民族忧患意识、对现实的严肃思考、多种文化精神在他内心的激烈冲突、爱情的不幸，所有这些因素交织在一起，使他的精神异常痛苦、压抑。但他似乎没有忘记祖宗的遗训，还为鹿家留下一个根苗。一个人如果连自己都可以虐待的话，还有什么困难不能克服呢？能够克服一切困难的人，甘愿把一切痛苦不幸都自己扛起的人，是一个有希望走向完美的人。鹿兆海是小说中唯一被公认的"白鹿精魂"，他身上具有多种文化品格，他是多种文化融合的结晶。在他身上，我们可以看到作家对中国近百年来文化价值取向的深层思考，儒家文化、吴越文化、西方文化、三民主义，都是可资借鉴的文化资源。反思历史，有时换一个角度思考，也许会有意外的收获。鹿兆海对共产党某些作为的分析以及朱先生站在传统文化立场上对中国未来的某些预测，都是非常深刻的。一个民族仅仰赖一种外来文化资源，即便这种文化资源是先进的，代表了大多数人的利益，显然也是不现实的。作者在家族叙事的基础上对文化保守主义进行了严肃的批判，而作者竟被某些读者称为文化保守主义者。当然，这跟作品对儒家文化的过分渲染有关。究其原因，也许是作者对其他文化资源的了解不及其对儒家文化的了解那么深刻，也许是作者潜意识中对儒家文化还有深深的依恋，也许这只是作者的一种叙事策略。

在鹿兆海的潜意识中不可避免地具有勾践精神的心理积淀，善良的本性和良好的教育在他身上得到完美结合，使他死后在白鹿原上受到最高的礼遇，"圣人"朱先生为他扶灵叩首，无数百姓悼念他。他近乎自虐的修身养性、克己宽人，是他对自己原始生命的唯一放纵。他不是"神"，他有人的欲望、情感，但他从不受现实原则操纵，他用自虐的方式使自己的生命开出最美的花,实现了自己的人生价值。自虐是他走向人格完善的"桥梁"。其实,宗教的禁欲又何尝不是一种自虐呢?把怨恨投注到自己身上,使自己忍受难言的痛苦,从而化解对别人的怨恨,把痛苦作为磨炼意志的工具,以获得心灵的宁静,进而感化施虐者,使其从善。自虐作为一种心理现象,它的价值犹如一柄双刃剑,可以使自虐者成为阿Q,也可以磨炼人的意志,使人走向完善。

三

自虐,有时由于在现实生活中找不到明确的施虐者或无法向施虐者进行报复,无法实施具体的报复行为,主体只好将满腔的怨愤反诸自身、发泄在自己身上。上述鹿兆海在白灵与鹿兆鹏结合后所面临的处境就是这样。恋人因革命道路不同而与之分手,他伤心难过;兄长抢走恋人,不管出于何种缘由,都不能不让人怨恨,然而,他没有报复,还以德报怨,帮助兄长。在精神上他忍受着巨大的痛苦,却没有把这种痛苦转嫁到任何人身上,让痛苦在灵魂深处吞噬他年轻的生命,直到生命中出现了一个与白灵相貌相似的女子,他才与之结婚生子。尽管如此,他也不要求妻子做白灵的替身,更没有虐待过她。

鹿兆鹏则不同。他不满包办婚姻,又没有足够的勇气去冲破封建枷锁,新婚之夜后,就不再与妻子同房。由于妻子的存在,他不能重新恋爱结婚。在白灵主动献身之前,他一直像清教徒般生活着。造成他婚姻不幸的是封建礼教、封建家长,他无力摆脱封建家庭的控制,给冷小姐一纸休书,只有无奈地忍受。他是受虐者,又是施虐者,他是冷小姐无性婚姻的直接施与者。有名无实的婚姻折磨着他,妻子本身就是受害者,他又将她搁置,这对她无异于雪上加霜。对封建家长的怨恨,被转化为革命的动力,激励他投身革命,为全人类都能享有恋爱婚姻自由而奋斗。

鹿兆鹏在白鹿原上革命几十年,几番大起大落,数次死里逃生。为了理想和信念，为了共产主义的伟大事业，他呕心沥血、鞠躬尽瘁，甚至不惜利用亲人的感情，在生死关头接受敌人的帮助，以至于在朱先生看来，他和白孝文都不是君子。他的坚忍顽强，除了共产党人的革命意志之外，与他家族的文化传统和精神财富是密不可分的。他也是家族文化的产物。梅洛-庞蒂认为，文化世界（科学、艺术、哲学等）实为意义世界，而意义"隐约地显露在我的各种经验的交汇处，显露在我的经验与别人的经验的交汇处"。非常明显，文化虽然没有脱离知觉基础，但它能够更为有效地证明人的社会性："我"必定受制于集体无意识，"我"不是文化的有意识的创造者，而是其无意识的传承者。我们周围的每一物体都"散发出一种人性的气息"。[1]他身上也有着家族的精神烙印。为了信念、理想，忍辱负重、坚忍不拔、顽强不屈，这既是共产党人的优秀品质，也是家族的遗风。为了个人意志，不惜牺牲他人（冷小姐），以解放全人类为借口用狡诈、失信来对待他人。为了保存革命实力就可以不择手段，接受岳父用金钱买回自己生命的恩惠，答应岳父"给屋里人留个娃"的请求后"背信弃义"，拒不与妻子谋面，并答应田福贤革命成功后设法保全其性命。当然，我们完全可以说他反抗封建婚姻坚决彻底，然而，革命者就能放弃朴素的民间伦理规范吗？他完全可以拒绝亲人和敌人的帮助，保持自己的革命气节，慷慨就义。他的这些行为，可以看作革命的智谋、手段，但与中国人传统的价值观念很难相容。在他身上，家族文化品格的精华和糟粕是并存的，在生死关头，求生的本能战胜了革命真理、道德情操，他心安理得地接受了"现实原则"的支配。他的生存意识是顽强的，人格却有待完善。他是一个坚定的革命者，但作为"人"，他是有人格缺陷的。

大革命时期，他接受党的派遣以白鹿初级学校校长的身份在白鹿原组织农会，开展农民运动。发动黑娃闹革命时，他问及黑娃的婚姻状况，遭到大骂，他却笑着说骂得好，"使劲骂！把你小时候骂过的那些脏话丑话

---

[1] 转引自杨大春：《意识哲学解体的身体间性之维——梅洛-庞蒂对胡塞尔他人意识问题的创造性读解与展开》，载《哲学研究》2003年第11期。

全骂出来，我多年没听太想听你骂人了！"[1]他能在人生得意时，甘愿受辱，以自己受辱的感受去体验黑娃在白鹿原上的处境。他以自虐的方式获得了黑娃的信任，成就了他们一生的友情。

鹿子霖在入狱两年、倾家荡产、万念俱灰之后，意外地得到一个孙子（兆海的儿子），重新燃起他生活的希望。加之田福贤退还他部分财产，使他重新拥有了权力和土地，他由此悟出了一个道理：人最珍贵。生活的磨难使他想起祖宗的遗训，并在"坟园"路上与拾到的小长工三娃重新演绎了祖先受辱的场面，他逼着三娃骂他、打他、尿他，用屈辱激励自己。品味"辱践"，忍受"辱践"，记住"辱践"，然后将"辱践"还给敌人。他不理解大儿子怎么一下子从校长变成通缉犯，二儿子为国捐躯却被世人遗忘，自己为国民党卖命却受牢狱之灾。他奋斗一生，身败名裂。白嘉轩固守祖训，却儿孙满堂。这是他人生的低谷，但他没有被打倒，他还有超人的意志和东山再起的决心，因为他还有自虐的勇气。鹿子霖热衷功利，善耍阴谋，报复心强，贪恋女色，卑鄙龌龊，但他的悲剧结局同样让人同情，原因就在于他的身上还有那么一点精神。他的人生目标（出人头地，让别人伺候自己）也许渺小，甚至他的人生道路也许错误，但他的那股精气神、那份执着却让人叹服。他用自虐唤起生存的勇气、卷土重来的决心，虽然败得更惨，但那是奋斗者的失败，是生命强力的毁灭。

《白鹿原》中，自虐者不只是鹿氏父子，白嘉轩也有明显的自虐倾向。为了人格尊严，他压抑自己正常的情感。试想一个人一生克己，从不向人展示内心的感受，这是怎样的虐待？更何况是自觉自愿的。他说：要在白鹿原生活下去，心上要能插得下刀子。乍看他是一个道德完善的人，实际上他不仅在以自虐的方式压抑自己的人性，还以卫道者的形象压抑他人的人性，使白鹿原上缺少人情味。他的精神导师朱先生却不同，朱先生偶尔也会表现出人性的"软弱"。他有对百姓的悲悯、对妻子的依恋、对

---

[1] 陈忠实：《白鹿原》，人民文学出版社，1993年，第171页。

子弟的关爱，他比白嘉轩更具有人情味。白嘉轩把儒家伦理道德规范世俗化、极端化，他身上人性的缺陷是儒家文化的缺陷，还是他在实践中念歪了"经"？

自虐作为一种心理现象在许多人身上都不同程度地存在着，它具有正、反两方面的价值。如何使其发挥正面价值，成为生命的放纵与狂欢，还需要心理学家、哲学家、社会学家和文学家继续探讨。

鲁迅先生创造阿Q，意在揭示民族的劣根性，以引起疗救者的注意。阿Q的自虐是民族积弱难返的结果。鲁迅在现实生活中也有强烈的受虐感和自虐倾向。自虐在阿Q身上体现出的是负面价值，而鲁迅的受虐与自虐体现出的却是一种正面价值，强烈的受虐感使他不断超越自己，寻找疗救世界的途径，自虐是他积蓄能量的方式，自虐使他旺盛的生命力暂时得以释放，不至于因过分压抑而精神崩溃。其实，在身体不允许的情况下抽烟、酗酒，都是对生命的一种虐待、放纵和挥霍。然而，与其在沉默中灭亡，倒不如用生命的放纵与狂欢暂且麻醉自己，积蓄力量，使生命重新灿烂。因为肉体的创痛尚有治愈的可能，精神的创伤却很难治愈。

作者在创作《白鹿原》之前就曾说过：我"崇尚一种义无反顾的进取精神，一种为事业、为理想而奋斗的坚韧不拔和无所畏惧的品质"[①]。儒家说："天行健，君子以自强不息。"白嘉轩为了自己的道德准则，不惜害人伤己，至死不悔。鹿子霖父子三人，其人生目标与道路大相径庭，但他们父子身上那种义无反顾的进取精神，那种为了理想坚忍不拔、无所畏惧的品格却是其贯穿始终的精神实质，也是中华民族赖以生存和发展的精神资源。

原载《甘肃社会科学》2005年第4期

[①] 陈忠实：《我的文学生涯——陈忠实自述》，载《小说评论》2003年第5期。

《白鹿原》的"性"叙事策略

2006年,话剧《白鹿原》的热播与舞剧《白鹿原》的上演,又一次使长篇小说《白鹿原》及其作者陈忠实成为媒体和受众关注的焦点。电影版《白鹿原》历经数年的筹备,剧本四易其稿,仍然受到一些专家的质疑,其中一个重要的问题就是电影如何处理小说中曾颇受争议的性描写,作者陈忠实在接受采访时曲折地表达了自己的愿望,他说自己欣赏电影《断背山》中对性的唯美表达[①]。最近,李安的电影《色戒》又一次使"性"成为文化热点和媒体争论的话题,文学艺术作品如何更好地表现性,已经不是单纯的学术问题,而是一个严肃的社会文化问题。笔者拟对长篇小说《白鹿原》的性叙事策略及其文本接受过程进行分析,以期就性表现的策略与方家商榷,或许可以为文学艺术的表现空间提供某种有益的借鉴。

1993年,《白鹿原》与贾平凹的长篇小说《废都》先后发表,两部小说中都有相当细致的性描写,小说及作家的遭际却有较大的不同。当然,《废都》备受争议的原因很多,但性描写绝对是中心。至今,《废都》的改编据说还受到某种限制,近年虽然有专家呼吁对《废都》重新进行解读与阐释,但在国内并未引起太大的反响。《白鹿原》也因其性描写引起了不小的波澜,但小说最终还是得到了读者和主流意识形态的一致认可,小说的修订本以其深厚的历史文化底蕴荣获第四届茅盾文学奖。文本接受上

---

① 《〈白鹿原〉电影将开机 作者希望含蓄处理性描写》,载《北京晨报》2007年6月10日。

产生如此大的差异，与两部小说的性描写策略，以及当时文学接受者对性描写的心理承受能力和道德底线密切相关。

一

《废都》写性是抓住一点写深写透，整部小说就围绕庄之蝶和与他有性关系的女人们展开，性描写太多、太密、太滥，冲淡了小说社会文化批判的主题①。《白鹿原》的性描写相对节制一些，采用的是散点透视的方式，性描写涉及人物较多，跟故事情节也比较贴近，而且作者善于通过人物的性行为方式刻画人物性格。比如，白灵与鹿兆鹏和鹿兆海兄弟之间的性爱描写就表现了三个人不同的性格特征，白灵热情奔放，鹿兆海多情缠绵，鹿兆鹏瞻前顾后。让人觉得性是人生命中不可缺少，更无法回避的基本属性，有区别的只是生命个体对待性的态度，以及由此透露出的人物不同的文化心理定势、道德观、审美观及其生命价值取向。甚至政治立场也会影响人物的性趋向，白灵在政治上与鹿兆海分道扬镳后，其对国民党的痛恨也毫不隐讳地转嫁到了鹿兆海的身上，进而发现了两人恋爱时忽略的或容忍了的性格缺陷，同时，在共同的工作与生活中，与前恋人的哥哥鹿兆鹏产生了革命情谊并结为夫妻并肩战斗。在三人的情感纠葛中，政治立场起了至关重要的作用，白灵与鹿兆海的初恋也是建立在共同的理想和志趣上的。这里其实隐含了一个"革命+爱情"的故事模式。

小说中的性描写，几乎牵涉了白鹿两家两代的主要人物，性是他们生命中不可或缺的，但绝不是他们生命的全部价值和追求。对于白嘉轩、鹿子霖、白孝文、黑娃、鹿家兄弟来说，性只是他们生命中重要的组成部分，而不是全部，作者也允许他们为之焦虑，甚至迷惑沉溺，但最终"性"成为他们成长的契机或人生的经历，这是作者精心策划的一个叙事

---

① 李清霞：《沉溺与超越——用现代性审视当今文学中的欲望话语》，中国社会科学出版社，2008年，第117页。

陷阱，让读者被性吸引，又逼迫诱使读者跳出性的藩篱，进入广阔的社会历史层面进行历史文化思考，这也是小说能够得到主流意识形态和读者一致认可的重要原因之一。性，不是不能写，而是该怎样写。当性成为一个人生命或生活的全部时，人就成了生物的人、欲望的人，他的社会属性和文化属性就会被遮蔽，文本的社会文化批判的主题就会被屏蔽，文本将成为肉欲泛滥的所在。因此，作家在确定将性作为文本叙事中心时，一定要考虑文本中性的叙事策略，特别是当时读者普遍的心理承受能力，以及中国人传统的道德规范和审美定势。作家应该平等地与读者或自己的目标受众展开对话，而不是一味责怪读者没有读懂自己，或误解了自己；引起误读，读者、评论家和媒体的确负有不可推卸的责任，但最根本的责任还在作者所创造的文本。一位先锋作家说他现在不写小说了，原因是没有人读了，似乎责任都在读者。不知这位作家是否反省过：为什么没人读小说了？（这里存在一个误区，小说还是有人读的，只是读者群在不断细化。）哪些作家的小说没人读了？路遥现象又该如何解释？李洁非认为："文学从来不以描写某一生活现象为目的。文学作出的任何描写，目的都在于探究，深刻的描写必基于深刻的探究。"①《白鹿原》就是要探究那五十年中国社会历史的变迁和思想文化的裂变，性不是小说的叙述中心，也不是目的。通常太密太过集中的性描写会使小说甜得发腻，难逃色情的嫌疑；没有性描写的小说又似乎缺了点胡椒粉，不够味，这就需要作者巧妙地安排性叙事节奏，而叙事节奏的安排不仅需要艺术匠心，更需要作者的社会责任心和善心。

小说中相对集中的几处性描写在结构上和笔墨的分配上是很有意味的，其节奏暗合了读者注意力集中的生理与心理规律。小说的题记明确提示读者这是一部史诗性的巨著，开头写白嘉轩婚娶以"性"抓人，旋即荡开笔墨，将读者引入家族争斗和白嘉轩毕生追求的儒家伦理人格的完善

---

① 李洁非：《躯体的欲望》，载《当代作家评论》1998年第5期。

上,用"仁义村"的乌托邦理想净化了读者猎奇的心理,从而提升了小说的思想和情感基调。黑娃与田小娥的偷情,白灵的叛逆,白孝文婚后的纵欲,兆鹏媳妇的性饥渴,共同搅扰着白鹿村两大户的安宁与和谐,并直接关系到随后的"风搅雪"。军阀混战和第一次国共合作的失败使白鹿原成了"鏊子",人们的神经绷得紧紧的,不敢有丝毫的差池,这时叙事转而回到白鹿两家的争斗上,两家矛盾激化的导火索就是田小娥被族规惩罚,鹿子霖随即挑唆田小娥勾引白孝文以报复白嘉轩,性成了家族斗争的工具。白孝文的堕落使白鹿两家的矛盾斗争公开化,也使田小娥彻底堕入罪恶的深渊并直接导致了她的横死。小说后半部分,性描写有理性规范下的婚内性行为,有非理性的性行为,诸如"借种"、性妄想症、同性恋及性虐待等,所有这些都与小说情节的发展、当地的风土人情、人物的性格发展和人格铸造有机融合,虽然直露,却没有影响到小说的整体风格和基调。作者在追述鹿家发家史时写到了男性的同性恋行为,当事人将其作为奇耻大辱并最终以其人之道雪耻,但这一隐痛世世代代困扰着鹿家的子孙。对同性恋自然化的细致描述确乎让很多读者震惊,因为这样露骨的描写在新时期以来有影响力的文本中并不多见。由于这段叙述直接关乎鹿家精神文化人格("勾践精神"——忍辱负重、有仇必报、坚持不懈、自卑自贱,为达目的不择手段等)的构成,复仇与因果轮回的性质又赋予了故事丰厚的文化内涵,从而遮蔽缓解了读者的惊异和尴尬,转而激发起读者对同性性行为的厌恶,唤起读者的羞耻感和正义感。这种叙事策略使单纯的发家故事具有了"励志故事"和复仇故事的性质,既为鹿子霖后来的行为举止提供了有力的佐证,也是对白嘉轩骨子里鄙视鹿家所作的交代。对某些人来说,性就像鱼饵吊着人的胃口,当阅读即将进入疲劳状态时,以性为中心的故事就会掀起一个小小的涟漪,勾起某些人的"馋虫",吸引他们读下去,而小说丰厚的思想文化蕴藉又时刻约束规范着人的感性世界,唯恐人堕入感官的迷狂。尽管作者的努力有时显得刻意而吃力,但这种创作动机却是难能可贵的。

二

性在小说一开始就是工具，在白嘉轩和鹿子霖那里是家族斗争的工具，在田小娥那里是反抗女性被侮辱被损害的不公正命运的工具，在举人老爷那里是有钱人养生的工具，在鹿兆麟那里是反抗封建婚姻制度的工具，在白灵那里是追求自由平等、爱情婚姻自主的工具，在其他人那里是传宗接代的工具。在白鹿原上，性很少被当作生命的原欲，少有人看重它给人带来的生理上的快感和精神上的愉悦，鹿子霖的性快感更多是占有欲与权力欲满足的外在形态和表现形式，而黑娃与田小娥的性关系则隐含了伊甸园的故事（田小娥就是夏娃，性就是蛇），白孝文与新婚妻子的故事，以及随后被田小娥勾引成为败家子，也隐含着失乐园的故事原型。黑娃和白孝文的政治选择、人生选择、生命历程的每一次重大转折，都与各自的性选择有关，有时甚至起了决定性的作用，激情的、非理性的性行为似乎注定了主人公的毁灭，而"浪子回头""学为好人"的重要标志之一就是主人公性取向的转变。黑娃和白孝文回归之后（当然白孝文的所谓回归其实是对儒家文化传统的彻底背离）的重要行动除了回乡祭祖，还有娶妻——娶一个知书达理、温柔敦厚的女子为妻，用作者的话说就是温柔庄重的女人才能让男人在享受性的美好的同时也感到可靠和安全，①女人（性）不只能毁灭男人，也能成就男人。小说中理想的两性关系，一是朱先生夫妇，一是黑娃与高玉凤夫妇，两者有相近的模式，即婚前相看与明媒正娶相结合，或者可以说感性与理性相结合，颇有意味的是朱先生和黑娃都曾动情地说想叫妻子"妈"……这或许与恋母情结无关，但小说似乎在告诫人们：理智规范下的性行为才是人类理想的性行为模式，才有利于人的理想人格的建立。至此，性的生物学意义被淡化甚至消解，社会文化

---

① 陈忠实：《白鹿原》，人民文学出版社，1993年，第583页。

意义在无限地膨胀。这是小说性描写的重要策略之一，将性欲望"社会文化化"，暗合了中国人传统的文化心理和审美定势，在写法上较《废都》也更平实、节制，与小说整体结构的融合也比较紧密。

小说善于通过主人公对性的不同态度和行为方式刻画人物的性格，表现人物的思想文化内涵和伦理价值取向。在描写不同人物的性行为时，作者所用的词语、语气、语调、表述方式等都是客观的、冷静的，没有明显或刻意的褒贬或主观价值判断，完全是一种自然化的表述。在写到白嘉轩和鹿子霖的性行为时，描写本身并没有美丑善恶之分，也没有两军对垒式的一套语词系统，他们性行为的性质完全在于性活动的社会意义。白嘉轩的性行为描写主要集中在小说的开头，当他完成了传宗接代的神圣使命之后，小说不再写他的性行为，只写到他对性的态度，以之表现他的伦理价值观念，其中包括他对白孝文新婚纵欲的训诫，对黑娃的苦口婆心，对女儿忤逆的痛心和狠心，以及他对白孝文与田小娥，鹿子霖与田小娥之间关系的痛心和无奈。这一切无不显示他性观念的伦理价值，性观念是他儒家思想体系的一个组成部分，而在家族利益和孝义的招牌下，他也授意默许孝义媳妇的"借种"行为，之后又施仁义安顿兔娃，公然答谢冷先生，以堵二人之口，心底里却觉得孝义媳妇"恶心"。对红颜祸水田小娥的镇压，其意义远远超越了"性"本身的意义，不仅是对一个女人淫乱的惩罚，还是敲山震虎，显示自己神圣不可侵犯的族长威严（在白鹿原上，族长所代表的民间权力与政权的关系始终是相互制衡的），这是一种纯粹的政治行为。而这个故事本身又隐含了一个"法海与白素贞"的故事模式，我不知道作者在塑造田小娥时脑海里有没有闪过白素贞的身影，但细心的读者可能会发现，抛开传统的"万恶淫为首"的观念不谈，田小娥应该算得上一个好女人。换句话说，如果用21世纪的伦理价值观来衡量的话，或者用后现代的观点来阐释的话，田小娥不仅该得到同情与怜悯，她身上还有许多值得赞赏的品质，如主动追求爱情幸福、敢于反抗封建婚姻和强权，美丽温柔勤劳善良，为了爱情与尊严甘于贫困，日常行为也相当自律，等等。然而所有这些正常人的优良品质都无法遮蔽"性"的罪恶,于是在仁义的白鹿村,她注定有着与白素贞同样的命运——被压在塔下。白素贞感天动地,被儿子救出;田小娥的罪孽还在于她不孝——终生未育,小说对此是有交代的,黑娃带田小娥走时,田秀才曾说"待日后确实生儿育女过好了日子"再说回娘家的事①。白嘉轩卖地卖骡子先后娶回七个媳妇,那不是败家,是大孝;授意孝义媳妇的"借种"行为也打着"孝"的幌子。田小娥不仅"不贞",而且"不孝",因此她罪不容赦。这个人物具有丰富的社会文化内涵和无限的可解读性,她身上有"戏",难怪话剧、舞剧和筹备中的电影都将她作为女一号。其实,单独抽出田小娥的故事进行改编,也是一部难得的探讨女性生命原欲、生存意志、生存困境、悲剧命运及其与中国传统儒家文化关系的文本。

鹿子霖在白鹿原上是一个性行为极不检点的人,他诱骗利用田小娥,与儿媳说不清,在原上有几十个干儿。白嘉轩心底里把他当作畜生。然而,这个败德的人终于没有跨越最后一道藩篱——乱伦,且忍受着别人的误解和谩骂而无从辩白,个中原因,作者却有意避而不谈,于是这个人物也就具有了更加丰富的文化内涵,毕竟他们那一代人深受儒家文化的浸染,还没有烂到骨子里,还未完全丧失人性,还有道德的底线和羞耻心。

白嘉轩的性行为是在正当的伦理范围内进行的,他的性对象都是明媒正娶回来的,性行为停留在婚姻内部,其目的是传宗接代,而不是感官享乐,至少主观上不是。当然,他的男性中心主义,他把女人作为工具而不是作为具有主体性的人来对待,这些在女权主义者看来都是对女性的亵渎,但在小说发表时,人们更多是从伦理层面来看待性,对此并没有提出太多的异议。鹿子霖却是婚外性行为,或有乱伦的嫌疑或仗势欺人或以权谋私,且不说他与那些与他有染的女人之间是否"两性相悦",单是他获取性的手段就与白嘉轩形成了鲜明的对比。这样一来,小说将性观念的二元(男女)对立转化为社会伦理和人格的二元对立,性的社会文化意义得

---

① 陈忠实:《白鹿原》,人民文学出版社,1993年,第146页。

到进一步彰显。弗洛伊德认为所谓文化,就是有条不紊地牺牲原欲(力比多),并把它强行转移到对社会有用的活动和表现上去。①《白鹿原》的性描写就是对弗洛伊德这一论断的有力阐释。白嘉轩与鹿子霖都想通过性能力表现自己旺盛的生命力,显示自己家族生生不息的顽强生命力和创造力,因为只要白嘉轩没有子嗣,族长的位子就无人继承,族权就有可能旁落。在白鹿原上,性具有极强的"社会有用性"。

小说中有几处性描写也暴露了作者内心深处的一些矛盾和痛苦,比如对皈依儒家文化的黑娃和在本质上彻底背离儒家思想精髓的白孝文婚后性生活的交代,与他们和田小娥的性交往形成了鲜明的对比。作者这样写,也许是在潜意识中为鹿三杀死田小娥辩护吧。对兆鹏媳妇淫疯病的叙述,讲述了一个女人为欲望所煎熬所驱使从而战胜羞耻感与对乱伦的恐惧而不惜奋力一搏并最终失败癫狂死于非命的故事,这种客观冷静的叙述是对人类原始生命力的尊重,是人性与儒家伦理道德的冲突在小说中的外在显现。在20世纪上半个世纪,这样的女人不是一个,而是一群,像鲁迅的夫人朱安等,她们是封建礼教和"五四"新文化合谋扼杀的鲜活的生命,她们甚至没有对手(她们的对手就是自己的欲望,压抑—反抗—毁灭,或压抑—再压抑—毁灭)。当然她们也是一群尚未觉醒的、缺乏自主意识和反抗精神的无辜者,她们中偶有拼死一搏者,但其结局又是那样无奈而凄惨。透过两性关系反思这段历史,这一玄问,作者也无法解决。文化的交替交锋难道一定要牺牲一群人的基本权利吗?而女性似乎永远是被牺牲者,女性作为文化祭品的时代何时才会结束?如今又有无数的女性以飞蛾扑火之势扑向市场经济和娱乐时代,拥抱金钱,追求感官的刺激,这是轮回,还是女性被戕害命运的延续?对此,作者采取的叙事策略是——悬置。

原载《兰州交通大学学报》2008年第5期

---

① 赫伯特·马尔库塞:《爱欲与文明——对弗洛伊德思想的哲学探讨》,黄勇、薛民译,上海译文出版社,1987年,第18页。

21世纪以来陈忠实短篇小说的叙事策略

《白鹿原》发表之后,陈忠实似乎厌倦了小说这种文体,直到2001年8月发表短篇小说《日子》(《人民文学》第8期,《陕西日报》2001年8月24日,2007年获蒲松龄短篇小说奖)。这几年,他陆续创作了九个短篇,其中三秦人物摹写三篇,是写历史人物的,其他六篇均从不同角度切入现实生活,表达了作者对现代变革中普通人生存境遇和精神世界的关注。

一

在现实题材的短篇中,陈忠实将笔触深入社会的各个层面,诸如农民、下岗工人、农村基层干部、警察、作家、小偷、警察局长、虚脱症患者等等。透过这些小人物生存境遇和心理秩序的细微变化,我们不难看到陈忠实对现代文明的探索和思考,他试图从三秦大地的一隅把握社会生活变化的脉搏。

《日子》写一对农民夫妇贫乏单调的生活——日复一日地在河滩筛沙子。他们不愿进城打工的原因是有的人在城里干了活拿不到钱,他们像世世代代的中国农民一样把人生的全部希望寄托在孩子身上,女儿分班考试被分出重点班,被打倒的竟然是父亲。小说写出了普通农民真实的生存状态,表现了他们朴素的人生理想、生活情趣,自然平和的生活态度和善良温厚的道德伦理。小说触及了两个社会热点问题:一是农民工工资问题，二是中国应试教育的问题。这是农民人生最重要的两件大事，一是生存，二是发展。切入点很小，反映的社会问题却很大，是典型的"以小见大"，"显然，就文学而言，传统胜过独创"。①在"我"看来充满诗意的画面，内里却隐藏着普通农民的多少辛酸与无奈啊！

挖石头、筛沙子是他们自主的选择，可看作他们对尊严的最后坚守，他们以这种坚守来对抗外界的喧嚣和世事的纷攘。夫妻间的拌嘴成为生活的作料和乐趣，硬熊男人每天调侃一下政治和贪官，看着桥上走过的有好腰的女人，在艰难的劳作中获得了心灵或精神的自由。他们的生存方式是显得落后，但日常生活的神性却在单调重复的劳作中得以显现，引发人对现代性的深切思考。新写实作家注重写人的俗世生存状态，而忽略或悬置了人的精神生存，人为地把人的精神和肉体二元化，这其实也是十七年二元对立文化审美模式的延续或另类表现。陈忠实是"文革"期间开始创作的作家，深感二元对立文化审美模式的荒诞，所以，他更关注人的复杂性和人性化。

这个短篇，叙事节奏舒缓有致，从容不迫，宛如一个智者俯瞰芸芸众生，世间沧桑变化尽收眼底，读者在阅读中能与叙述人达成一种心灵的默契，叙述人的雍容自信大气让人心气平和。有些作品读后能使人神清气爽，使焦躁、郁闷、空虚、孤独、寂寞等情绪得到缓解，人们渴望这样的作品，因为人在潜意识中都渴望身边有一个人，他处变不惊、自信顽强、可以信赖，这个人可以是现实中的人，也可以是想象的人——神（上帝、佛陀等）。阅读陈忠实这几个短篇的最大感受就是"让人觉得踏实"，生活就是这样，日子还得这样过，问题是怎样过得更有尊严，活得更有意义。

幽默风趣是陈忠实短篇的一个特色。在许多作家不屑于讲故事的时代，他的小说故事性却更强了，结局往往出人意料又在情理之中，高潮处

---

① 阿尔伯特·莫德尔：《文学中的色情动机》，刘文荣译，文汇出版社，2006年，第193页。

却惜墨如金，善于以留白或悬置的方式轻松幽默或富有反讽意味地引出或交代原委。他总是将小说最容易出彩或人物最尖锐的内心冲突搁置起来，给读者留下想象的空间。《日子》中硬熊男人如何从女儿分班考试带来的痛苦绝望中解脱出来，重新回到河滩上重复那简单枯燥的劳作，作者只用了一句话："大不了给女子在这沙滩上再撑一架罗网喀！"①女人软软地瘫坐在湿漉漉的沙坑里，"一声压抑着的抽泣"是女人发出的，此时的男人还是个硬熊。劳作依然简单枯燥重复，但"日子"却已变味，过去是有希望支撑的日子，现在真成了流水般的日子——简单重复无意义，"筛沙子"的意义被解构了，以后的日子男人还有心劲去看桥上的有"好腰"的女人吗？喜欢好腰的女人是男人的审美偏好，也是男人潜意识中生殖崇拜心理的外在显现，是男人对生命和美的热爱的表现。《腊月的故事》以秤砣家丢牛开始，抓到偷牛贼止，讲述了秤砣给两个朋友送年货——羊腿的故事。曾经风光的工人小卫下岗后靠"送温暖"过年，最终因偷盗被抓，朋友铁蛋来找秤砣告诉他小卫偷了他家的牛，小卫媳妇请求秤砣牛钱缓缓再还。一个凄凉的故事，一群坏不起来的小人物。小卫偷了秤砣家的牛之后，还请秤砣在家里喝酒；秤砣知道小卫偷了自家的牛，还给了铁蛋一千元钱托他交给小卫媳妇；铁蛋在两个朋友和法制之间穿梭。三个人内心的痛苦辛酸凄凉无奈，作者只用了两个词——"压力""冷冰冰"。小卫压力很大，秤砣说话冷冰冰，腊月的喜庆被彻底冲淡，生活的苦难和艰辛使朋友情谊受到严峻的考验，使人心变得禁不起诱惑。《作家和他的弟弟》中，弟弟"这个货"，大事干不了小事不愿干，想借作家的关系贷款买车办运输公司未果，作家半年后才知道他借了刘县长的自行车，还时却将崭新的凤凰自行车车架之外的所有零部件悉数换掉，还振振有词地说刘县长权当扶贫呢。弟弟单纯狡黠，眼高手低，脑子活络，脸皮厚，是市场经济下中国农村中的又一类典型，他既不同于鲁迅笔下的阿Q，也不同于高晓

---

① 陈忠实：《关中故事》，昆仑出版社，2004年，第34页。

声笔下的陈奂生,更不同于蛤蟆滩的三大能人(柳青《创业史》中的人物)。作者对"这个货"讽刺批判之余,还有一丝同情和怜悯,一如作家对这个弟弟的无奈。《关于沙娜》和《猫与鼠也缠绵》几乎都有同样的美学效果。沙娜那个"女人一般都不问"的女人最终被任命为乡长,个中原委让人不忍细想又忍不住不想,是像作家那样被人将"穿旗袍""啃红薯""坐拐的"三件事串在一起编成段子呢?还是……?作家不愿想象,或不忍想象。小偷和局长斗智斗勇,互相以小人之心揣度对方的心理,猫与鼠相互依存,猫本质上是"硕鼠",同类自然惺惺相惜,局长早知道有"东窗事发"的一天,那他又何必当初呢?贪念。小偷认定局长不会报案,而且会帮他开脱。但他们却忽视了公安局还有真正的"猫",小说标题很有反讽的意味,真的猫是一切鼠类的克星,缠绵?

陈忠实刻画人物总是着意于人物的文化心理结构,故事情节有时只是人物性格发展的推进器,人物则成为作者思想意志的承载者。"硬熊"身上就体现出温柔敦厚、与人为善的品行,他吃苦耐劳、崇尚自由、特立独行、不与世俗同流合污,这些民族性格和文化心理在他身上奇妙地统一着。在民间社会,建构民间文化心理模式的因素很多,"硬熊"身上同时具有儒道释和原始生殖崇拜等多种文化因素的影响。这个人物的塑造延续了《白鹿原》的文化探索和寻根的足迹,也是三秦人物摹写的思想前奏。作家弟弟身上的劣根性和心理惰性是阿Q精神的现代版。沙娜是这些底层人物中唯一的另类,她具有现代意识和自主意识,美丽聪明能干,有理想有胆识,是新世纪的四妹子。这是作者仅有的对女性命运的探索与反思,她的命运差点让人联想到田小娥。作者对女性的发展空间还是给予了希望和期盼,但正如鲁迅先生所担忧的"娜拉出走之后怎么办",小说叙述人的忧虑也是作者的隐忧。作者对这些人物和三秦大地有一种深沉的爱,他将自己的根深深地扎进关中大地。

关注现实人生,关注普通人的生存境遇与精神困惑,是陈忠实的艺术选择,《白鹿原》的创作及之后的沉寂与积累,使他近年来的短篇更加成熟老到，上述短篇都有一种平静雍容的气度，作者用自然平实的语言叙述着看似不合生活逻辑的离奇故事，表现出幽默诙谐的趣味，这是对他之前中短篇小说的一个超越。作者似乎对荒诞有点忌讳或有某种顾虑，小说总是在距离"荒诞"还有一步之遥时戛然而止，也使叙事停留在了社会文化层面，无法进入哲学与宗教的层面；托尔斯泰平和、宽容、仁慈、博爱的宗教情怀使他的小说不仅具有史诗性，更具有人类性。陈忠实的生命中不缺少马尔克斯式的孤独和沧桑感，他缺少的是战胜孤独的勇气和力量。马尔克斯在写出《百年孤独》（1967）二十一年后终于找到了战胜孤独的力量，他在《霍乱时期的爱情》（1988）中叙述了一个简单的爱情故事，但小说的魅力却在于永恒和温暖。孤独是人类永远无法摆脱的宿命，人是在战胜孤独的过程中走向完善的，鲁迅是在《呐喊》之后才发现"自己不是一个振臂一呼应者云集的英雄"，但他从未放弃过。或许陈忠实需要的正是这种灵魂的炼狱，跨过孤独这座"桥"，就有可能达到自由纯粹的艺术境界。文学经典的生命力总是远远超越其语言与结构本身，作为作家，意识到这一点容易，做到却很难。

二

陈忠实现实题材的小说重在写生之艰难，三秦人物摹写（包括《娃的心，娃的胆》《一个人的生命体验》《李十三推磨》）则是以死亡为核心，写出了生之意义、死之壮烈，旨在刻画秦人的精神文化气质。小说选取的人物皆为历史人物，实有其人，实有其事，以实写虚——以真实的历史人物和事件写小说。陈忠实要写的不只是人物和事件，他的叙事核心是民族文化和民族精神，是延续五千年的民族魂。对历史，包括虚构的历史，他都是审慎严谨而又充满敬畏的。他要挖掘"硬熊精神"的历史文化渊源，以应对世纪末以来出现的道德沦丧、金钱万能、精神颓靡的社会现象和世纪末情绪。

以历史人物的真实故事、真实姓名构思小说，不是陈忠实的独创，但他还是写出了自己的个性和特色。这三篇小说写的是不同时期的三秦人物（有个体，有群体）面对民族大义、个人尊严、非人迫害、生活困窘等考验时，对生存方式和生存意义的理解与选择。柳青在失去自由和尊严时，在死和活着一样艰难时，利用自己的电学知识，希望以自己的方式结束自己的"生命"——肉体。一个人为了生命的高贵和完满决定自我结束，在这次不成功的自杀行为中，主体经历了一次生命的极限体验，使他得以超越生死，达到精神自由的审美境界，从而赋予主体"这种死亡愿望"以存在主义和生命美学的意义。福柯宣称："一种持久的自杀兴趣和某种形式的政治自觉性往往只有一步之遥。"[①] "这种死亡的决心很怪异，然而在表达意志方面却具有一场恒久而坚定的功效……"[②] 陈忠实通过叙述和想象柳青在"文革"期间的一次极限体验表达了他对"文革"历史的理性思考。

李十三是清代著名的戏剧家，一个戏痴，他忠厚仁义，安贫乐道，却在强权政治的威逼下仓皇出逃，在逃亡途中吐血而死。他有民间文人的风骨和胆气，也有对封建皇权的恐惧和胆怯，他的灵魂是复杂而残缺的，但他依然可亲可敬可爱。文人推磨，这与"不为五斗米折腰"和"茅屋为秋风所破歌"中的情境有很大的不同，李十三没有"采菊东篱下"的情致，他想吃一碗面都要自己推磨。推磨，千百年来在关中民间普通农户家里，那是驴的营生，李十三却能在推磨时构思剧本，嘴里还情不自禁地哼着曲调，民间文人的生存境遇和精神境界通过这样一个个性化的细节展现在读者面前。被抓和出逃，最终的结局不会有本质的区别，但出逃是李十三对死亡方式的选择，是生命主体的自觉行为，当生死不再成为"问题"时，对死亡方式的选择成为李十三确认自己主体性的唯一途径，他的执拗倔强、他的个体意志因此得以体现。福柯认为自杀"是最能引起全社会震惊

---

① 詹姆斯·米勒：《福柯的生死爱欲》，高毅译，上海人民出版社，2003年，第259页。
② 同上，第322页。

的抗议方式之一，而政治权力在这个社会里又恰恰是以'管理生命'为己任的"①。

在谈到寻根文学时，陈忠实说："应该到钟楼下人群最稠密的地方去'寻'民族的根。"②小说《娃的心，娃的胆》中有这样一个场景：中条山，黄河滩，身高近1.9米的（孙蔚如）"司令跪下去了"，八百个十六到十八岁的娃娃士兵从崖顶跳进黄河，没有一个人被俘虏。关中子弟"心高，脚远，眼宽，胆大"，他们是王鼎、杨虎城、孙蔚如、孔从洲，是八百黄河的英魂，是西北军，是关中的父老乡亲。这片土地水硬土硬，种出的麦子性硬，养出来的人"硬气"。关中汉子立马中条，硬是挡住了日寇的铁蹄。一个场景，几个细节，硬生生记述了十四年的抗战史，串起了历史上的几个重大事件，揭示出抗战胜利的深层文化原因——民族精神决定战争的胜负。民族文化的根深深地扎在关中的土地上，扎在关中子弟的心中。八百个涅槃的凤凰！用生命铸造着民族之魂。

三秦人物摹写节奏紧凑，紧锣密鼓，写出了高蹈的精神，让人振奋的同时，也失却了一种雍容的气度，作者似乎被鞭策着，迫切地想要说话，想要表达。在文学普遍缺钙的今天，陈忠实以真人真事为摹本虚构还原了历史人物的精神面貌，使人看到民族精神不灭的精魂。这些人物身上延续的是"白鹿精魂"，抗日将士们共同用鲜血和肉体铸就的钢铁长城阻挡了日寇的铁蹄，日本人打不进潼关，就意味着他们从未进入过中华民族文化的核心地带。从中日文化发展史上看，中条山之战在中国历史上，特别是抗战史上，其文化意义尚未得到真正的认识，这一战对日本人心理和士气的打击是致命的，这不单是军事史上的重要战役，更是一场艰苦卓绝的文化心理战，中国人获得的不只是战略上的胜利，更是民族气节和文化心理的胜利。在小说中，作者弘扬了一种顽强不屈的战斗精神，在当下这

---

① 詹姆斯·米勒：《福柯的生死爱欲》，高毅译，上海人民出版社，2003年，第322页。
② 陈忠实：《借助巨人的肩膀——翻译小说阅读记忆》，载《长江文艺》2005年第1期。

个时代直指人心，具有极强的震撼力。但是小说对战争文化内涵的开掘还不够，首先，如果作者能把这一事件放在人类战争史、思想史和文化史的深度和广度上进行开掘的话，事件背后所具有的普遍性的深层意义将得到更好的阐释，而故事文化象征层面和哲学人类学层面的内涵和意义将得以彰显。其次，换位思考可能也会赋予故事更深广的历史文化蕴藉。井上靖对敦煌的文化想象从一个侧面揭示了敦煌的历史和古代灿烂文明消亡的真相。针对中条山之战，中国人能否从日本人的文化心理结构来阐释和解读？汉唐文化给日本人带来的心理阴影和暗示是复杂纠结的，站在全球化、人类性的高度探讨故事本身对日本侵华战争和日本人文化心理的影响，不仅会使故事具有更加广阔的历史文化视域，对研究中日关系的发展也是十分重要的。

陈忠实曾说只有捕捉到两个以上内蕴丰富的细节，才能树立起写作的信心和表述的激情。《李十三推磨》是类传记式的小说，作者选取李十三生命最后一天的三个生活细节（推磨、陋室说戏、出逃喋血）来描述他的生命轨迹，使人物形象更加真实丰满，富有个性。小说先后三次获奖[①]，就是对李十三那种宁死不屈的精神的认可，也是对陈忠实创作技法的肯定。人民文学奖颁奖词称小说"沉郁、慷慨，简劲传神地刻画了中国民间的风骨与正义"。"三秦人物系列"从历史切入现实，矛头指向就是当代社会面临的精神文化问题，三秦人物身上体现的民族精神正是当代人所缺失的。这种文化探索方向与《狼图腾》等作品相比，其精神人格向度更加积极健康，遗憾的是，这三篇小说虽引起了一定的社会反响，但短篇小说的社会影响力在文学失去轰动效应的今天毕竟是十分有限的。

从三秦人物身上寻找精神资源，寻找真实的价值理想，这一艺术视角是明智可取的，艺术效果也是有目共睹的，但作者的创作力度和实际影响力还很有限。如果我们的当代作家能够提供更多艺术成熟、思想文化蕴

[①] 《李十三推磨》先后获2007年度"茅台杯"人民文学奖，首届中国小说双年奖，《小说月报》第十三届百花奖。

藉深厚的作品，何至于让一个有着五千年文明的国度举国讨论"狼性"或"羊性"的问题。

　　一个优秀的作家首先是一个有担当、有社会责任感的人，比如萨特。抗战期间，中国现代文学史上的许多优秀作家积极投身抗日救亡运动，消除彼此之间的文化壁垒，将个人的生命与艺术融入国家民族的命运之中。当年很多唤起无数民众奋起抗日的文学作品和电影话剧等，今天看来或许没有太大的艺术成就，但其社会历史意义和功绩是不会被抹杀的。作家是属于社会的，20世纪初，中国作家承担起了启蒙的神圣使命，当代许多作家却热衷于做当代社会的"阐释者"，而不是"立法者"。作家不应过多地考虑个人得失，而应对社会历史文化有所担当。

原载《延安大学学报》（社会科学版）2010年第5期

从崇高到荒诞：《白鹿原》的美学风格

新时期以来，文学经历了伤痕、反思、改革、寻根、先锋、新写实等思潮之后，逐渐丧失了对社会现实书写与把握的冲动和兴趣，而历史"就是一杯水已经经过沉淀，你可以更准确地把握它看清它"①。1980年代的思想文化解放，也使人们不再满足于历史教科书和主流意识形态对过去和历史的阐释，许多作家都把创作的视角投射到历史的长河中，去捕捉历史的瞬间和碎片，通过缝补叠合，虚构或重建意义世界。他们或以历史观照现实，或以历史还原现实，或借对历史的虚构表达主体的某种理念，或纯粹为了表达书写的愿望。陈忠实的《白鹿原》就是在这一社会文化背景下产生的，小说题记引用了巴尔扎克的话："小说被认为是一个民族的秘史。"作者以凝重朴素的笔墨，以陕西关中平原上素有"仁义村"之称的白鹿村为背景，通过白鹿两家祖孙三代的恩怨情仇，描绘出20世纪上半叶中国农村波澜壮阔、触目惊心的神奇画卷，揭示出鲜为人知的历史文化隐秘。作者对传统儒家文化精神的正面书写得到学界和读者的广泛认可，但儒家文化面对西方现代文明的冲击和各种叛逆者时，文本表现出的叙事话语与文化的破碎与割裂，也使作者和文本处于尴尬的文化境地。这种文化悖谬的形成与文本美学风格的转变密切相关，而陈忠实并没有意识到文本是如何与"作者"渐行渐远，以致出现了作者对叙事话语节奏和人物性格

---

① 苏童：《急就的讲稿》，见《米》，台海出版社，2000年，第4页。

命运失控的状况,文本的美学风格也从作者追求的传统悲剧的崇高走向了荒诞与反讽。

一

小说从白嘉轩六丧七娶写起,他巧换风水宝地,种鸦片发家,义助李寡妇为白鹿村赢得"仁义庄"的称号,他与鹿子霖一起修祠堂、兴办学堂造福乡里。皇帝退位后,白鹿原上出现了白狼,白嘉轩和鹿子霖带领村民修补残破的围墙阻遏了白狼的侵扰。没有皇帝的日子让原上的子民们惶恐不安,朱先生草拟《乡约》,制订了德行言等方面的日常行为规范以约束族人和村民,白嘉轩负责实施,白鹿村成为"礼仪之邦",村民们也变得"和颜可掬文质彬彬"了。白鹿村呈现出典型的自治性宗法制乡村社会的形态,类似于欧洲中世纪的乡土文明和陶渊明"世外桃源"的政治文化范式。革命政权建立了"县—仓—保障所"基层行政机构,白鹿村挂起了"滋水县白鹿仓第一保障所"的牌子,鹿子霖任保障所乡约。县上强征繁重的印章税,白嘉轩决心为民请命,鸡毛传帖发动农人"交农",县长被罢免,和尚、鹿三、徐先生等七人被逮捕拘押,在村民们看来双方"摔了一场平跤"。白嘉轩动用朱先生的关系,贿赂法院院长救出七人,完成了他轰轰烈烈的参政议政事件。这是白嘉轩面对现代文明冲击的一次自发反抗,文化资源是儒家的仁政思想,现代政府的民主和法律制度使他困惑迷茫、无所适从,革命政府认定"交农事件是合乎宪法的示威游行",那七人只是要"对烧房子砸锅碗负责任",他身上儒家那仁义思想、敢作敢当的精神在现代法律精神面前显得荒唐可笑,事件最终靠人情关系和金钱解决。白嘉轩在原上"深孚众望",惩戒了族里的赌徒和烟鬼,族规、祠堂、乡约形成的政治文化理念和乡村社会制度维持着白鹿村井然的秩序。他应邀参加了县第一届参议会,剪了辫子,夺下了女儿的缠脚布,并将女儿送进了村里的学堂。外部世界和外来文化影响并改变着白嘉轩的思想观念和行为方式，当现代政治体制和文明没有影响到他的政治权威、威胁到白鹿村乡村文明的正常秩序时，他对现代性是热情接纳和参与的。农民运动失败后，田福贤等在白鹿村的戏台上惩治参加过农协的村民，白嘉轩向田福贤鞠躬、向台下的村民下跪，提出将他吊到杆上替族人"赔情受过"；鹿子霖被抓进监狱，鹿贺氏求助前，白嘉轩就已安排儿子孝武进城设法搭救；他多次解救黑娃，不计较黑娃曾砸毁祠堂里的石碑，其土匪手下打断了他的腰椎。他大度宽容，以德报怨，自觉承担起自己对族人的责任，切实维护着村民的利益和安危。他处于白鹿村乡土社会结构的核心，以其道德自律、文化修养和人格魅力树立起一个挺拔高大的文化标杆，周身散发着人格神和民间英雄的崇高与壮美。他唤起村民们的敬畏感，村里的女人们给孩子喂奶都自觉地"囚在屋里"，怕被他撞见作为违反礼仪的事例在祠堂里斥责。博克认为崇高会引发人"适度的恐惧"，满足人们自我保存的冲动。黑娃从小就嫌白嘉轩的腰"挺得太硬太直"；他承认白嘉轩仁义，但他的仁义和善举让黑娃觉得恐惧，却不失尊敬。而鹿子霖让黑娃感到亲切。康德强调审美对象体积的无限大能唤起审美主体的崇高感。白嘉轩挺直的腰杆、冷峻威严的仪容在白鹿村树立起了人格神的形象，由"数学与力学的崇高"引起的恐惧感在主体心中唤起崇敬的力量和气魄，这种气魄在白嘉轩身上体现为道德自律、宗族责任和以德报怨的精神。

白嘉轩崇高的人格神地位在乌鸦兵的祸害和农协运动中逐渐被消解，他所体现的审美品格开始从崇高走向悲剧。朱先生是白鹿原的圣人和文化精神偶像，是正统的儒家弟子，恪守儒家的道德伦理规范。他是乡村智者，白鹿精神的化身，从清朝到民国，历任县官或执政者都敬他三分，甚至需要借助他的社会威望解决军事争端、处理相关政务或聚拢民心。随着外来政治势力和文化的不断侵入，在三民主义和共产主义相互冲突的平台上，针对报纸传媒所制造的现代政治和军队内部派系的钩心斗角，朱先生干预现实的社会功能被悬置起来，朱先生及其所代表的儒家文化从社会的参与者转变为旁观者或局外人，朱先生成为一个文化符号，儒家的"修齐治平"找不到发言的席位,相反黑娃所代表的土匪武装却成为国共两党争取的对象。维系中国社会几千年的儒家文化传统在现代社会的影响越来越微弱,影响的范围越来越小。在白鹿原上,朱先生的儒家文化观念与白鹿原祠堂里刻着的《乡约》与族规构成了一整套严密的文化价值体系,负责解释、评价原上的人与事,然而,一旦这些人或事延伸到白鹿原之外的政治社会之中,这套评价体系就丧失了解释能力而显得不知所措,白鹿两家子弟间的恩怨情仇已远远超出了儒家文化仁义道德的解释空间。现代社会的崛起使儒家文化成为渐行渐远的历史,黑娃的"学为好人"与回乡祭祖可以看作儒家文化的"回光返照",黑娃的死则意味着儒家文化已淡出历史舞台。白嘉轩拄着拐杖、架着眼镜、拉着黄牛走在白鹿村村巷里时,表现出的那种县长父亲的"善居乡里的伟大谦虚"表明他已经彻底退出了历史舞台,彻底认同了现代社会的价值理念和评价体系。白嘉轩面对疯癫的鹿子霖自我反省,自认一生唯有巧取鹿子霖慢坡地做坟园一事有愧于心。他追求个人道德人格的完善,刚直宽厚,坦荡磊落,为恪守族规。他对田小娥赶尽杀绝;为维护耕读传家的家风,他关过女儿,惩戒过儿子,狠心拒绝过妻子临终想见儿女的遗愿;为了传宗接代的神圣使命,他先后娶了七个女人,其中一个女人就是因他的强横引发的恐惧郁郁而亡;原上遭遇年馑,他眼睁睁看着孝文媳妇饿死在自家的炕上;为了维护儒家的道统,他残暴、冷酷、绝情地对待那些叛逆和违拗他的人。但他的权威却在不断经受着挑战,鹿子霖凭借财富和现代政治体制所赋予的世俗权力蚕食着他的势力范围,儿女们的忤逆一次次撕破他的脸皮,白孝文的堕落、白灵的退婚,都严重损害了白嘉轩耕读传家的门风,威胁着他的族长地位和权威,给他以最致命打击的是白孝文彻底毁掉了白家立家立身的纲纪。原上遭遇大旱,白嘉轩带领族人祭祀,向关公和西海龙王求雨,黑乌梢附体的他将火红的钢钎穿透两腮,以大无畏的自我牺牲精神为民请命,豪壮之气足以感天动地,情景颇似被缚的普罗米修斯和受难的耶稣。然而,他的英雄气概没能感动上天,自然是冷酷无情、桀骜不驯的,白鹿原上的生民们在干旱与饥饿中走向绝望,道德律令和人格修养无法改变自然灾难。白嘉轩悲剧英雄的形象在饿殍遍野的原上成为遗响,政府成立白鹿仓赈济会赈济灾民,白嘉轩第一次缺席了原上的民生大事。瘟疫横行,小娥的鬼魂附在鹿三身上控诉冤情,称瘟疫是她招来的,要白嘉轩和鹿子霖为她抬棺坠灵。对瘟疫的恐惧使不甘死去的人"怨恨杀死小娥的鹿三以及秉承主家旨意的族长白嘉轩",村民们捐钱捐物跪在白家门口恳求他带领大家为小娥修庙塑身以驱灾免祸,连白孝武、鹿子霖和冷先生都表示赞同,这让白嘉轩怨恨不已,感觉自己成了孤家寡人。虽然在朱先生的指导下"造塔驱鬼镇邪"镇压了小娥的冤魂,瘟疫也被大雪和寒冷消灭,但白鹿村的人心彻底散了,再也不会出现"寒冬腊月聚伙晒暖暖谝闲传的情景"了。随后,白嘉轩以德报怨,营救黑娃和鹿子霖的举动完全成为形式,没有起到任何实质性的作用,他儒家文化的那套价值理念已经无法解释现实世界和党派之间的复杂关系了,但他还在一次次试图用自己的道德理念去约束族人和子女,在走向末路而不自知的困境中,他的人生由传统悲剧的崇高走向了现代悲剧的荒诞。在对待两性关系上,白嘉轩也表现出道德上的混乱,以孝道与生殖崇拜为神圣的借口先后娶了七个女人;以族规与《乡约》为基准不许黑娃夫妻进祠堂,惩戒白孝文,镇压田小娥;三儿子孝义媳妇原本是他最满意的,在他的授意下借种怀孕之后,他却觉得恶心并由衷地鄙视她,并且是通过白赵氏的感觉映衬他的感受。

二

　　加缪说当代的悲剧是集体性的。小说中白嘉轩与鹿子霖的人生充满了悲剧感;下一代的矛盾纠葛早已超出家族矛盾和个人恩怨的范畴,进入广阔的政治领域和社会领域,但他们的命运也充满现代悲剧的荒诞感。白嘉轩毕生的使命就是延续家族文化和家族历史,而鹿子霖的奋斗目标却是颠覆家族历史,即白家在宗祠中的统治权,他颠覆的希望着落在新型国家和政体赋予他的世俗权力上,这是两人的根本对立。鹿子霖的形象无法唤起人们的崇高感,他的一生充满了现代悲剧的荒诞,命运一次次给他希望将他推上财富、权力或荣誉的巅峰,又一次次使他坠入更深的谷底。他经历了富裕与贫穷的两极,在风光与绝望中游移;他被农协游斗过,坐过国民党的监狱;儿子给过他荣光,也给了他无尽的痛苦和折磨;他在原上有许多干儿子,身边却无人养老送终。他一生都在与白家争权夺利,自己的两个儿子竟先后爱上了白家的女儿。在镇压反革命的会场上,陪斗的鹿子霖瞅见主持集会的白孝文,百感交集,鹿家几百年的努力化为泡影,他的生命意志和精神彻底崩溃了。鹿子霖的疯癫不是因为恐惧,而是因为绝望,他的疯癫属于加缪荒诞哲学中自杀的一种形式,即因为绝望而主动放弃自己的理性和意识,他在意识清醒时说的最后一句话是:"鹿家还是弄不过白家!"①他的两个儿子为民族解放战争和新民主主义革命鞠躬尽瘁、流血牺牲,白家的儿子却轻易地窃取了革命胜利的果实。在无意识中,鹿子霖对白嘉轩说"咱俩好!"或许这是他内心的真实愿望吧。白嘉轩将鹿家的悲剧归结为祖传家风不正,鹿子霖却没能力思考了。鹿子霖悲剧的原因能否归结为宿命?他的悲剧在现代中国有没有普遍性?探究历史真相和历史发展规律的人是鹿鸣——鹿兆鹏和白灵的儿子。尤奈斯库认为:"荒诞是指缺乏意义……在同宗教的、形而上学的、先验论的根源隔绝后,人就不知所措,他的一切行为就变得没有意义,荒诞而无用。"②鹿子霖使出浑身解数,拼命积聚财富,供儿子上学,抱着纯真的幻想努力往上爬,也没能颠覆白家在白鹿村的统治地位;他设计陷害白孝文,又在他沦为乞丐时,推荐他进了县保安团,成就了白家的辉煌。鹿子霖的一切行为和反抗都变得毫无意义,逃入混沌与无意识并没有结束他的苦难,他是一个失败的精神反叛者,现代政治只是他个体反抗的工具。

---

① 陈忠实:《白鹿原》,人民文学出版社,1993年,第679页。
② 欧·龙内斯库:《戏剧经验谈》,见袁可嘉等编选《现代主义文学研究》(下册),中国社会科学出版社,1989年,第615页。

人是生存于历史之中的，个人和社会一开始就连在一起。鹿兆鹏和黑娃是"为生活本身而革命"，鹿兆海和白灵是"为信仰而革命"。鹿兆鹏的反抗带有明显的反抗封建父权和包办婚姻的色彩，他引导黑娃走上革命道路也是从反抗封建族权和婚姻制度开始的。黑娃是《白鹿原》中唯一具有朦胧的阶级意识的人，他从小就对他和白家兄弟的不平等及白嘉轩的施与有深刻的意识和觉悟，这种意识产生于日常生活中，产生于人最基本的欲望；鹿兆鹏的一块冰糖让这个冷硬的孩子浑身颤抖、哭出了声，从最基本的生存层面他意识到了贫富的不均，他和小娥由性而爱的婚姻遭到族长和父亲的严厉反对，他自己也觉得做了不要脸的事。他的反抗是从无意识开始的。他背叛封建族权和礼教，参加农协失败，做土匪被捉，土匪、白嘉轩、共产党等势力纷纷伸出援手搭救；他学为好人，却被白孝文以新政权的名义当作叛徒枪毙。白嘉轩的文化理念在新政府的新政策面前毫无意义，黑娃的人生充满了荒诞感，他唯一的希望就是儿子长大能找到鹿兆鹏证明他的革命史。加缪认为荒谬感是萌生于一种荒谬的气氛中的感受与体验，人生活于现实中，"一旦世界失去幻想与光明，人就会觉得自己是陌路人。他就成为无所依托的流放者，因为他剥夺了对失去的家乡的记忆，而且丧失了对未来世界的希望。这种人与他的生活世界之间的分离，就像演员与舞台之间的分离，真正构成荒谬感"[①]。黑娃最终与岳维山、田福贤等国民党反动派被同台枪毙，使他"憋闷难抑"。白灵和鹿兆海是接受了"五四"新文化思想的新青年，两人决定加入国民党还是共产党时竟然以掷铜钱来决定，并出于爱分别加入了对方的党，荒唐的选择并没有影响两人坚定的政治信仰，却使一对恋人分道扬镳。白灵被当作特务活埋的根本原因是她的阶级出身无法合理有效地解释她的革命动机，她觉得窝囊，而不是冤枉或委屈，她让人想起加缪《局外人》中的默而索。田小娥是白鹿原上最妖媚的女子，她只是想过普通的夫妻生活，却被当作"婊子"排

---

① 加缪：《西西弗的神话》，杜小真译，广西师范大学出版社，2002年，第5—6页。

斥、欺辱。她没有接受过新式教育，她的反抗是发自本能的，性成为唯一的武器，她被自己的公爹杀死，死后鸣冤又被挫骨扬灰镇压在六棱塔下。兆鹏媳妇则成为鹿兆鹏反抗封建婚姻制度的牺牲品，守了一辈子活寡，最终得淫疯病被亲生父亲冷先生毒死。而白鹿原上最好的长工和最好的医生却因为下一代的不幸成为弑亲的罪人，饱受精神的折磨。在加缪看来，荒谬就是没有上帝的罪孽。在陈忠实看来，白鹿原的灾难和人性危机不仅是连年战乱和苛捐杂税造成的恶果，也是传统价值观念（如乡约和祠堂）失去话语权的必然结果。《白鹿原》的荒诞体现了传统文化在遭遇现代西方文明时的失败，也体现了人们在适应现代文明时痛苦的精神裂变及艰难的觉醒历程。在荒诞中人类坚守传统文化的精神以对抗现代文明，而小说的文化意义就在于它对传统文化稳固性和落后性的揭露和剖析，这也是叙事没有如某些新历史小说流于平面化和零散化的关键。

　　在白鹿村，白嘉轩以族规和乡约规范族人的言行，而乡约最忠实的践行者不是白嘉轩，而是鹿三。儒家文化在小说中大致有三个层面，分别体现在三个人身上，其中朱先生代表哲学和历史学层面，白嘉轩代表社会层面，鹿三代表个体层面。鹿三一生有两大壮举：一是交农事件中勇敢地站出来主事，二是杀死了儿媳田小娥。这个靠劳动换取粮食、安贫乐道的朴实农民反抗过政府、坐过牢、杀过人，他是鲁迅笔下最想做奴隶且做得很稳的人。在交农事件中，他觉得自己成了白嘉轩的化身；他杀死田小娥，人们都以为他是受了白嘉轩的指使，面对愤怒的黑娃他依然觉得自己是"替天行道"，而在白鹿村族长就是"天"。鹿三杀死小娥是出于仁义，小娥借黑娃娘和仙草之口申诉冤情，加重了鹿三的精神矛盾和恐慌，以致被小娥的冤魂附体。冤魂附体的神怪之事古来有之，在中国民间流传很广，窦娥、李慧娘都是鬼魂申冤成功的案例。用现代心理学分析就是鹿三潜意识中的矛盾和痛苦所造成的压抑冲破了理性的桎梏外化出来，以田小娥的口吻表达他内心的矛盾和冲突，即本我与自我的冲突，本我觉得小娥冤，自我觉得小娥该杀。鹿三与小娥的翁媳关系是客观存在，他杀死儿媳就是弑亲，这是原始禁忌，也是他"忧郁"的根本原因。传统悲剧中的冲突通常都有社会原因或性格根由，而荒诞则是在莫名其妙中发生一切，并且所有的冲突都没有解决的途径，所以鹿三只能通过鬼魂附体来发泄内心的恐惧和痛苦。白嘉轩以自己的处世之道责备鹿三的杀人行为并非光明正大之举，镇压小娥的六棱塔封锁的不仅是小娥的冤魂，还有鹿三未泯的人性和残存的灵性，鹿三日渐萎靡，郁郁而死。鹿三内心道义与亲情的冲突找不到解决的途径，借小娥附身发泄内心郁结的渠道被六棱塔断绝后，只能在无意识中更加猛烈地摧残他脆弱的神经。或许，白嘉轩的责备比他内心深处良心的谴责更让他难以忍受。而"荒诞就产生于这种人的呼唤和世界不合理性的沉默之间的对抗"[①]，"这种人的呼唤"就是指人面对非理性时对幸福和理性的渴望。荒诞着力于对自身混乱、不可理解的真实处境的洞察，其审美效应就是引起审美主体恶心、呕吐、无奈等极端反应。小娥的死让黑娃满腔的仇恨无处发泄，无奈地离开。一个妖娆得令其他女人（兆鹏媳妇）妒忌的女人，死后散发的恶臭却让村人们觉得恶心；白灵有着白鹿一样纯洁的灵魂，却被自己人活埋。她们都是叛逆者，一个是恶之花，一个是真善美的化身。世界对田小娥没有合理性可言，她要世界给她一个合理解释的抗争统统失败，她的身上闪现着传统悲剧女性悲壮惨烈的光辉，她倒是《白鹿原》中少有的具有传统悲剧精神的人物形象。

白鹿原的儿女们以各自的方式寻找着人生的意义。朱先生、白嘉轩、鹿兆海等曾唤起读者的崇高感，但随着外来文化对儒家文化的蚕食，他们对现实世界的反抗成为一个个人生悲剧；鹿兆鹏宁死不向封建包办婚姻低头，却背负着岳父冷先生的救命之恩；冷先生机关算尽，却亲手毒杀了自己的女儿。在荒诞的情境之下，人无法把握自己的生命轨迹。文本叙事中的"模棱两可"和文化悖谬是作者内心矛盾的真实反映，他无力提供解决问题的思路，只好在文本中诚实地表现出自己对历史叙事的无能为力。

---

① 加缪：《西西弗的神话》，杜小真译，广西师范大学出版社，2002年，第25页。

作者在叙事中所表现出的困惑、迷茫和矛盾是他对社会历史文化反思的客观真实的展现，他无力解决这些矛盾，家庭关系和家族制度在现实生活中逐渐破裂与消亡。与19世纪欧洲文学不同的是，这是现代政治、革命信仰、民主自由等现代理念的盛行造成的，而不纯粹是金钱。在白鹿村，造成鹿子霖持续的生活挫败感的不是金钱，而是政治，从家族政治到党派争斗，小说将之归结为鹿家根基不正或命运。鹿子霖是政治斗争的牺牲品或替罪羊。"对任何人来说，他自身的特殊状况总是绝对的。"[1]白鹿两家世代争权夺利，但白鹿村最富有的却是冷先生，冷先生用以交换鹿兆鹏的十麻袋银圆只是他几年的积攒，他以医德赢得了在原上的地位和话语权，形成了能制衡白鹿两家权力的一股力量。白鹿村的社会关系构成是20世纪上半叶中国北方农村的缩影，具有"绝对性"和普适性。

当叙事从崇高走向荒诞时，作者似乎没有察觉，文本中悲剧英雄的形象再也无法唤起读者的崇高感。看到朱先生落寞地被县长赶出门，精心编纂的县志无钱刊印；看到白嘉轩无奈地关闭了祠堂的大门；看到鹿三被小娥的魂魄折磨得神情呆滞；看到疯癫的鹿子霖及鹿兆海墓碑上的污垢；看到黑娃被白孝文以正义的名义处死；等等。看到这一切，没人笑得出来，人们感到沉重、感伤、无奈、荒谬。这部小说以传统悲剧理念建构的话语体系早已超出了作者理性的控制，表现出现代悲剧的荒诞和反讽。"无论在什么转折路口，荒谬的感情都可能从正面震撼任何一个人。荒谬的感情是赤裸裸的，令人伤感，它发出光亮，却不见光迹，所以它是难以捉摸的。"[2]在社会转型期，白鹿原的儿女们以他们难以捉摸的悲剧命运唤起人们的荒谬情感，这种情感同样引起了21世纪前后谋求对现实世界进行合理解释而不得的人们的强烈共鸣，这也是《白鹿原》拥有长久艺术生命力的重要原因。

原载《西北师大学报》（社会科学版）2011年第5期

---

[1] 雷蒙·威廉斯：《现代悲剧》，丁尔苏译，译林出版社，2007年，第186页。
[2] 加缪：《西西弗的神话》，杜小真译，广西师范大学出版社，2002年，第10页。

论黑娃与冷先生在《白鹿原》中的叙事功能

人物是叙事作品的基本要素,叙述学将人物分为心理性人物和功能性人物两种。罗杰·福勒认为前者"是亚里士多德意义上的人物,即具有他们自己的动机,能独立行动,说话有特色,且被详细描写出来的人";后者"则仅起推动故事情节发展的作用,仅为次要人物或类型化的人物"。[①]功能性人物的种类很多:有引发叙述、引读者进入作品情境,帮助读者了解整部叙事作品主旨的导介型人物,有帮助作者直接充当故事讲述者的叙述型人物,有在关键时刻拯救主人公的救难人物,以及各种预示人物、纽带人物、惹祸人物、代言人物等。《白鹿原》是新时期重要的家族叙事文本,塑造了关中大儒朱先生、中国最仁义的地主白嘉轩、白鹿原上最好的长工鹿三、出于人性本能的叛逆女性田小娥,以及鹿子霖、鹿兆鹏、白孝文、白灵、黑娃等性格独特鲜明的人物形象。其中朱先生、白嘉轩、鹿子霖、田小娥等是典型的心理性人物,黑娃和冷先生属于功能性人物。他们是小说情节建构发展的纽带,主要起推动文本故事情节发展的作用,黑娃还具有明显的心理性人物的特征,冷先生则具有类型化人物的特点,他冷峻、冷漠、冷酷,以旁观者的姿态见证了五十多年来白鹿两家三代人的争斗,以及封建宗法制村落家族文化在现代文明冲击下逐渐衰亡的过程。

[①] 申丹:《叙述学与小说文体学研究》,北京大学出版社,1998年,第56—57页。

功能性人物在叙事作品中一般由次要人物担当，推动故事情节发展的同时，人物也依靠自己的性格逻辑独立行动。黑娃是陈忠实在《白鹿原》中塑造得比较成功的艺术形象，也是文本中的重要人物。用重要人物担当功能性人物是大胆的尝试，一旦有失，人物就有可能被概念化或简单化。文本中围绕田小娥展开的情欲故事线索及矛盾是借助黑娃来展开的，有了他俩遭宗族唾弃的婚姻，才有鹿子霖乘人之危霸占并利用田小娥，色诱白孝文报复白嘉轩的故事，才有白孝文沦为乞丐，经鹿子霖推介加入县保安团，衣锦还乡，最终成为新中国滋水县县长的辉煌；黑娃也因此踏上坎坷的人生之路……黑娃在文本中不仅参与情节建构和艺术表达，还依靠自己的性格逻辑独立行动，是农村社会雇农阶层的代表，也是文本中唯一具有阶级意识的农民。他反抗意识的萌发具有个体的独特性，从本能欲望满足的不平等中，他意识到封建等级制度的不公。鹿兆鹏的冰糖和水晶饼，郭举人的小妾和性奴田小娥，分别从"食色"这两个最基本的欲望层面激发起他的反抗意识，他反封建的革命道路与鹿兆鹏兄弟和白灵有着根本的不同。他与田小娥的结合是原始生命力激发下的非理性行为，婚后性爱和家庭生活的满足使他回归了传统农民朴素的人生理想：挣钱买地生孩子过安稳日子。大革命的政治风暴袭来，他接受了鹿兆鹏的思想启蒙，经农讲所的培训，成为农协运动的领头人；革命失败后参加红军（习旅），习旅兵败，成为土匪的二拇指，为复仇，杀死鹿恒泰、打折白嘉轩的腰杆；小娥和大拇指死后，他身心俱疲，接受招安成为县新编保安团三营营长；拜朱先生为师学为好人，携新婚妻子认祖归宗；新中国成立前成功领导起义，却在当了副县长半年后被革命投机者白孝文暗算，结束了他混沌漂泊多灾多难的悲剧人生。

黑娃性格倔强，从小就好动，不安分。与田小娥偷情是原始生命力的爆发，被郭举人侄子们追杀后"解除了负疚感"。他们的性爱具有鲜明的反封建和追求个性解放的性质，但他并没有清醒地意识到，他的反抗是情欲支配下自发的行动，具有盲动性和无目的性。当小娥意识到自己的悲剧命运提出私奔的建议时，黑娃却压根没想过将来。田小娥使他成长并树立起了人生目标。鹿兆鹏引导他走上革命道路，他砸祠堂、斗地主、铡碗客，坚定、果敢、义无反顾，却未能从根本上明白革命的最终目的，也没有足够的思想能量去思索造成这世界不平的历史文化根源。农协失败后的一系列行动，如加入习旅、落草为匪、受降招安、皈依儒学、起义反正、被枪毙等，都是在各种政治势力的纠缠裹挟下，受生存意志支配的无目的行动。黑娃是行动迅速敏捷的人，思想总是比行动慢半拍。在现实生活中，他困惑纠结于找不到反抗的对象，白嘉轩是封建礼教和家族政治的代表，又是他的主家和恩人，他们是对立的阶级，这一点，黑娃没有明确的意识。他反抗白嘉轩的动机模糊，行动却很迅捷。白嘉轩对他以德报怨，黑娃回乡祭祖使两人彻底和解。被家族和世俗社会共同接纳的黑娃，竟然迷失了方向，陷入生命无意义的循环与挣扎中。临死前，他叮嘱妻子寻找鹿兆鹏为他的革命历史证明，也没能洞察白孝文陷害他的阴谋。

　　黑娃大概是《白鹿原》里活得"最糊涂的人"，一生都被原始生命力和政治风暴裹挟着无目的地前行，他就像一个永远长不大的孩子，游魂一样漫无目的地在原上飘荡，田小娥、鹿兆鹏（共产党）、土匪芒儿、高玉凤、朱先生都曾做过他灵魂的寄托者和精神的"栖息地"，他成为在成长中夭折的典型形象。他是白鹿原上最不可捉摸的、最具有毁灭性的非理性力量，以"风搅雪"形容黑娃的性格准确而贴切，他与飘忽不定的白鹿的美好意象形成鲜明对照。文本中的许多情节都是他非理性力量和原始激情作用下的结果，打断白嘉轩腰杆的行为源自他童年的恐惧，竟引出朱先生"鳌子说"的新解读，揭示了20世纪上半叶陕西关中地区匪患猖獗到与国共两党争夺势力范围的程度，以及国共两党争取土匪的历史事实。黑娃在文本中属于"乔装打扮的叙述者"，布斯认为"有许多戏剧化的叙述者根本未被明确地称作叙述者"，但"在某种意义上说，他们的每一次说话，每一个姿态都是在讲述。大多数作品都具有乔装打扮的叙述者，他们用来告诉读者那些需要知道的东西，但他们似乎只在表演自己的角色"。①黑娃就是这样的人物，他始终代表一个阶级、一种文化立场在讲述。"嘉轩叔的腰挺得太直"是黑娃出走的直接原因，也成为一系列情节发展的根本动因；冰糖给他造成的味觉与心灵的震撼是他反抗意识萌发的原初契机，他朦胧地意识到社会的不公和人与人之间的不平等。透过这些讲述，读者很容易发现黑娃悲剧命运形成的深刻的社会根源和深层的文化心理。

冷先生是贯穿文本叙事始终的人物，是文本中次要而不可或缺的人物，名医的特殊身份使他成为白鹿原与外部世界联系的纽带，城里"反正"的具体情形就是借冷先生之口叙述的，白嘉轩巧换风水宝地也是受到冷先生的启发，文本中还有许多重要的人和事都是通过他的讲述或行动引出的。他是作者精心设计出来的功能性人物，处于家族政治边缘的杂姓冷家与白鹿两家都是姻亲关系，这样安排，一来显示冷家的地位和名望，二来暴露出杂姓在白鹿原生存的艰难与处境的尴尬，三来方便他接近和了解白鹿两家不为人知的秘史。冷先生在文本中身兼数职，有效地简化了文本的人物设置。医生在封建社会属于"士农工商"社会阶层中"工"这一社会群体，冷先生的设置，使文本对中国封建宗族村落社会结构的描述更加完整。在文本中，他的故事意义显然小于其在叙述中的意义，更逊色于白嘉轩、鹿子霖等主要人物的故事意义，他直接参与文本悬念的设置、释放和控制，协助文本中场景的转换和人物的穿插，其叙述功能主要体现在突转和发现上，黑娃无法涉足的许多隐秘领域，如白嘉轩的性生活、性苦闷等内容，冷先生都方便进入并讲述。他不仅作为叙述者承担着故事讲述的重任，还是联系白鹿两家的桥梁和纽带，具有媒介作用。由小说中担任部分角色的观察者来讲述故事的手法，在中外叙事作品中很常见。这种人物也被称为戏剧化叙述性人物，有时由次要人物用第一人称讲述，如阿城《棋王》中的"我"，有时由配角人物在扮演自己的行动中讲述，如《红

---

① W.C.布斯：《小说修辞学》，华明、胡苏晓、周宪译，北京大学出版社，1987年，第203页。

楼梦》中的贾雨村,黑娃和冷先生就属于这类人物。叙述人在行动时,活动范围受限导致了"限知"的叙述视角,他知觉范围以外的事情形成了空白,具有不确定性,需要读者发挥想象力去猜测、揣摩,比如白孝文从家族楷模变成乞丐,经历了怎样的灵魂搏斗和精神折磨,文本中是空白,只能靠读者的想象来完成。作者以心灵的空白来突出白孝文内心的孤独与落寞,白孝文是文本中最孤独的人,既没有朋友,也没有对手。由"限知"导致的空白给读者留下了丰富的想象空间,使文本产生了一种不受固定范式拘束的审美效应。英国作家亨利·詹姆斯善于采用这种手法,一位小说家赞道:"这是一个绝妙的窍门,能为他的小说取得所企求的生动效果……而且这种手法使他能避免那些采取无所不见、无所不知态度的小说家所招致的一些困难。凡是这个观察者不知道的事情可以很方便地让读者纳闷去。"[①]冷先生是白鹿两家几十年生存、繁殖、争斗的历史见证者,他以冷静、清醒、理智的态度观察着白鹿原的生灵们,以旁观者的客观视角把社会历史文化的变迁"显示"给正在阅读的读者。白嘉轩娶的第六房女人胡氏是个娇贵的美女,听信传言不肯与他同房,冷先生为她解开"倒钩毒精"的疑虑,为白家开枝散叶埋下了伏笔;孝义媳妇婚后多年没有生养,求神拜佛吃药都无果,冷先生建议白嘉轩在休她之前让她"上一回棒槌会",给读者展现出关中农村独特的民风民俗;白嘉轩授意借种延续孝义一脉的故事,凸显了白嘉轩为延续家族血脉不择手段的道德虚伪、老谋深算和处世圆滑,交代了白赵氏因道德愧疚抑郁而亡的凄凉。冷先生的一句话带出了一系列的人和事,涉及新生命、新家庭、新中国的诞生,涉及旧中国、旧道德的终结,还展现出政治、民俗文化、生殖崇拜、女性命运、医学知识等方面的知识。这种牵涉白家生殖与繁衍的隐秘事件,只有冷先生才能"发现"。

鹿子霖设美人计羞辱白嘉轩,告知白嘉轩"闲话"的人只能是冷先

[①] W.C.布斯:《小说修辞学》,华明、胡苏晓、周宪译,北京大学出版社,1987年,第203页。

生。这几句闲话引出白嘉轩惩戒白孝文，白孝文败家沦为乞丐，鹿三怒杀儿媳田小娥等后事。冷先生的功能就是调节文本的叙事节奏，使之张弛有致。农协运动后平静舒缓的叙事节奏被打破，白鹿两家的较量由暗转明，情势陡然紧张起来，两家力量的对比，包括财富、家风、道德人格等，发生了逆转，鹿家明显占据上风。悬念随之产生：白鹿两家最终鹿死谁手，白孝文能否东山再起，鹿子霖能否一直得意下去，白嘉轩会如何对付色诱儿子的田小娥，小娥的命运又将如何……鹿子霖刚拆掉白家门房，冷先生就给他当头一棒——鹿兆鹏被捕，两家的争斗暂时停息，鹿冷两家结成暂时的同盟。冷先生用十麻袋银圆（这几年攒的）托田福贤救出被判了死刑的女婿共产党人鹿兆鹏，才有了鹿子霖因儿子是共产党员而入狱并倾家荡产，冷大小姐因性压抑得淫疯病被亲生父亲毒杀，鹿兆鹏与白灵结合，鹿兆鹏在新中国成立前夕领导滋水县保安团起义等故事。在这里，作者通过冷先生设置了一个惊天的悬念：田福贤托朱先生问鹿兆鹏共产党日后得势，"你还能容得下他？"为后文田福贤替鹿家保存财产，以及田福贤被枪杀埋下了伏笔，也暗示了鹿兆鹏的结局——下落不明。这一情节设置的深意则在于对国共两党历史的反思。

  冷先生是白鹿原上活得"最明白的人"。他为人谨慎，处事圆润，对自己和他人的定位都十分准确，其行动具有强烈的合目的性，如对两个女儿婚事的处理，与白嘉轩和鹿子霖相处时对等关系的保持，以及他在大征丁大征粮时对国家局势的分析，都显示了他超凡的生存智慧和卓越的洞察力。"巧换风水宝地""田小娥被杀""孝义媳妇借种"等事件，都没能瞒过冷先生的法眼，他曾劝鹿子霖："你要是能掺三分嘉轩的性气就好了。"①即白嘉轩比鹿子霖沉稳老辣、有计谋，言下之意是鹿家斗不过白家。这是作者对白鹿两家命运的最早的暗示。在白鹿原上，从品行、智谋、冷硬、财富等方面能与白嘉轩相抗衡的，恐怕只有冷先生，他若与白

---

① 陈忠实：《白鹿原》，人民文学出版社，1993年，第154页。

嘉轩对抗，白鹿原的历史或许要重写了。

中立的叙事立场是作者赋予他的，他是作者的傀儡，性格也没有任何发展，每当故事发展到关节处，冷先生就站出来勾连人物和故事，任务完成又坐回药房冷眼旁观白鹿原的风云变幻，随时等候作者的召唤。布雷蒙十分关注由叙述性人物功能组成的序列，他认为"功能与行动和事件相关；而行动和事件组成序列后，则产生了一个故事"[①]。冷先生承担着叙述联系功能、悬念设置功能、场景转换功能、发现功能等，这些功能组成了一个有机的行动和事件的序列，在文本宏大结构的建构和史诗品格的显现上起到了至关重要的作用。

原载《飞天》2012年第2期

[①] 张寅德编选：《叙述学研究》，中国社会科学出版社，1989年，第240页。

蛰居"做枕"

——《白鹿原》的创作过程

1987年10月下旬,陈忠实参加了中国共产党第十三次全国代表大会。

1988年,陈忠实获得"一级文学创作"职称。

无论在政治上还是专业上,他都获得了很高的地位,是许多作家羡慕的对象。从1962年高中毕业回乡,到现在整整二十六年,再过四年就五十岁了,他忽然有一种莫名的恐慌和担忧,万一身体不济,自己的哪部作品可以传世呢?他说他对自己之前的作品都不太满意。他预计长篇的写作至少需要四年时间。

1986年8月,酷暑难耐,陈忠实在长安县(现西安市长安区)查阅县志和党史文史资料,为了不影响晚上休息进而影响白天查阅资料的进度,他无奈地住在了县供销社开办的唯一一家旅馆仅剩的套间,日租金十二元。这是他平生第一次在外面住套间,来访的熟人朋友无不惊讶其豪华享受。与蓝田县一样,这里也是每次只能借一本,看完再换,县资料馆同志负责的精神着实让他感动,但每天要在旅馆和资料馆间往返几次。他小心地翻阅,摘抄下他认为有用的资料,那时打字复印远没有现在方便,他只能用钢笔一字一句地抄写,并注明出处。直到有一天,县委书记程群力慕名来访,问他有什么困难,问他是否有创作大部头作品的计划,他轻描淡写地说他就是想了解自己脚下这片土地的历史渊源。这就是陈忠实的"蒸馍"

理论，蒸馍时，成熟之前不能揭锅盖，一漏气馍就夹生；他创作小说也是这样，在心里憋着，反复酝酿，直到构思完成铺开稿纸，一气写完，这是他写作的习惯，也是他的个性使然。他多年前也曾怀着虔诚的心，把自己正在谋划的小说构思告诉作家朋友们，大家也给了他可供采纳的建设性的意见，结果是说出构思之后，动笔时却发现故事不再新鲜，有点索然无味，创作的欲望减弱了，最终竟放弃了那篇小说的创作。《白鹿原》修改完成之前，他也是绝口不提小说的内容和人物。

第二天他再去借阅时，资料员抱了一摞县志给他，他倒担心起资料放在他那里是否安全。关于"枕头"的话就是在这时说给一个笔名李下叔的青年作家的。李下叔和陈忠实后来都曾撰文谈及此事。大致情形是，李下叔以《长安报》编辑的身份拜访陈忠实，想为报纸约篇专访；陈忠实喜欢李下叔坦诚不讳、肆无忌惮的个性，交往渐深，友情日厚。某晚，两人就着桃子喝啤酒，酒意微酣，陈忠实说到长篇的构想，言谈之中，忽如中邪一般，他说那一刻他仿佛听到了枪毙黑娃的枪声。此前两人曾说起过白鹿的意象，说到过小娥，说到过彼此对《百年孤独》《查泰莱夫人的情人》的观感。李下叔一直感叹遗憾陈忠实对昆德拉尚未触及，还没读过《生命不能承受之轻》，或许，陈忠实研究了昆德拉之后再创作长篇，《白鹿原》会是另一番景象，谁又能说得清呢？那时，陈忠实抽的还是工字牌雪茄，两人谈及创作的构想、主题、朋友的情意等，"挖祖坟"的题旨已十分明确，约定李下叔就做那驱策他创作的"鞭子"。靠在床上，陈忠实不禁感叹自己热爱文学半生写了十几年小说，活到四十五岁，竟没有一块死后可以垫头的东西。这就是"枕头"之说的原始出处。这个东西须进得了文学史，被世界承认，能为民族为历史甚至为整个人类行为立传。[①]《白鹿原》发表后被誉为"中华民族的秘史"，大多数阐述当代文学史的研究或教材都有提及和论述，高等教育出版社出版的《中国现代文学史》（朱

---

① 冯希哲、赵润民编：《走近陈忠实》，陕西人民出版社，2006年，第21页。

栋霖等编）下册也有论及，《白鹿原》还被作为大学生必读书目中仅有的两部当代长篇之一（另一部为《创业史》第一部）。令陈忠实预料不到的是，2010年，他的《无畏》也被写进当代文学史，评价是"生活气息浓厚，人物个性鲜明"。他后半生的"芥蒂"被历史重新评价，而且成为那个时代和他本人创作的标志和收获之一。

李下叔也的确算得上陈忠实的朋友，他对陈忠实的评价也与别个不同。人常说陈忠实"诚实厚道质朴沉静"，他说陈忠实个性"豪狠"，眼睛尤能传神，目光睿智、威严，震怒时双目呈正三角形，有一种让人不可抗拒的人格力量。

李下叔认为以陈忠实在农村生活工作二十多年的生活积累，雄厚得写什么长篇用得完？至于下那么大的功夫查阅地方县志和文史资料吗？他才言说自己要创作一部"垫棺作枕"之作。大约是说过这话一年后，李下叔在一篇约千字的人物通讯（发表于《陕西日报》）中即提到"枕头"的话，没有引起什么反应。五年后，《白鹿原》在《当代》发表，并由人民文学出版社出版发行后，作家雷电的一次采访中谈到"枕头"之作，这句话才流传开来。可见，这句话本身并不能产生什么轰动效应，也算不得什么惊世骇俗的宏论、豪言。在生活中，出自作家之口，比这豪壮得多、有文采得多的话，常会听到，问题是缺乏优秀作品的佐证，豪言壮语就可能成为狂言或笑料。试想，倘若陈忠实后来没能交出《白鹿原》这份答卷，"枕头"之言，要么被人淡忘，要么成为笑谈或笑料。

陈忠实从不隐瞒或回避自己的农民出身，也从不掩饰他的情感价值取向，他直言不讳：若是看到农民在城里的商店饭馆受到冷落和歧视，就会火冒三丈。遇到城里人，特别是社会名流将农村落后的原因归结为农民群体不争气时，他也会不顾社交礼仪，拍案而起，据理力争：这能怪农民吗？所以，陕西评论家王仲生认为他的创作经历了一个从与农民共反思到与民族共反思的发展历程，他的作品总是与农村、农民同呼吸共命运，歌颂时不遗余力，批判时切中要害。同时，他还是一个老党员，是沐浴着党的光辉成长起来的作家，他热爱党，有坚定的党性原则和政治信仰。他也是一个具有主体性的人文知识分子，而且接受过中国传统文化和民间文化的熏染，他说：作家是社会最后的良心。多重身份与价值理想使他的精神价值体系和文化心理呈现出复杂多元的态势，这是后来形成《白鹿原》丰厚历史文化底蕴和文本歧义的重要原因。

1985年秋，陈忠实创作《蓝袍先生》时萌发了长篇小说的创作欲念；1986年4月新房竣工后动身到陕西省蓝田县查阅县志；1988年4月1日动笔写《白鹿原》的草稿；1991年腊月二十五下午，画上最后一个标点符号"……"；1992年3月25日上午，修改完成的书稿交给《当代》杂志的编辑高贤均和洪清波；1992年年末《当代》最后一期发表了一半，另一半于1993年第1期发表；1993年6月，单行本出版。其中查阅资料加构思两年，创作修改定稿四年，共计六年。

他用两年时间先后查阅了蓝田、长安、咸宁三个县的县志，在蓝田县志上抄录了宋朝吕大临兄弟创作的《乡约》，这是中国第一部用于教化和规范民众做人修养和日常行为规范的系统完整的著作，曾在中国南北乡村推广过，至今仍规范并影响着国民的日常生活、行为规范和精神世界。一部二十多卷的蓝田县志竟有四五卷记载"贞妇烈女"的光辉事迹或名字，她们是"××村××氏"，很多女人连名字都没有留下。她们用怎样漫长的残酷的煎熬和鲜活的生命才换来那不足二指宽的位置，那一刻叹惋之余，陈忠实说他竟产生了一个恶毒的意念：女人的本能和天性受到如此摧残，总会有一个纯粹出于自然人性本能的抗争者。他联想到小时候在村里看到的村民们惩戒逃婚的新媳妇的惨状和女人撕心裂肺的惨叫声，田小娥浮现在眼前。

写作长篇需要作充足的前期准备，二十多年的乡村生活经验，对家乡历史和民风民俗的深入了解，这些只是最基本的生活素材准备，对历史文化的审美观照还需要更高的视野，他很欣赏美国人赖肖尔的《日本人》和陕西学者王大华的《崛起与衰落》的历史观，又接受了那时正在流行的

"文化心理结构"学说。在创作风格上,他只有超越自己的老师柳青和王汶石,才有可能形成自己独特的艺术风格。陈忠实曾有"小柳青"之誉,并以擅长写农村老汉而知名,他的《徐家园三老汉》用精湛的笔墨塑造了三个性格迥异的农村老汉,颇受好评。他曾尝试以女性为主角结构中短篇小说,涉及乡村小院、"文革"极左思潮、改革开放、婚恋等方面,却没能引起足够重视,如《田雅兰》《梆子老太》《四妹子》等。在女性人物塑造上寻求突破是陈忠实长篇创作的重心之一。在创作方法上,他依然认定现实主义创作手法,觉得1985年前后的文本实验并不适合他的创作实际,他坚信现实主义依然充满着活力。那时,他对拉美魔幻现实主义已有了初步了解,但远远谈不上融会贯通或创造性地使用。拉美作家卡彭铁尔的《人间王国》(又译《这个世界的王国》)给过他很大的启示,特别是卡彭铁尔艺术探索和追求的传奇性经历,让他重新审视和思考了现代性和民族性的关系,对中国文坛曾风靡一时的寻根文学有了更加深入的了解,他说"应该到钟楼下人群最稠密的地方去'寻'民族的根"[①]。有人说陈忠实的《白鹿原》是模仿马尔克斯《百年孤独》的,对此,他不置可否。他说当初《百年孤独》读得他"一头雾水",倒是王蒙的《活动变人形》和张炜的《古船》读起来倍感清爽亲切。可见,结构不一定要新颖骇俗,他决定以人物和内容为核心建构自己长篇的结构。他认为:"最恰当的结构便是能负载全部思考和所有人物的那个形式,需得自己去设计,这便是创造。"而人物则贵在把握其心灵脉络,写出人物的气质个性和精气神,树立起一个立体动态的人物,为此,他苛刻地规定自己不得对人物进行外在描写,特别是肖像描写,着重写人物心理和潜意识,从而达到将人物写活的目的。

《白鹿原》这个书名是1987年结构长篇时确立的,后来虽想过换个响亮的名字,如《古原》,最终还是觉得《白鹿原》最恰当。原计划1987年冬动笔,因母亲住院陪护了两个月推迟到1988年清明前后。

---

① 陈忠实:《借助巨人的肩膀——翻译小说阅读记忆》,载《长江文艺》2005年第1期。

动笔之前,他列了一个人物名单,标示人物谱系,即人物的社会关系和族亲关系。创作过程中却从未翻看过,因为所有的人物关系网络及其恩怨——情感纠葛与生死遭际,早已烂熟于心。陈忠实在创作第一个中篇时写过草稿,之后的几个中篇都是一次成稿,但长篇创作非同小可,预计四十万字,又是第一次,他决定先写草稿。

清晨,西蒋村的村民们扛着农具上坡或者下滩,走向自家的责任田开始一天的劳作,村里的特殊村民——作家陈忠实洗漱之后,看着院子里月季花新绽的嫩叶,他觉得今晨村巷中传来的狗吠声格外响亮。喝了两三杯清茶,他揭开一个大号笔记本,表情沉静而凝重。在自己建造设计的专有书房里,他没有像平时写作那样坐在书桌前,而是坐在长沙发的左首,把笔记本放在腿上,左手控制住笔记本,顺着纸页上的暗格写下第一句话:"白嘉轩后来引以为豪壮的是一生里娶过七房女人。"

这是陈忠实在自己的书房中写下的第一句话。这一大两小的沙发也是他和夫人商定,为长篇创作而特制的。由一位同村青年制作,他亲自选定了绿色的罩布。成为专业作家七年后,他终于有了一个自己的书房或工作间。书房不大,十多平方米,一张带抽屉和柜子的书桌,一把有靠背的椅子,两个书架,摆放着一直堆积着的有用的书,还有那套沙发,一律出自乡村木匠的手艺。他对自己的书房颇为得意。而当笔触触及白嘉轩的四合院时,他的魂魄就超离了现代的书房,游荡在近百年前那位白鹿村族长的深宅大院里。祠堂神圣静穆的氛围、古老的街巷、飘然而过的白鹿,那幽远动荡的历史和妖冶妩媚的小娥,共同形成一股强大的气场,驱使着他,沉静下来的小宇宙爆发出生命的活力和创作的激情。历时四年。

忆及自己的书房,陈忠实感慨唏嘘不已。1982年之前,他先后在乡村中小学、乡镇和文化馆工作,都是宿办合一的一间屋子,多数时候还是两人合住。1982年成为专业作家后才分到两居室的楼房,他没有入住,反而搬回了老家。祖屋厦屋的北墙外有一间又低又窄的简易房,那是1970年代父亲为已成年的妹妹搭建的,而今,父亲谢世了,妹妹出嫁了,这里成为他的写作间。里面摆着一张单人床,一张祖传的方桌,一把椅子,一张条凳(不知在哪位祖宗手里置办的)。方桌很大,几乎占了房子一半的空间,桌面不像是漆染的黑色,四条桌腿无一牢靠,父亲生前用麻绳捆着的四条桌腿已经松弛了。他把麻绳解开捆扎实了,动作熟练而灵巧,他说"我有捆绑桌子的经验",调侃中透着辛酸,他坐在桌前开始写那些短篇和中篇,直到为盖新房拆了这间简易房。新房盖好尚未启用的那一年多时间里,他在叔父跟他对换的同院的西厦屋里摆开吃饭的小餐桌,坐一只小方凳窝在那里写作。那间房年久失修无人居住,墙皮脱落,火炕坍塌,地砖底下被老鼠掏空了,一不小心就可能踩空,连鞋带脚掉进窟窿里,老鼠偶尔会窜出来探探脑袋,吱吱叫两声。这间破败的厦屋在他眼前展现的却是一个神秘的想象世界,他笔下的这间屋颇有点马孔多镇奥雷良诺·何塞的姑姑阿玛兰塔房间的意味和氛围,抑或让他想到白鹿村外小娥死后漫天飞舞着蝴蝶或蛾子的那间破烂不堪、杂草丛生的窑洞。

陈忠实常年生活在农村,习惯与太阳和村人们保持同样的作息时间。路遥曾说他的早晨从中午开始,即路遥总是夜晚创作,白天休息或处理其他事务,常常会在半夜敲开邻居或朋友的门要一个冷馍充饥,喜欢抽红塔山,喝咖啡,得了病也不肯上医院。陈忠实总是一如既往地抽雪茄,经济条件差时抽工字牌的,后来条件好些抽巴山牌的,至今没有改变。有人说陈忠实喝酒,如果有一瓶西凤酒,一瓶二锅头,陈忠实说喝西凤酒;如果有一瓶西凤酒,一瓶茅台酒,陈忠实还是说喝西凤酒。与路遥相比,陈忠实是幸运的,也可以说是幸福的。创作《白鹿原》的四年中,妻子几乎都守在他的身边照顾他,他每天能吃到热乎乎的饭菜和妻子亲手蒸的馒头、亲手擀的面,即便是在创作的最后阶段,因婆婆生病,妻子要住在城里照顾老人和孩子,她依然坚持定期给陈忠实送来给养——蒸馍和手擀面,陈忠实只需稍作加工即可。所以,那些老朋友总是说陈忠实的文学创作,夫人对他的支持和帮助很大。熟人朋友曾猜想如果他与一位知识女性结合,是否会有今天的成就呢?

陈忠实在接受记者采访时，谈到他对创作环境（包括生存环境）的态度，他期待良好的创作环境，清静而舒适。但创作环境与创造成就没有必然联系，不好的环境里未必就写不出好的作品。他打了个比方：创作就像母鸡下蛋，肚子里没蛋的母鸡，在软绸锦缎铺就的窝里，卧再久也生不出蛋来。不过，他也有自己的习惯：他创作时，房间不能有其他人，哪怕是最熟悉的人，哪怕是素不相识的陌生人，他都不成，他小说中的人物就会被吓跑，不敢再回来。平日里，他最恼火的就是创作思路被打乱难以接续的状态。

在这间与奢华无缘的书房里，陈忠实完成了一次自认为顺畅的艺术创造，1989年元月，草拟稿完成。四十多万字，厚厚的两个大16开的笔记本，一个整本，一个半本。从动笔到完成初稿，前后不足一年，酷暑难耐的七八两月，又值孩子考试择校的短暂停滞，这一年是他平生年写作量最大的年份，也是日写作量最大的年份。

四十多万字，他用一个姿势写完。他说："我仍然坐在业已习惯的绿布沙发的左首，把硬皮笔记本摊在膝盖和大腿面上，追逐着已经烂熟的一个个男人女人的脚步。"[①]他觉得这样写作很放松，就像早年写日记或练笔，纯粹写给自己，心理上松弛而自如，没有在稿纸上写作的紧促和拘谨，不用想着编辑评论家和读者，能让原上的人们尽情地演绎自己的人生，由着性子地撒欢。沉浸在百年古原的沧桑回忆里，他感受体验着创作的欢欣与痛苦。他写到田小娥被公公鹿三用梭镖钢刃从后心捅杀，那一瞬，他突然眼前一黑，不得不搁下钢笔。等他睁开眼睛，顺手写下"生的痛苦，活的痛苦，死的痛苦"十二个字，他将这一张纸条贴到小日历板上，以疏解情绪。四年时间，他共写过两张纸条，另一张是关于性描写的十字"箴言"——"不回避，撕开写，不作诱饵"。作为一个男性作家，他或许觉得这个女人太苦，苦到他只能"搁下钢笔"。解读田小娥的文字早已

[①] 陈忠实：《寻找属于自己的句子》，上海文艺出版社，2009年，第31页。

无数倍于陈忠实创造这个人物所使用的笔墨，曾有不少评论家针对田小娥对陈忠实展开批评，被称为"民族秘史"的《白鹿原》中，几千年来女人的命运遭际与生存境遇，在他，大约就是这12个字吧。福楼拜写完包法利夫人吃砒霜自杀那一段，觉得自己满嘴都是砒霜味。这八个月里，他记忆的仓库被打开激活照亮了，丰厚得几乎吓到了他，创作思路在写作过程中得到扩展和深化，许多自以为得意的细节也在写作过程中不断蹦出，写作的顺畅远远超出了他的预料，草稿完成后，他只告诉了自己的妻子。怀着难言的欣喜，他和村民邻人结伴逛集市，采办各色年货：猪肉、蔬菜、鞭炮、写对联的红纸等等，进城买面粉、大米、菜油和蜂窝煤，这些东西都是凭票供应给城镇居民的。走在进城或赶集的路上，望着满坡枯草的白鹿原北坡的沟壑台梁，他兴奋不已，这座古原不再只是他生长生活工作过的地方，它被自己写成小说了，或许有一天它会像顿河草原和马孔多镇一样成为人们想象神往的地方。回到家里，他帮妻子洗肉淘菜，和孩子一起守在厨房的案边，等着新年蒸熟的第一锅大肉葱花包子。

那年除夕，他自拟了一副春联，句中隐含白鹿的意蕴，他在心里默默回味着。1989年的第一缕晨光洒向西蒋村这个小小村落时，爆竹声里，院门外的这个男人感到一种从未有过的释怀的陶醉……

《白鹿原》初始构思时曾计划写上下两卷，每卷三四十万字，而完成的草拟稿是四十多万字。迫使陈忠实对构思中的长篇大动刀斧的原因是复杂的，过程也是异常痛苦的。直接原因是1980年代中后期经济体制的改革已经深入文化领域，出版社开始进入市场，自负盈亏，而文学也已失去了轰动效应，出版社竟传出某知名大牌作家的作品集征订数不足一千册。他的一个中篇小说集《四妹子》原定由中原农民出版社1988年4月出版，但由于征订数不足三千册，所以延迟至1989年才出版[1]，而且要由作者自行销书以抵稿费。看着墙角捆扎整齐的千余册图书，自己那曾经颇受好评的

---

[1] 《四妹子》版权页仍然注明："1988年4月第一版第一次印刷"。

小说竟然成了积压品，出书的欣喜顿然消散，一种内心的压迫感让他觉得难堪、羞愧。《白鹿原》成功后，陈忠实在南方一家书店签售，有一位读者拿着一本《四妹子》要他签名，他拿起来看了，发现书上印着"中原农民出版社"，读者说是刚才在书店买的，他确切知道出版社并没有重印，书店卖的显然是盗版，他什么也没有说，认真地为这位读者签了名。出版社的运营机制迫使他不得不重新思考《白鹿原》的创作，酝酿中的长篇人物众多关系复杂，需要上下两部才能容纳，每部三十至四十万字。他暗忖自己读书尚且不喜欢多卷本的大部头小说，更何况读者。另外，出于为读者的钱包考虑，买一本书自然比买两本节省一半的钞票，出版后销量也会好些。他断然决定写一部，字数控制在四十万字。他重新对长篇的人物、情节包括细节逐一斟酌考量，舍弃了某些可以舍弃的情节和细节，尺度是"合理性和必要性"。直到自己认为再无可删时，四十万字还是装不下，看来只有在语言文字上下功夫了。首先，舍弃工笔细描的表现手法，索性放弃描写语言，确定以叙述语言为长篇小说的语言方式。但四十万字的长篇纯粹使用叙述语言，小说的可读性、准确性、形象性、趣味性等问题如何解决？要用叙述语言恰当准确地表述自己的乡村体验和对历史现实的深刻反思，绝非易事。他用"形象化的叙述"来表述自己长篇将要使用的语言方式，用文艺学专业知识解释就是要增强叙述语言的表现力，叙述语言缺乏表现力就会成为"流水账"或"生活流"，枯燥乏味琐碎，拖沓冗长，以至让人读不下去或催人入眠。富有表现力的叙述语言是有张力的、灵动的、充满生气和动感的文字，它饱满充盈，余味无穷，具有吸引读者阅读的魅惑力。但如何获取这种叙述能力，他尚无十足的把握。

早在1981年，文学具有轰动效应的时候，陈忠实就思考过小说的可读性问题，即作品与读者的关系问题。这事跟父亲有关。那年春天，父亲被查出患有食道癌，因年事已高，不适合做手术，所以选择中医救治。他将父亲接到了他工作的灞桥文化馆，减少了看病途中往返的劳顿。父亲很配合，不像儿女那般慌乱、忧心忡忡，他显得平静坦然，逛街，与人闲聊，兴致还不错。一天,父亲说:听说你写作都有些名气了,我还没看过,拿些给我看看。那时他的第一个小说集《乡村》还在编辑的案头,所以就把他发表过的短篇小说,包括得过全国奖和报刊奖的都端给了父亲。两天后,父亲把这些刊发有儿子小说的报刊交到儿子手上,说:"你还是给我找几本古书吧!"①"还是《三国》《水浒》好看。"②他的心凉了半截,父亲并不喜欢他的小说,也不忍心伤他的自尊。他为父亲借了一套《明史》,父亲戴上老花镜,坐着或躺在床上读着,除了吃饭上厕所,就那么读着。他明白他的小说远没有达到父亲的期待,意识到自己的作品与经典的巨大差距。那一刻,在他的潜意识里就有了一个愿望和决心:平生一定写一部让父亲能读下去的书,后人愿意读的书,也就是"死后做枕头的书"。中国是宗法制社会,父子的关系很微妙,做儿子的总是特别在乎父亲的评价,《白鹿原》中的两个叛逆者黑娃和白孝文就都先后跪倒在祠堂里祖宗的牌位前。

为了锻炼自己对这种叙述语言的驾驭能力,他创作了《窝囊》和《轱辘子客》两个短篇,尽量减少人物之间的直接对话,每句话都力争使用具体形象的叙述语言,任何干巴巴的交代文字都会破坏语言的趣味性和整体风格。《轱辘子客》在《延河》发表不久,作协的几位同事都发现了他小说语言的变化,感到新鲜,觉得这种语言形态还不错。这无疑增强了陈忠实的信心。1988年夏,长篇创作的间隙,他又创作了两个短篇《害羞》《两个朋友》,继续自己的语言实践,在叙述中加入必要的、个性化的、有丰富蕴藉的对话语言,从而缓解叙述语言的长篇累牍给读者造成的阅读疲劳,增加文字的变数和动感。

1989年清明前后,把三个孩子分别送进学校,料理完家里的杂事琐事,摊开稿纸,穿越时空隧道,他进入近百年前白嘉轩的仁义白鹿村。草拟时的激情与冲动淡了许多,他得静下心来重新审视自己创造的那个艺术

---

① 陈忠实:《凭什么活着》,时代文艺出版社,2007年,第193页。
② 陈忠实:《寻找属于自己的句子》,上海文艺出版社,2009年,第170页。

世界,"沉静"、自信地写下了开篇第一句话:"白嘉轩后来引以为豪壮的是一生里娶过七房女人。"

1991年腊月二十五下午,陈忠实在纸上画上了六个圆点——"……"。那时还不到下午5时,南窗的光亮已经昏暗,窗外白鹿原北坡的柏树已被朦胧的暮色笼罩。放下钢笔的那一瞬,他眼前一片黑暗,木然地坐着抑或趴在桌子上,不知过了多久,他才挪到沙发上,觉得两腿像被抽掉了筋骨一样,又软又轻。他点燃了雪茄,深深地吸了口,微闭的双眼沁出泪水,烟雾缭绕,难以承受的轻飘让他晕眩。收拾好稿纸,他走出屋子,走过小院,走下门前的塄坡,走在光秃秃的白杨甬道上,灞河川道里的冷气如针扎一般。顺着河堤逆水而上,原坡上干枯的树木荒草、粗糙模糊的山坡塄坎在他眼里是那样柔和,他就那样走着,伴着哗哗的水声,偶尔坐下来抽支烟,他觉得胸口憋闷,想对着无人的原坡疯吼狂喊几声,却怎么也跳不起来喊不出来。终于,他点燃了河堤下的一丛风干的荒草,火借风力,噼噼啪啪蔓延开来,薄荷的香气、蒿草的臭气、杂草的瘴气混杂着水汽和湿气,弥漫在傍晚的空气中,呛得他双目泪流咳嗽不止,火苗蹿着跳着,顺着河堤一路向东烧去……

第二天睡到自然醒,骑自行车再乘公交车回到作协自家门前,敲开房门,开门的是他的妻子。他说:"完了。"她平淡地说:"完了就好。"

近三年的时间,创作因各种原因几度中断,陈忠实也经历了诱惑、困惑、误解、烦恼等,但沉静专注的写作情态却稳定地持续着。路遥的早晨从中午开始,陈忠实的作息伴随着羲和的规律,清晨起床,捅开炉火烧开水,一杯热茶喝下便铺开稿纸,傍晚停止写作,到山坡或河边散步观景。但在写到田小娥被公公鹿三用梭镖捅死之后,他的生活规律被打乱了。傍晚停止写作后,白嘉轩鹿子霖或其他人物总是盘踞在他的意识里说他们的话做他们的事,挥之不去,他走到哪里他们幽灵般地跟到哪里,脑子得不到休整,第二天便无法进入正常的写作。他烦恼了一阵,发现下棋是驱赶他们的好办法,另一个办法就是喝酒,喝得飘飘忽忽,就解脱了。于是,他又形成了新的规律：傍晚停止写作后，以下棋或喝酒的方式将盘踞在脑海中的作品里的人物驱赶出去，次日清晨喝茶铺纸，再真诚地召唤和聚拢他们回到他的小书屋。让他颇感遗憾的是棋艺进步不大，以前从不喝酒的人却落下了酒瘾。

1989年8月，酷热难耐，陈忠实曾在骊山北麓一道黄土崖下的窑洞里避暑写作，约一周时间，他写作完成了《白鹿原》第十二章，那是他的朋友青年作家峻里的家。其他的章节都是在他自己的小书屋中完成的。8月下旬到12月底，每周至少四次去作协开会，长篇的写作被迫停止。那年有人向省委举报，说陈忠实曾经坐在卡车驾驶室指挥了一次事关重大的游行。陈忠实未作任何辩解。组织正式通知他参加清查，在会上，他淡然地说："当时的思潮，我要在机关也能参加游行，但我所在的地方在一个高崖下面，连收音机也听不到。"①这一点，陈忠实倒是丝毫没有夸张，他家的电视机因为信号不好只能当收音机用，碰到足球亚洲杯赛和世界杯预选赛亚洲区涉及中国足球队的比赛，他这个铁杆球迷就得骑自行车跑七八里路到亲戚或熟人家里去看。

那年月还没有VCD，陈忠实喜欢秦腔，电视机没信号，他不甘心，又花钱买了一台收放机，可以放录像带。晚上，他把买来或借来的录像带拿来播放，引得村民们前来观看，有时不得不把电视机搬到院子里。他对秦腔音乐越发着迷，白天创作间歇，一杯茶、一支烟、一段经典的秦腔唱段，在他几乎成为神仙般的享受。有趣的是，他还"培养"出一位超级戏迷。他家隔壁的小卖部里有位近门的婆婆听戏上了瘾，由于收音机播放秦腔是有固定时段的，若是陈忠实哪天写作兴起，错过或忘了打开收录机或是收音机，婆婆等不及，就会隔墙叫着他的名字，说自己戏瘾犯了……后来有位评论家说他在《白鹿原》的文字里读出了秦腔的旋律和节奏。陕西作家周瑄璞曾经很不解地问过陈忠实秦腔有什么好听，他说我喜欢秦腔就

---

① 李星：《重构陈忠实》，载《东方》1999年第10期。

像你喜欢豫剧、小青年喜欢流行歌曲一样，不需要什么理由，就是喜欢。

1991年，路遥获得茅盾文学奖，作协的同事们都期待着他的长篇，他不急不躁，依然按计划沉稳地写作。

随后，有件事却着实吓了他一下。官帽又一次砸向他，传闻说组织上拟调他去省文联当党组书记，正厅级。在中国，文联和作协属文化机构，日常工作通常由党组书记和常务副主席负责，主席和其他副主席不用坐班，只分管自己那部分工作。陈忠实1985年已经是省作协副主席，此时年龄尚不足五十，二十五年党龄，正是年富力强之时，被组织看重自然在情理之中。这个消息是他在一次私人性质的作家聚餐中获悉的，当时没太在意，不久就得到确切的消息，他当即表态自己不适宜去文联做党组书记，因为他已决定后半生以创作为主，更何况长篇创作正处在关键时刻，他总觉得作家得靠作品说话。回到原下的小院，他给当时的省委宣传部部长王巨才①写信陈述不愿去文联的理由，迫不及待地骑自行车跑了四公里路把信寄走，生怕王部长不同意，更担心万一组织上下一纸任命调令怎么办，作为党员，他绝不能违反组织原则……内心焦虑，慌惶得没法集中精力到长篇创作之中。一个月后，他实在坐不住了，第二次写信陈述自己不愿去的理由，并表示只要不开除党籍，他绝不离开作家协会，如果作协人事不好安排，他宁肯放弃作协副主席的职位，做一个专业作家。信写给王巨才和分管文艺的副部长郜尚贤，但寄出两个月都没有任何消息。直到1991年的三伏天，陈忠实在丈八宾馆参加省委会散会之后，王巨才叫住了他，在一株松树的阴凉下，他说两封信都收到了。具体情况是：收到第一封信，王部长以为陈忠实怕行政工作耽误写作，就决定派一个能力强的副书记主持日常工作，陈忠实不用坐班，只参与大事的决策；第二封信王部长拿给副手看了，两人都很感动，有人托门子走关系想谋个一官半职，这个陈忠实，给个正厅却不要。最终，陈忠实在原单位原职不动，王部长很真诚地

---

① 王巨才，散文作家，有《退忧室散记》等散文集，1995年起先后担任中国作家协会党组副书记、书记处书记等职。

说："倒是觉得亏了你。"①那一刻，陈忠实握着王部长的手，由衷地感激这位领导的贴心与关爱。

  一个人躲在家乡的小院，四年时间专心创作，他的生活该何等枯燥乏味啊，没有了都市的繁华喧嚣，缺少了作家文人们的诗酒唱和，很多读者和文学爱好者曾为此唏嘘不已，感慨万千。很多年后，回望当年长篇创作的心路历程，留下的倒成了逸闻和野趣。陈忠实一生有过几件得意的事，首先是在公社工作时，他曾领导参与了三项较大的工程：一是贯通了流经大半个公社的一条引水（灞河）灌溉渠，使大片旱地变成了水地；二是利用夏收后秋播前的两个月间隙，平整了八百亩坡地，将其修成台阶式的平地（即规范的梯田），以便保水保肥；三是为灞河修造了一条四公里长的河堤，解决了夏季洪水泛滥淹没农田的隐患，这条河堤至今依然发挥着作用。其次是他创作了长篇小说《白鹿原》。他也有自己颇为得意的几个身份：一是专业作家，二是公社干部，三是账房先生。特别是第三种身份，他一直很受用，因为在关中农村，只有"乡性"好的人才能担任，当然还得能写会算，这种身份是对男人品性和人格的体认，与什么级别的行政职务完全不同，所以他格外看重。那些乡邻全然不会在乎他是否在创作的激情之中，也没有人意识到这个作家可是个副厅级干部，他们会随便什么时候走进他的小院，告诉他时间地点，要他去给自家的红白喜事帮忙，嘱他"你还干你那摊子事"。红事热闹喜庆，得计划周全；白事复杂，有时还要调解矛盾纠纷，特别是写挽联，要在一副对联里对某位老人一生的功绩和性情概括归纳，这着实要下一番功夫。他往往能赢得村上识字人的赞赏，遇到有人说逝者能得到这副对联的彰显，死了也能合上眼时，他的感觉就像小说受到好评一样。然而，在《白鹿原》获得茅盾文学奖之后，陈忠实成为文化名人，住在了城里，不能再做执事（帮忙的乡党）了。过年时，他贴在院子门口的春联，初一早上就不翼而飞了。

---

① 陈忠实：《寻找属于自己的句子》，上海文艺出版社，2009年，第138页。

春季的早上，起床看梨花带露含娇，傍晚，看拳头大的一树青梨在秋风里变黄。冬日的清晨，一树梨花，漫天白雪，扫着院子听邻人夸赞"好雪啊！"最难熬的是酷暑，午后热到手心手背的汗水浸湿了稿纸，他在桌下放一盆凉水，把双脚泡进水里降温，仍然无法写字。他索性放弃以保证次日早晨的写作。月上枝头，他躺在清澈见底的灞河里，看满天星斗和浮在原顶的那弯新月，听鸟儿、蚂蚱、蟋蟀的混合交响，萤火虫在草丛中一闪一闪，他的思绪也随着那光影的闪动越过了四个春夏秋冬，走过了白鹿原百年来的沧桑岁月……最终，所有的激情都随着那夜冷风中的野火飘向了远方……

他觉得这四年他为文学、为自己活着。

1992年正月初五，陈忠实开始修改正式稿，即"再过一遍手"：审阅文字，弥补创作过程中微小的疏漏，改正错别字、掉字、漏字，长句子的语法错误等，情节上重复交代的进行自当处理，偶有表达不准确的地方及时修订。他不时觉得庆幸，看来自己把正式稿当作定稿来写实在是明智之举，他深深地意识到作家"第一次陷入在那些既陌生又熟识的人物的情感世界和身临的生活环境的时候，迸发出来的文字往往是最恰当最准确的甚至常常有始料不及的出奇的细节涌现出来……"[①]他常常为某一个精彩的细节、传神的对话暗自得意，如果重来肯定写不出来了。犹疑、惶恐也时常搅扰着他：读者能接受吗？当下的文艺政策到底有多宽松？他对近百年来关中农村历史社会人生的感受、体验、书写，能否被理解被接受？正式稿截稿前的一件事曾让他很恼火，一位爱好写作的同乡在当地晚报写了篇文章，说他写完了《白鹿原》，还对内容进行了道听途说的揣测，他感觉憋气又无奈，好几天才调整过来。

1992年2月下旬的一天早晨，他在广播上听到邓小平"南方谈话"的消息，其中两句话坚定了他对自己长篇《白鹿原》的信心，即"思想要再解放一点，胆子要再大一点"。那一刻，他断然决定推出《白鹿原》，并写

---

① 陈忠实：《寻找属于自己的句子》，上海文艺出版社，2009年，第147页。

信告知人民文学出版社编辑何启治（他同时兼着《当代》杂志副主编），长篇已完稿，3月下旬脱稿，问是出版社派人来取稿，还是由他亲自送往北京，还提出希望给他安排一个文学理念比较新的编辑做责编。很快，陈忠实接到一绺电话记录，告诉他出版社派来取稿的编辑高贤均和洪清波次日天亮之时到达西安。这个消息是乡里的通信员送来的，那时不仅没有传呼机和手机这类现代通信工具，农村家里连电话也没有，何启治将火车车次告知陕西省作协，作协把电话打到他老家所在的程镇，辗转送到他的手中。不巧的是，母亲的高血压已达到危险的程度，村里的赤脚医生为母亲输液，挂上吊瓶的时刻，母亲就瘫痪了，他在床边伺候着。心情很复杂。

  那夜下了足有一尺厚的雪，他请人照看母亲，自己天不亮就起身。积雪封路，他步行了七八里路才赶到远郊汽车站，搭头一班车进城，当两位编辑走出车站时，他握住了他们的手。安排好两位编辑的食宿，他赶回乡下的老屋，一边看护着输液的母亲，一边用两天时间修改完了长篇的最后三四章。1992年3月25日早晨，在陕西省作协招待所的一个普通房间里，陈忠实把近五十万字的厚厚一摞手稿交给高贤均和洪清波，硬生生咽下了到口边的一句话："我连生命都交给你俩了。"他清楚地知道出版社不会以作者付出劳动的多少来判断作品的质量，自尊心不允许他任性妄为。中午，他在家里请两位编辑吃饭，新春头茬韭菜包的饺子，他尚没有经济实力请他们下馆子。下午，两位编辑坐火车去成都参加一个文学笔会。擦黑，他回到乡下的老屋，母亲的腿可以动了，他感觉踏实了些。独自坐在房中喝茶、抽烟，听着隔壁屋里偶尔传来的母亲轻声的呻吟，耳边回响着高贤均爽朗的蜀地方音，眼前闪现着洪清波那羞涩的眼神，长篇的命运会怎样呢？《白鹿原》快写完的腊月的一天，妻子回来给他送给养——蒸馍和擀好的面条，送妻子出小院时，他告诉妻子不用再送了，这些面和馍吃完，就写完了。妻子突然停住脚问，要是发不了咋办？他毫不迟疑地说，我就去养鸡。这句话后来被陈忠实和很多人演绎过，但是，恐怕永远也不可能找回说话者当时的情境和心态了。陈忠实随口说出养鸡，大约与他曾经采访过养鸡场，创作过《四妹子》有关吧，或许那一刻村人邻居某家的鸡恰好叫了几声。他说这话的心绪是复杂的，他对自己的长篇自然是充满信心的，但谁能想到四妹子的养鸡场是那样破产的呢？陈忠实的长篇该不会面临相似的命运吧，无意中冒出的养鸡的话暴露了陈忠实不为人知的隐忧。"长篇出版不了就去养鸡"，跟七品芝麻官说"当官不为民做主，不如回家卖红薯"有异曲同工之妙，七品芝麻官要说的是：当官就得为民做主。在内心深处，陈忠实从来就没有为自己留过后路，他早已把生命交给了文学。养鸡，姑且把它作为一时的调侃或一个男人孤独、无奈时的自我发泄吧。不过，陈忠实自己对此话再做阐发就显得有点虚伪了。这句话也为《白鹿原》修订本的获奖埋下了伏笔，他说：我从来不说淡泊名利的话。他说他的官运都是文学捎带来的。他需要读者，也需要社会和主流意识形态的认可。

　　长篇手稿交给出版社之后，他把一份复印稿送给了那个"逼"他跳楼的人——李星。他焦灼地等待着，无心创作，无心阅读，就是担心，就像小孩子把作业交给老师，急等着批语。十几天之后，他忐忑地进城探听李星的意见。两个大男人在楼梯上撞见，李星一句"到屋里说"吓着了陈忠实，两人像特务一样从一楼上到五楼，没说一句话，李星把菜兜子放到厨房，径直走进自己的卧室兼书房，陈忠实跟进门，李星猛然回身，一双小眼瞪得圆圆的，用力捶打着掌心，像吼秦腔般说道："咋叫咱把事弄成了！"陈忠实回忆两人当年谈话的情景说："一种被呼应被理解的幸福感从心底里泛溢起来。"[①]他至今都记得那天李星手里拎着几棵葱。又过了不到十天，他收到高贤均代表他和洪清波的审读意见，评价之好之高是他不曾想到的，他震惊得想跃起吼叫。2002年，高贤均患癌，他专程到北京看望。

　　五十岁的这个春天是美好的，五十岁的这个男人是敏感多情的。原坡上返青的麦苗和田坎塄坡上翠绿的荆棘杂草，露珠鲜嫩的光泽洒满原坡，灞河

[①] 陈忠实：《寻找属于自己的句子》，上海文艺出版社，2009年，第157页。

水光粼粼，水鸟袅娜地伸长了脖颈；落日余晖中，他温情地蹲在谁家栽着红苕秧苗的沙地上，久久凝视着那刚冒出来的片片嫩叶，仿佛看到女人和孩子提起一嘟噜紫皮红苕时的笑脸，一股烤红苕的香气在空中弥漫、飘散……

这一年，他读诗诵词，心境平和；他也写诗填词，1992年夏创作的这首《青玉案·滋水》可作为他人生的写照：

涌出石门归无路，反向西，倒着流。杨柳列岸风香透。鹿原峙左，骊山踞右，夹得一线瘦。

倒着走便倒着走，独开水道也风流。自古青山遮不住，过了灞桥，昂然掉头，东去一拂袖！

上阕写灞河流过家乡的形态和白鹿原的地形地貌。灞河古称滋水，秦孝公为宣示自己的霸业，将之改为霸河，后人为之加上三点水谓之"灞河"。灞河源出秦岭，因山势所狭，夹在白鹿原和骊山之间，顺川道向西流去，是标准的"倒流河"。五十年来，他偎依着这条河，这条河缠绕、滋养着他。下阕写出了他志得意满、踌躇满志的真实情状和神态。

1990年代初，文学炒作的现象已经出现。陈忠实认为炒作是缺乏自信的表现，靠炒作蹿红的作品难以持久，甚至还会损害炒作者的自我形象。所以，《白鹿原》发表前只有他的几位朋友如刘建军、畅广元等传阅过复印稿。媒体上的公开消息是《陕西日报》署名田长山的一则百字书讯，只说这部小说写的是1949年以前的乡村故事，没有任何评价和溢美之词，更没有强调作家耗时六年的事，因为读者不会以作家投入时间和精力的多少来评判小说的思想艺术价值。这则书讯是陈忠实和田长山两人拟就的，他们曾合作过报告文学《渭北高原，关于一个人的记忆》，并获得1990—1991年全国报告文学奖。短短的百字文竟让两位作家斟酌了一个多小时。书讯在那期《当代》杂志出版前发表，是《白鹿原》发表和出版前唯一的一篇宣传文字。

《白鹿原》在北京经过《当代》杂志洪清波、常振家、朱盛昌、何启治三级审稿，人民文学出版社当代文学一编室编辑高贤均、刘会军、李曙光等审阅，他们一致认为《白鹿原》是大家多年企盼的一部大作品。"它那惊人的真实感，厚重的历史感，典型的人物形象塑造和雅俗共赏的艺术特色，使它在当代文学史上必然处在高峰的位置上。"[①]一致决定给它最高待遇，即在《当代》杂志连载，并由人民文学出版社出版单行本。1992年8月，朱盛昌签署了在《当代》1992年第6期和1993年第1期连载《白鹿原》的终审意见。1993年1月18日，何启治以书稿终审人的身份签署审读意见："这是一部显示作者走向成熟的现实主义巨著。作品恢宏的规模，严谨的结构，深邃的思想，真实的力量和精细的人物刻画（白嘉轩等人可视为典型），使它在当代小说林中成为大气（磅礴）的作品，有永久艺术魅力的作品。应作重点书处理。"[②]1993年6月，单行本出版。屠岸（人民文学出版社前总编辑）认为《白鹿原》是新时期人民文学出版社出版的最优秀的四部长篇小说[③]之一。

1992年夏天，他填的一首《小重山·创作感怀》准确地描述了他创作的心境：

春来寒去复重重。搁下秃笔时，桃正红。独自掩卷默无声。却想哭，鼻塞泪不涌。

单是图利名？怎堪这四载，煎熬情。瞩目南原觅白鹿，绿无涯，似闻呦呦鸣。

《白鹿原》在《当代》刊出前半部，当月，西安的《当代》杂志脱销。钟楼邮局是当时西安最大最全的期刊销售点，那里有一张写了一长串名字的登记表，是预订1993年第1期《当代》杂志的。1993年4月中旬，西安广播电台开始连播《白鹿原》，稍后，中央人民广播电台长篇小说连播栏目开始连播。七八月份小说上市时，形成了热销的场面，陈忠实体验到了签名签到手软的感觉。那天，早晨8点左右赶到书店，看到一眼望不到尾

[①] 冯希哲、赵润民编：《走近陈忠实》，陕西人民出版社，2006年，第10页。
[②] 同上，第11页。
[③] 另外三部为《芙蓉镇》《南渡记》和《活动变人形》。

的长队，他竟有点不知所措，他头也不抬地签着，直在太阳西沉，只在中午简单地吃了点饭。那个曾经在《陕西日报》门外惶恐徘徊的农村青年想到了自己的父亲，如果父亲能看到沉甸甸的《白鹿原》，看到这涌动的人群，会怎么说呢？父亲那《三国》《水浒》的参照，依然令他畏怯。

1993年7月16日，《白鹿原》讨论会在北京中华文学基金会文采阁举行，张锲、屠岸、朱寨、严家炎、蔡葵等六十多人参加。中国作协副主席冯牧转来了书面发言。

1993年10月20日，西安召开了《白鹿原》作品研讨会，何启治专门赶到西安参加。

1993年在中国当代文学史上是特殊的、有意义的一年，"陕军东征"①成为抹不去的一页，《白鹿原》之外，陕西作家贾平凹的《废都》、高建群的《最后一个匈奴》、京夫的《八里情仇》、程海的《热爱命运》陆续在北京的四家出版社出版，形成一股"陕军东征"的合力。其中以《白鹿原》和《废都》影响最大，争议也最大。《废都》的命运遭际很复杂，此处不作详述。《小说评论》（1993年第4期，十二篇）、《当代作家评论》（1993年第4期，四篇）、《文艺争鸣》（1993年第6期，三篇）等期刊相继发表系列文章对《白鹿原》展开解读、阐释和批判。冯牧认为《白鹿原》的成功"给严肃文学带来了希望"。雷达说："《白鹿原》的出现，给当今寂寞的文学界带来了新的震撼和自信，它告诉人们，我们民族的文学思维并没有停滞，作为社会良知的作家们，也没有放弃对时代精神价值的严肃思考。"②评论家白烨专文对这些热议进行了概括和总结。他说：

---

① 关于"陕军东征"的提法和渊源还有一些争论。"陕军东征"最早见于韩小蕙1993年5月25日在《光明日报》发表的一篇报道，《文艺报》贺绍俊的报道也提到"陕军东征"，只是韩文中没有提到程海的《热爱命运》，因为发稿时这部长篇尚未发表或出版。后来《陕西日报》转载了韩文，"陕军东征"更加热闹，还出现了许多搭车的书。再加上相关人员和书商的炒作，此事越炒越热，相关作家、出版社、书商均获益匪浅。"陕军东征"成为文学与市场妥协合谋的成功范例，标志着读者、作者和市场的交流与互动日益丰富活跃，纯文学与俗文学的界限在商业化运作中不断被打破。

② 雷达：《废墟上的精魂——〈白鹿原〉论》，载《文学评论》1993年第6期。

我觉得《白鹿原》是真正具有史诗品格的作品,因此避讳使用"史诗",不足以说明这部作品。这部作品从清末写到解放,历史跨度有半个多世纪,虽然主要写白鹿两家,但由此联结的根根须须却异常的丰繁,比如由不同政治力量的对抗表现了悲怆国史,由不同的文化心理的较量表现了民族心史,由有关的性爱的恩恩怨怨表现了畸态的性史。整个作品便由这各具内涵的线索交合沟连,构成了一部气度恢宏的"民族秘史"。在一部作品中复式地寄寓了家族和民族的诸多历史内蕴,具有如此丰赡而厚重的史诗品味,我以为在当代长篇小说创作中并不多见。这部作品在艺术上也是精益求精的。它在结构方式上以人物命运为单元,以历史性的事件为线索,分合得当,宏微相间。语言表述上把关中方言与书面语言相杂糅,铿锵有力,有滋有味。这部作品在发表之后,有人认为是新时期以来最好的长篇小说之一,还有人认为是当代时期以来最好的长篇之一。还有人认为是现代时期以来最好的长篇之一。层层递增,不一而足。这些看法都有所本,并非无稽之谈。说它是新时期以来最好的长篇,是因为新时期以来少有在史志意蕴上如此丰厚隽永的作品;说它是当代时期以来最好的长篇,是因为当代时期以来少有在化合中西艺术上如此自然老到的作品;说它是现代时期以来最好的长篇,是因为现代时期以来少有在反思民族文化传统上如此深沉锐利的作品。①

谈到阅读感受,张锲说:"《白鹿原》给了我多年未曾有过的阅读快感和享受",有"初读《静静的顿河》《战争与和平》《红楼梦》时那种感觉"。画家范曾恰旅居法国巴黎,一个偶然的机会读到《白鹿原》,不觉大惊,大喜,慨然赋诗一首:

白鹿灵辞渭水陂,荒原陌上骥宗祠。旌旗五色凫成隼,史倒

---

① 白烨:《作为文学、文化现象的"陕军东征"》,载《小说评论》1994年第4期。

> 千秋智变痴。仰首青天人去后，镇身危塔蛾飞时。奇书一卷非春梦，浩叹翻为酒漏卮。

并附小注：

> 陈忠实先生所著《白鹿原》，一代奇书也，方之欧西，虽巴尔扎克、斯坦达尔，未肯轻让。甲戌秋余于巴黎读之，感极悲生，不能自已，夜半披衣吟成七律一首，所谓天涯知己斯足证矣。

1995年夏，范曾应陕西作家雷电之请，手书此诗及小注（落款："乙亥年抱冲斋主十翼　范曾于北京"），由雷电转赠陈忠实。

海外评论者梁亮认为《白鹿原》"比之那些获得诺贝尔文学奖的小说并不逊色"。

读者来信更是数不胜数，一位石家庄的读者在信中说："我想写出这本书的人不累死也得吐血……不知你是否活着，还能看到我的信吗？"[①] 陕西作家方英文曾在文章中讲过一则关于《白鹿原》的段子。说是两个闲人在西安街头打架互撒砖头，其中一人接住砖头一看，厚厚的，一本《白鹿原》，随揣入怀中，撒腿就跑，一场争斗随之化解。可见小说当年的影响。陕西长武县农民任安民八十多岁的父母对《白鹿原》非常喜爱，但因年老眼花，看书很吃力。孝顺的任安民就用毛笔小楷手抄这部五十万字的小说供父母赏读。不料父母未及读完就先后去世。陕西省书画研究院有关负责人得知此事，鼓励任安民将小说抄完。任安民花了五年时间将小说分三十四册抄完。2004年8月，该手抄本经陈忠实题写书名，按原貌出版发行，并被陕西省书画研究院收藏。一时传为佳话。

赞誉之辞不可谓不多，而非议之辞也的确有点吓人。有人指责《白鹿原》有"倾向性问题"，歪曲了新民主主义革命，甚至传说有人要"封杀"它，等等。有的文章从单纯社会、政治角度批评"《白鹿原》因对革命斗争中某些'左'的弊端和错误行为的反思失衡"，"导致了对革命斗

---

① 冯希哲、赵润民编：《走近陈忠实》，陕西人民出版社，2006年，第11页。

争本质的历史文化阐释的失误"。这里所据以评估《白鹿原》的,与其说是文学创作的尺度,不如说是历史问题决议的尺度。①其他诸如美化地主阶级丑化共产党人有意模糊政治斗争应有的界限等等。这些说辞还颇有依据,即陈忠实依傍陕西省作家协会主席的官位,利用体制资源私下"预定"写作,作品是靠媒体炒作具有了新闻价值,是商业运作的结果。陈忠实是1993年6月开始担任陕西作家协会主席职务的。还有传说《白鹿原》在人民大会堂举行新闻发布会,又由中央电视台的《新闻联播》节目向全世界宣布"中国文学由此走向世界",等等。②实际情况是:《白鹿原》出版后并没有在人民大会堂举行新闻发布会,中央电视台也从未在《新闻联播》中"向全世界宣布"过。几年后的一天,即1998年4月20日,陈忠实登上了人民大会堂第四届茅盾文学奖的颁奖台。

何启治后来回忆说:"从1992年到1999年,作为人民文学出版社分管当代文学的副总编辑和《白鹿原》一书的终审人以及责编之一,我从来没有见到上级领导关于《白鹿原》的任何结论性的指示,书面的固然没有,连电话通知也没有。书照样重印着,照样受到读者的欢迎,却就是不让宣传。"③

1993年12月13日《羊城晚报》称:广电部副部长王枫说:写历史不能老是重复于揭伤疤。《废都》和《白鹿原》揭示的主题没有积极意义,更不宜拍成影视片,变成画面展示给观众。这两部长篇被列为影视禁拍作品。④2001年,西安电影制片厂从陈忠实手中拿到电影拍摄权,几番周折,电影《白鹿原》终于在2010年9月开机,投资1亿元。《废都》于2010年解禁后,影视改编权旋即被金球影业以100万的价格买下⑤。

---

① 白烨:《作为文学、文化现象的"陕军东征"》,载《小说评论》1994年第4期。
② 白烨:《"一鸣惊人"前后的故事》,载《洪流》1994年第5期。朱伟:《〈白鹿原〉:史诗的空洞》,载《文艺争鸣》1993年第6期。
③ 何启治:《〈白鹿原〉档案》,载《出版史料》2002年第3期。
④ 原文题为《王枫提出:〈废都〉〈白鹿原〉不能上银幕》,1993年12月13日《羊城晚报》转引《金陵晚报》常朝晖文。
⑤ 《〈废都〉影视权百万售出》,载《深圳商报》2010年4月21日。

"陕军"在中国文坛掀起了轩然大波,其作品"莫名其妙地迎接着一轮又一轮的打击,有些居于台前,有些居于幕后,飘飘忽忽,忽风忽雨,不许宣传又不给定性。这情形就像一帮子优秀选手,已经在跑道上开始了冲刺,有些已经冲到了前列,观众席上一片掌声,人丛里国旗飘扬,连外国人也扑上来拥抱握手,而我们的领队却因为自己昨夜睡得不舒服在贵宾席上皱着眉头"①。李国平的这段描述形象生动地概括了当年"陕军"的尴尬处境。读者热捧热议,盗版层出不穷,出现了所谓"洛阳纸贵"的怪现状,评论界则捧者"捧杀",棒者"棒杀"。1993年6月10日,《白鹿原》获得陕西省第二届"双五"文学奖最佳作品奖,1994年12月获得人民文学出版社"炎黄杯"人民文学奖(这两个都是民间组织的评奖活动),并被翻译成日文、韩文、越文出版,中国港台地区还发行了竖排繁体中文版。陈忠实对盗版和盗名现象十分厌倦,曾明确表示不为盗版书签名,后来,他看到有些读者拿着盗版书排长队找他签名,书上还标注着读者的阅读感受,他感动了,买到盗版书不是读者的错,读者真心阅读了就是对作家和作品最大的肯定。他又何苦在乎书的版本呢?

1995年秋,第四届茅盾文学奖开评,《白鹿原》成为绕不过的一部长篇,10月底评出二十部初选作品,《白鹿原》在二十三人组成的专家审读小组中顺利通过。却不知什么原因停止了终评,时过两年才进行评选。著名评论家陈涌反复琢磨作品,然后在评委会上拿出正式意见,即两个基本上:"作品在政治上基本没有问题;作品在性描写上基本没有问题。"②评委会意见基本达成一致。陈涌还著长文《关于陈忠实的创作》,对陈忠实的文学创作进行了客观科学系统的论述和评价。他认为:"陈忠实从他70年代发表小说开始,便一直是一个接续过去现实主义传统的作家,他还很少受到其他艺术方法的影响。"③《白鹿原》则让我们看到,陈忠实

---

① 冯希哲、赵润民编:《走近陈忠实》,陕西人民出版社,2006年,第97页。
② 阎纲:《〈白鹿原〉乡党夜话》,载《中国文化报》2008年10月20日。
③ 陈涌:《关于陈忠实的创作》,载《文学评论》1998年第3期。

"充分地理解现实斗争的复杂性,理解中国革命的长期性、复杂性和残酷性这个特点,但又同样清楚地看到中国历史发展的趋向"。文章最后指出:"尽管陈忠实在自己探索中国社会关系和社会斗争的过程中,也出现了自己主观认识上的一些问题,但他整体思想倾向的正确是应该肯定的,他的这部作品,深刻地反映了解放前中国的现实的真实,是主要的。"茅盾文学奖颁奖后的几天,陈忠实和白烨去拜访了陈涌老人,他告诉陈忠实,因为《白鹿原》的阅读使他对陈忠实的小说产生了兴趣,就自己到新华书店买了《陈忠实小说自选集》(华夏出版社1996年)的短篇卷和中篇卷两本,约一百万字,读完后才写了那篇论文交给《文学评论》。陈忠实称陈涌为"释疑者",陈涌认为《白鹿原》不存在"历史倾向问题",让陈忠实"知遇"之外更由衷地"钦敬"[1]。陈涌是我国著名的马克思主义文艺理论家。评委会提出了修改意见:作品中儒家文化的体现者朱先生这个人物关于政治斗争"翻鏊子"的评论,以及与此有关的若干描写可能会引出误会,应以适当的方式予以廓清;另外,一些与表现思想主题无关的较直露的性描写应加以删改[2]。何启治认为,被删改的两处性描写,既是情节发展的需要,也是人物塑造的需要,应该保留才是。

2005年6月,陈忠实做客《艺术人生》,朱军问起此事,陈忠实说当时是评委会的同志给他去的电话,他答应修改前还明确问过,是不是只有修改了才有参评资格。评委会的同志明确地回答:评委会的意见已经基本一致,修改不修改都获奖;建议修改,只是为了作品本身更完美而已。当年《白鹿原》第一次印数是14850册,到同年10月第七次印刷,累计印数已达56万多册。

2008年9月,中国作家协会副主席张炯在接受《徐州师范大学学报》访问时说:"我觉得,一些茅盾文学奖的获奖作品在不久的将来也会成为

---

[1] 陈忠实:《凭什么活着》,时代文艺出版社,2007年,第38—39页。
[2] 陈忠实对《白鹿原》删改了两三千字,并于1997年11月底把修订稿寄到了人民文学出版社。12月推出了修订本。有人曾质疑《白鹿原》修订本获奖的合法性,认为宣布获奖名单时,修订本尚未出版发行。

经典，比如说陈忠实的《白鹿原》、张洁的《无字》等。我认为《无字》可以成为女性文学的经典。"随后，他谈到1998年在瑞典斯德哥尔摩访问时与马悦然会谈的情况。他说两人在斯德哥尔摩大学会面，交谈了很长时间。马悦然向他推荐了自己喜欢的好作品，包括高行健（2000年高行健以《灵山》等作品荣获诺贝尔文学奖）的戏剧、李锐的《旧址》等；他也向马悦然推荐了国内近年来的好作品，其中包括《白鹿原》。马悦然说他还没有读过《白鹿原》，张炯就将随身携带的《白鹿原》[①]送给了他。

原载《陕西文学》2013年第4期

[①] 张炯先生出国访问前手头没有《白鹿原》，便打电话要陈忠实寄一本给他，他将这本《白鹿原》带到瑞典，送给了马悦然。

《白鹿原》与新民主主义革命

《白鹿原》以陕西关中平原白鹿两家的恩怨情仇为主线展开了波澜壮阔的历史画卷，展示了中华民族从清末到新中国成立半个多世纪的风云变幻，清晰而深刻地展现出中国新民主主义革命的伟大历程。由于文本超越了十七年以来革命战争题材小说二元对立的文化审美模式和阶级话语模式，小说问世后受到赞誉之余，也受到非议和指责。文本被指责的焦点就是作者和文本歪曲了新民主主义革命，有文章指出："《白鹿原》因对革命斗争中某些'左'的弊端和错误行为的反思失衡"，"导致了对革命斗争本质的历史文化阐释的失误"，[1]以及美化地主阶级，丑化共产党人，有意模糊政治斗争应有的界限，等等。

这是一部超越了以往革命历史叙事的史诗性巨著，作者站在现代性的高度，叙述了以封建宗法制文化为主体的家族历史的变迁，从革命历史层面、道德伦理层面和民族文化层面探寻中华民族的历史文化命运，进而观照中华民族的精神文化人格。作者创作的主旨在于当下与未来，他说："这个多灾多难的民族又站在了世纪末的十字路口，这个民族又面临着一场大的变革的时候，回顾一下我们走过的足迹，审视一下是极其必要的封建社会解体前是个非常复杂的过程。我们主要分析这个民族的精神负担，要延续它优秀的一面，分离掉它不好的一面，而这个分离的过程是

---

[1] 白烨：《作为文学、文化现象的"陕军东征"》，载《小说评论》1994年第4期。

十分痛苦的，缓慢的。审视过去，了解将来，会有益于我们走好明天的路程。"①文本被誉为"中华民族的秘史"，其中包括旧民主主义革命和新民主主义革命的革命史，传统儒家文化与现代西方文化较量下的民族心灵史，白鹿两家几代人恩怨情仇所书写的家族文化史，以及原上儿女们或纯真或畸形或暴虐的变态的性史，等等。白鹿两家的家族斗争是文本叙事的核心和线索，文本对中国传统儒家文化及其在民间的特殊形态进行了深刻细致的剖析与阐释，反映出新旧文化激烈冲突下人的精神裂变和内心挣扎。丰厚的历史文化蕴藉遮蔽了文本的政治叙事及作者的革命观和历史观，招致了"作者和文本歪曲了新民主主义革命"的批评和指责。

一

从解放区文学开始，阶级话语就成为文学创作和文学批评的基本话语体系，在革命历史题材的文本中，阶级就像标签一样贴在了人物的身上，从政治立场、思想意识、文化精神、语言方式、人物的外貌服饰等方面严格区分。周立波的《暴风骤雨》、梁斌的《红旗谱》以及赵树理的小说都带有鲜明的阶级烙印，连柳青《创业史》这样反映农村合作化的作品也受到阶级话语的影响，打上了深深的时代印记。《白鹿原》是陈忠实创作成熟期的作品，记述了自清末民初以来，旧民主主义建立的现代民族国家对农村基层社会和家族权利的不断蚕食与改造，新民主主义革命的倡导者与实践者在与各种敌对势力的斗争中如何赢得民心，进而建立新中国的伟大壮举，以及宗法制社会形态和文化价值理念如何随着新中国的建立而解体的过程。陈忠实摆脱了党派史观和阶级史观的影响，从民族文化史观出发，考察和反思了20世纪上半叶中国社会的历史文化命运。他没有用地主

---

① 陈忠实、张英：《白鹿原上看风景——关于当前长篇小说创作和〈白鹿原〉》，载《作家》1997年第3期。

与农民二元对立的阶级模式来结构文本，他深刻认识到在白鹿原上，人们面临的根本问题是生存与繁衍的问题，最根本的矛盾是家族矛盾，是地主阵营内部的矛盾，即白鹿两家的矛盾，而不是阶级矛盾。文本真实而客观地反映了中国近现代社会的阶级状况和阶级矛盾。

文本对新民主主义革命的叙述一是通过白鹿两家子女们的革命斗争经历来表现，二是以原上的老一代，如朱先生、白嘉轩、鹿子霖、冷先生等在革命时期的处世态度和他们对国共关系的评说来表现。作者显然是以新民主主义革命的历史为主线的，皇帝退位、国民政府成立后出现的交农事件、白狗军围困西安城等都是故事的铺垫。白鹿两家的年青一代分别参加了国共两党，鹿兆海是国民军人，他的故事只是在与白灵、鹿兆鹏及白鹿原有关时才有所交代，而鹿兆鹏和白灵为代表的共产党人在白鹿原上的艰苦斗争基本是正面描写。鹿兆鹏以校长身份为掩护烧毁军阀白狗军的粮台，与黑娃等十八兄弟成立农协，在原上开展武装斗争，带领36军突围，与国民党县党部的岳维山和白孝文斗智斗勇，策反黑娃和白孝文等起义，和平解放滋水县城等革命斗争，文本都有细致的描述，但作者对其内心世界却极少涉及，使之稍显概念化。白灵是文本中唯一的女共产党人，在革命最艰难的时期加入中国共产党，是一个坚定的革命者，她参加过学生运动，做过党的地下工作和部队的宣传与文化工作等，却在"肃反运动"中被自己人当作国民党特务杀害。白灵的悲剧是极左路线横行的结果，她与鹿兆海的死因都是国共两党掩饰与逃避的历史问题。黑娃是文本中唯一具有朦胧的阶级意识和反抗意识的青年。在鹿兆鹏引导下，他的反抗由自发走向了自觉，农协失败，他加入习旅成为革命军人，武装起义失败后又沦为土匪，打家劫舍，后来被县保安团收编，被儒教教化，拜朱先生为师"学为好人"，新中国成立前夕，与鹿兆鹏一起策划实施和平起义，解放了滋水，最终竟被窃取革命胜利果实的白孝文残忍杀害。黑娃的人生经历和革命斗争史复杂曲折，用阶级观念很难评价。《白鹿原》对新民主主义革命的直接叙述主要是通过他们三个人的故事来表现的，他们在白鹿原上掀起一次又一次波澜，从反抗封建婚姻制度开始，以不同的方式动摇了封建宗法制度和家族权威，推动白鹿原走向现代化。

二

《白鹿原》的历史背景是清末民初到新中国成立，叙事通过人物命运的交代将历史延伸至"文革"和新时期。1903年，严复在译著《社会通诠》自序中说："中国社会，犹然一宗法之民而已。"[①]白鹿原就是一个具有鲜明宗法制村落文明的乡村社会，村庄的日常秩序由族长和当地有名望的乡绅共同维持，只有出现宗族内部无法解决的问题，才会诉诸官府，而官府也默认宗族村落中宗族和乡绅的权力并鼓励实施自治性的管理方式。在白鹿村，白嘉轩是族长，他和鹿子霖、冷先生等颇具名望的乡绅维持着村庄的日常秩序和管理。朱先生是白嘉轩的精神导师，负责规划和指导白嘉轩等将儒家文化理念运用到乡村社会的运行和管理上。白鹿原是典型而稳固的封建宗法制乡村社会形态，是当时中国社会的一个缩影。朱先生是身兼"天道"与"仁义"的乡村圣贤，是民族文化精神的象征，他终生恪守儒家以民为本的政治理念，白嘉轩称他为"圣人"，他的一生完美地体现了儒家"达则兼济天下，穷则独善其身"的人文精神和道德理想。他只身劝退过二十万清兵，公开发表过震惊全国的《白鹿原八君子抗战宣言》，断然拒绝了国民党县党部书记岳维山五百块大洋换取他"拥蒋剿共"一纸声明的要求。他不介入任何党派之争，对政治保持超然的态度和史家客观公正的立场。

作者在文本中没有对三民主义和国民党的现代民族国家进行详尽的分析和描述，只在交农事件后借白嘉轩的经历交代了现代民族国家的民主和法治建设；用白嘉轩的茫然无措映衬出辛亥革命胜利后，现代国家理念根

---

① 蔡元培：《中国伦理学史》，人民出版社，2008年，第133页。

本不被普通百姓理解和认可，而国民政府成立之初就出现了国家理念被歪曲或利用的情形。蒋家王朝覆灭的根本原因就在于政治的腐败，致使民心丧尽；无独有偶，以鹿兆鹏、白灵为代表的共产党人浴血奋战取得的胜利成果，竟被白孝文这样的革命投机者窃取，白孝文的行径较岳维山、田福贤之流有过之而无不及，他对黑娃赶尽杀绝的方法充分暴露他残忍冷酷的本质。

朱先生和白嘉轩都是站在儒家文化的立场上审视社会和历史变迁的，他们见证了宗法制度和儒家文化在白鹿原衰亡的过程，见证了国民政府由新兴政权到因政治腐败、赋税沉重而覆灭的过程，以及共产党艰难成长与壮大，进而取得全国胜利的过程。朱先生和白嘉轩以自己的文化人格和伦理精神殚精竭虑地捍卫儒家文化，却依然无法阻挡新的历史潮流。文本在对儒家文化的礼赞中无奈地谱写出一曲凄凉的挽歌，既流露出对传统儒家文化深深的眷恋，又表现出对以白鹿精神为象征的传统文化的衰亡无力挽回的怅惘与哀伤。文本还揭示了国民党的现代民族国家理念在中国由盛而衰的历史必然。

朱先生对新民主主义革命的态度是随着历史和社会发展逐渐转变的。第一次国共合作期间，他对国共两党的革命宗旨"抹码"不清，却赞同他们"扶助农工"的观点。农协潮起潮落，朱先生始终保持缄默；国民党疯狂镇压农协会员，他仍然保持不介入不评说的超然态度，白嘉轩再三追问他对时局的看法，他才说："白鹿原这下成了鏊子啦"；白嘉轩被黑娃的土匪手下打折了腰杆，朱先生超然地说"这下是三家子争着一个鏊子啦！"①在朱先生看来，在白鹿原上，土匪是和国共两党并列或相抗衡的一股势力，三家都在争夺原上的资源。鹿兆鹏被营救出来转移到白鹿书院，他要朱先生预卜国共两党的结局，朱先生说国共之争是"公婆之争"，两家都以救国扶民为宗旨，自相残杀无非是为"独占集市"，因此

---

① 陈忠实：《白鹿原》，人民文学出版社，1993年，第275页。

他不大注重结局。白孝文与岳维山和鹿兆鹏在白鹿书院偶遇动了家伙,朱先生劝阻未果说:"看来都不是君子!"[1]国民党赈济灾荒,他踊跃参加,共产党人鹿兆鹏也得到他真诚的救助,他站在儒者的角度审视着国共两党的争斗,双方有益于人民的事,他都赞同。鹿兆海死亡的真相改变了朱先生的政治立场,使他看清了国民党在民族存亡的关头打内战的真面目,他在县志"民国纪事"卷称呼徐海东部为"共军",而不再沿用之前的"共匪"。朱先生临终前不久,黑娃问及天下之事,他断然肯定:"天下注定是朱毛的。"他对国家未来局势的预测并非神秘的卜卦或臆测,而是从现实生活实际出发的推论。国民党为"剿共"征丁征粮,官场贪腐,导致土地荒芜、村舍凋敝,老百姓一年纳的皇粮超过了往昔十年的,国家对百姓不仁不义,而朱先生和家族政治却无能为力,当时能与国民党相抗衡的政治力量只有共产党,而且延安"清正廉洁,民众爱戴",因此他断定共产党会得天下。

白嘉轩在日常生活中总是以朱先生的言行作为自己行动的指南,每遇大事,必求教于姐夫。他听从朱先生的教诲犁掉罂粟种庄稼;在朱先生指点下,他和鹿子霖化干戈为玉帛义助李寡妇,为白鹿村赢得"仁义村"的美名;皇帝退位后,他在白鹿村实践着朱先生拟定的乡民日常行为规范《乡约》,教民以礼义;他鸡毛传帖发动农民"交农"以抵制县府坑农的印章税;他远离政治,无论时局如何变化,都以乡约和族规约束和惩戒族人;他为人刚正强硬,惩治了违反族规的长子白孝文,建六棱塔镇住了田小娥的冤魂,尽心竭力地维护着宗法制乡村的社会秩序;他从不接受官方的任何职务,也让孝武设法躲避总甲长和保长的差使;依仗白孝文的势力成为免征户后,他关闭祠堂,宣布自己对兵荒马乱的世事无力回天,彻底退出了白鹿村的权力之争和政治舞台,也宣告着宗族文化在乡村的衰败;游击队洗劫白鹿联保所,白嘉轩发现老几辈的仁义百姓、老老诚诚的农民

---

[1] 陈忠实:《白鹿原》,人民文学出版社,1993年,第398页。

都随了共产党，才意识到共产党势力的强大与深入人心。他以宗法制家族文化的价值理念对抗新兴的政治力量，最终无奈而感伤地退出了乡村政治舞台，而新民主主义革命正是在普通农民的广泛支持下取得胜利的。

从阶级分析的观点看，鹿三是贫雇农，应该是最革命的阶级，但在小说中，他是白鹿原上最好的长工，以诚实的劳动换取粮食、棉花和尊重，交农事件中，他勇敢地站出来，那一刻他感觉自己成了白嘉轩。他将违反族规的黑娃赶出家门，黑娃闹农协，他气愤地要除去儿子，并亲手杀死"祸害"了黑娃和白孝文的田小娥。他是封建礼教和儒家伦理秩序最忠实的践行者和维护者，是家族政治和权威的捍卫者，他心里只有宗祠和家族，没有丝毫现代民族国家和阶级斗争的概念和意识。

文本从儒家的伦理规范出发，在讲述家族历史的同时，照应了皇帝退位、军阀混战、第一次国共合作、清党、肃反、抗日、解放战争、土改等历史事件，半个多世纪的革命风云通过白鹿两家的家族命运折射出来。这种以乡村士绅为主角的历史叙事，突破了革命历史叙事以革命英雄为主角的模式，以田小娥为核心的性爱故事成为文本情节发展的原始推动力，张扬了人的原始生命力与民间文化的生殖崇拜，揭示了中国农村社会普通人在社会转型期隐秘的心灵史和精神裂变史，开创了全新的"历史·家族"叙事模式。

原载《商洛学院学报》2014年第1期

《白鹿原》：现实主义的深化与发展

《白鹿原》是20世纪90年代以来现实主义"尤为重要的收获"（张炯），有评论者称《白鹿原》为中国新历史小说和魔幻现实主义小说的代表作。陈忠实说："现实主义者应该放开艺术视野，博采各种流派之长，创造出色彩斑斓的现实主义；现实主义者更应该放宽胸襟，容纳各种风貌的现实主义。"①回顾自己的创作历程，他深刻意识到人物塑造在现实主义创作中的重要性。从总体结构来看，《白鹿原》是以人物命运为核心叙述民族秘史的。

一、陈忠实对拉美魔幻现实主义的创造性接受

阎纲说"白鹿原"是自清末至解放的旧中国的象征，"是鲁迅笔下的未庄，柳青笔下的蛤蟆滩，加西亚·马尔克斯《百年孤独》里的马贡多小镇"②。如今，《白鹿原》已成为传统现实主义与拉美魔幻现实主义完美结合的典范，成为青年作家和文学爱好者竞相模仿的样本。

在《白鹿原》创作手记中，陈忠实追述了他如何受到卡彭铁尔的《人间王国》（又译《这个世界的王国》），特别是作者艺术探索和传奇性经历的启发，开拓了艺术创作视野，意识到文学的根就在作家生存的土地的

---

① 陈忠实：《〈白鹿原〉创作漫谈》，载《当代作家评论》1993年第4期。
② 阎纲：《〈白鹿原〉的征服》，载《小说评论》1993年第5期。

历史文化的纵深处。①卡彭铁尔的根在拉美,陈忠实的根在白鹿原。卡彭铁尔曾到法国学习现代派,失望回国,在拉美寻根并写出震惊欧美文坛的《人间王国》,开创了拉美魔幻现实主义,使拉美作家纷纷将艺术视角转向故土。他接受并借鉴了这种创作理念,将之运用于长篇创作。即"博采各种流派之长",深化并丰富了现实主义。

拉美魔幻现实主义唤醒了他记忆中沉睡的民间习俗和神话传说等,他借鉴吸收了西方文学的生命意识、象征主义等,将之与本土文化中的民间意识有机结合,完成了民族秘史的建构。《白鹿原》将叙事建构在对本民族思维方式、历史传统、民间意识和文化心理结构等的反思与批判上。作者好容易摘掉"小柳青"的帽子,显然不想再平添"中国马尔克斯"的"光环"。他希望"《白鹿原》=陈忠实",而不是像什么。

马尔克斯的魔幻现实主义是"将幻想变为现实,而又不失其真实性",他"具有相当深厚的印第安古典文化的修养,熟悉阿拉伯神话和古希腊悲剧的许多故事和情节,深受古巴作家卡彭铁尔关于拉美的现实生活是魔幻式的观点的影响,继承和发展了阿根廷大作家博尔赫斯思路开阔、'戏法虽假功夫真'的魔幻文学的表现手段,吸收了福克纳努力表现人的本能、潜意识、梦魇的特点,借用了卡夫卡式的荒诞手法,加上海明威式的新闻报道般的准确描述,形成了虚实结合,真假混杂的创作方法,使读者眼花缭乱而又心悦诚服,通过他所描写的魔幻世界,看到自己和社会的真实写照"②。而《白鹿原》是一部包含着个人"偏见"的"可容性"(capacitability)文本。儒家文化传统是作者的"文化偏见",也是他几十年关中农村生存体验的本真,马克思主义、苏联文学、西方现代性、改革开放、市场经济大潮等社会文化思潮,影响改变着他的思维、生活和行为模式等,上述观念的激荡、冲突与交融,构成了文本内在的矛盾与叙事的

---

① 陈忠实:《寻找属于自己的句子》,上海文艺出版社,2009年,第9—11页。
② 赵乐甡、车成安、王林主编:《西方现代派文学与艺术》,时代文艺出版社,1986年,第495—496页。

张力。作者"文化偏见"与创作理想的冲突，使社会生活的整体性和复杂性得以呈现。

从文本特征看，《白鹿原》继承了传统现实主义反映重大社会历史政治问题和现实生活的特征，吸收了中国古代神话和民间传说的虚幻性成分，借鉴了欧美现代派文学的技法，如内心独白、意识流、荒诞、反讽等，将之与关中地域文化及民俗风情、民间传闻结合起来；吸收了中国古典文学中的"魔幻小说"的隐喻、象征、指代等创作技巧和文学精神，使白鹿原这座古原充满了神秘的魔幻色彩。拉美魔幻现实主义常用的表现方法有时态混合、预兆预示、东西方神话与典故相融合、象征、荒诞、影射、鬼魂描写、宿命式感应等。《白鹿原》主要用以下三种方法表现其魔幻性：一是神秘异象和审美意象的运用，二是幻想与梦境的使用，三是打破人鬼、生死的界限。神秘异象在文本中时常出现，如胡氏曾梦见白嘉轩前房的五个女人；白灵出生时院里百灵鸣叫，她死前给家人托梦；朱先生死时，朱白氏"忽然看见前院里腾起一只白鹿，掠上房檐飘过屋脊便在原坡上消失了"；等等。造成了神秘的叙事氛围，营造了魔幻的叙事空间。白鹿是贯穿文本始终的审美意象，传说原上有"一只雪白的神鹿，柔若无骨，欢欢蹦蹦，舞之蹈之，从南山飘逸而出，在开阔的原野上恣意嬉戏。所过之处，万木繁荣，禾苗茁壮，五谷丰登，六畜兴旺，疫痲廓清，毒虫减绝，万家乐康，那是怎样美妙的太平盛世！"白鹿象征纯洁美丽、美好幸福吉祥，是民族传统文化精神的象征。与之对应的是白狼，是灾难、邪恶和死亡的象征。二者都存活在神话传说里，是人类主观感情的"客观对应物"。史载："周平王时，有白鹿游于西原。"而狼是食肉动物，性格凶残，富有攻击性，是中国草原民族（如匈奴、契丹等）和部落的图腾。历史上，中原的农耕民族经常受到草原民族的侵扰，自然将对草原民族的恐惧、仇恨转嫁到他们的图腾——狼身上。在西方，龙是邪恶的化身，也是中华民族的象征。随着欧洲进入现代工业文明，对中国的称呼也发生了转变。china 本意是陶瓷。从凶暴的 dragon 到美丽易碎的 china，中国形象发生了本质的变化。词语的转换隐喻了近现代中西方关系的变迁史。

幻想与梦境的使用,在文本中很普遍,白鹿显灵使白嘉轩认定鹿子霖的慢坡地是块风水宝地,缓解了他换地的罪恶感,鹿子霖德行不够不配拥有。换地、迁坟使白家开枝散叶,白嘉轩把儿子当县长的辉煌也算作换地的结果。在中国,风水宝地与人丁兴旺有同质的感应关系。弗洛伊德认为梦是人潜意识的外在表现,是未受意识净化和意志干扰的、最隐蔽、最深厚、最真实的人类心灵活动。如鹿惠氏和仙草临终前的幻觉与梦境反映了瘟疫笼罩下人们惊慌恐惧的心理状态,也反映了她们潜意识中对小娥的态度,即小娥"罪不至死",鹿惠氏称她"咱娃的媳妇"。

打破人鬼、生死的界限,中国古代神话传说和史书有许多记载,《左传·宣公十五年》所载"结草衔环"的故事不仅有魔幻色彩,而且蕴藉着丰富的历史文化道德内涵。《山海经》、志怪小说、唐传奇、元杂剧、《聊斋志异》、《红楼梦》等古代典籍中此类记载不胜枚举,民间流传的鬼神故事依然广泛传播着。《白鹿原》中,阴阳界的交合、人鬼相斗、生死界线的消弭等现象很多,如胡氏、白灵的故事,小娥魂附鹿三申诉冤屈,白孝文扒开窑洞时有白色的飞蛾飞出,六棱塔下成群的蝴蝶,等等,飞蛾、蝴蝶就是小娥冤魂不散凝结所致。这些看似神奇的现实,其实是人情感郁结所致,是艺术和情感的真实,更加逼真地反映了现实的本质,这是文本的成功之处。

"神奇要真正成其为神奇,只能来自现实的意外变化(奇迹),来自对现实的别具只眼的揭示和对现实中不被察觉的丰富现象的不同寻常或刻意美化的阐发,或者来自对现实的各个方面、各种程度的扩展(只有在精神的激奋达到'极限'的程度时,才能感受现实的种种方面和程度)。而要产生神奇的感觉,首先就要相信神奇。"[①]诸如"鏊子""铜板"的比喻都是对政治局势的极端表现,朱先生关于国共之争是"公婆之争",

---

① 阿莱霍·卡彭铁尔:《人间王国》,载《世界文学》1985年第4期。

以及他以国民党的旗子"卜卦",推算出"天下注定是朱毛的"等,都为《白鹿原》增添了神秘玄幻的气氛。朱先生世事洞明却不肯轻言时政,百姓"惊为神人",以为"天机不可泄露",红卫兵挖坟掘墓之见闻更印证了他的"先见之明"等。这种神奇"并不是经过表现后才来到世界的,而是隐藏在事物的背后并且始终活动着"的,它要"发现存在于人与人、人与其周围环境之间的神秘关系"。[1]朱先生以奇异事象表明现实世界人与人、人与自然、人与社会之间的神秘关系。他临死前七天写下遗嘱,并亲嘱老伴朱白氏后事安排的具体事宜,朱白氏认为丈夫早已预测到自己的死期。其中"把他一生写下的十部专著捆成枕头"[2]一条,隐喻了作者的文学野心。《百年孤独》中,老处女阿玛兰塔与死神"一起在走廊里缝衣服","还请阿玛兰塔帮她穿针线"。死神是一位穿着蓝衣服的长发妇女,她吩咐阿玛兰塔六月六日开始织自己的裹尸布,并"告诫说在完成制作裹尸布的那天傍晚",阿玛兰塔"将没有悲痛,没有恐惧,也没有苦楚地离开人世"。人类的原始思维有许多类似之处,中国现当代文学在文化传承上出现了短暂的断裂,拉美文学率先将"民族的文化精神"展现给了世界,致使某些研究者犯了"言必称希腊"的老毛病。

弗洛伊德说文学创作是作家的白日梦,就像湘西世界是沈从文的"白日梦",白鹿原也是陈忠实的"白日梦"。从远古神话、楚辞、桃花源、唐诗宋词、大观园到梁启超的未来中国、"大跃进"时的人民公社及金庸的武林,我们一直在精心打造国人的"梦境"。汪曾祺说:"中国是一个魔幻小说大国,从六朝志怪到《聊斋》,乃至《夜雨秋灯录》,真是浩如烟海。"[3]《山海经》就是中国最早的神话作品。割断历史是典型的媚外和文化虚无主义。

---

[1] 转引自陈光孚:《魔幻现实主义》,花城出版社,1986年,第196页。
[2] 陈忠实:《白鹿原》,人民文学出版社,1993年,第632页。
[3] 汪曾祺:《检石子儿(代序)》,见《中国当代作家选集丛书·汪曾祺》,人民文学出版社,1992年,第7页。

二、拉美魔幻现实主义与中国民间文化元素的融合

拉美魔幻现实主义得到世界人民和文学界的一致认可，印证了"越是民族的越是世界的"的理论，马尔克斯获得诺贝尔文学奖，更加坚定了中国当代作家探寻民族文化和民族文学发展之根的信心，唤醒了作家内心对中国古典奇幻文学的深层记忆，那曾被政治观念和各种运动（如破"四旧"等）压抑、破坏的童年记忆。《白鹿原》中白鹿的传说、牛才子的故事及那些神秘异象在关中农村流传久远，作者早已烂熟于心，却没有意识到能将之作为创作素材。出于历史的原因，作者在基层农村读着柳青等现代作家和苏联作家的作品成长起来，初期基本上是在一种随顺时代的惯性推动下创作，与新中国成立后的第一代作家比起来，他稍微多了些问题意识，而这种问题意识，绝不比"时代"提供给他的更多、更尖锐、更深刻。但是，虔诚的态度和广泛的阅读拯救了他。

拉美文学使他意识到：童年的记忆和民间的神话传说、鬼怪故事都是很好的创作素材，而且是书写的时候了。拉美的魔幻现实主义拓展了他的艺术视野和文本的叙事空间，但《白鹿原》不是"复制品"，而是现实主义与中国传统文化元素和中国古典小说艺术技巧浑融的产物。白鹿传说、白鹿显灵、白狼作祟、鬼魂附体、桃木辟邪，棒槌山生殖崇拜的民俗，亲人之间托梦的心灵感应，等等，深刻地影响着人们的生产生活方式和日常行为方式。比如，大儒朱先生夜观天象随口说出"今年成豆"的话，被姐姐无意听到并奉为箴言，是年获得丰收，表现了民间普通百姓对知识和儒者的敬仰和依赖。朱先生在民间有"素王"之实，大至皇帝退位，小至丢失衣物、走失小孩，乡民们都笃信他。以圣人之言"治世"却往往不尽如人意，那是因为"凡人们绝对信服圣人的圣言而又不真心实意实行"，而"圣人的好多广为流传的口歌化的生活哲理，实际上只有胜任自己可以

做到，凡人是根本无法做到的"。①"房是招牌地是累，攒下银钱是催命鬼"是朱先生的哲言，流传很广，但也只有他终生恪守，其他人常以之劝诫他人，自己却很难实践，比如白嘉轩。

白鹿柔美飘逸，关中却以厚重稳固著称。试想一群粗犷的兵马俑样的汉子吼着秦腔，传颂着白鹿的故事，似乎有关西大汉唱柳永词之态。看似悖谬的图腾崇拜竟在关中大地绵延数千年，白鹿崇拜寄托了阴阳调和的生态伦理思想，是道家思想智慧的民间形态，幸福和平不能靠强力武功和征服而争取，而是寄托在洁白柔美娇嫩的白鹿身上。至阴至柔至美之物白鹿可在原上自由漫步，那将是何等美好的世界！这是民间的生存智慧。联想《狼图腾》《藏獒》和《大秦帝国》等文学作品，《白鹿原》对民族文化和生存智慧的解读更具有中国特色和民间智慧。中国创世纪神话的基础就是阴阳调和，阴阳调和才能长治久安。

"凤鸣岐山"标志着周人的崛起，周平王以白鹿显灵预示国泰民安。相传人文始祖黄帝部落的图腾是龙，黄河流域农耕文明相继以龙、凤、鹿等动物为图腾，隐喻着中华民族的成长与壮大。丹麦人以海的女儿为民族象征，关中人以柔美的白鹿为图腾，二者具有文化与民族精神的相似性与共通性。通常情况下，内心强大的人对弱小的生灵更有悲悯的人道情怀，懦弱者更容易崇拜强悍的生命存在。东汉末年，蔡文姬以《胡笳十八拍》诉离乱之苦，诗风哀怨悲凉；与她同样遭受战乱之苦的李清照，晚年却写出"生当作人杰，死亦为鬼雄"的豪迈诗句。二人诗风迥异，这是诗人个性和时代使然。东汉末年是"煮酒论英雄"的时代，南宋偏安一隅，民族精神的贫弱使女诗人发出"思项羽"的悲愤之音。现代工业文明最直接的恶果是两次世界大战，欧洲文艺复兴之后不断膨胀的侵略性险些毁掉了人类文明，暴力之后的反思使耶稣受难的形象深入人心，白灵将共产主义比作奶奶的白鹿，它们都能带来美好幸福的生活。

---

① 陈忠实：《白鹿原》，人民文学出版社，1993年，第26页。

《白鹿原》在设计审美意象时，融入了阴阳五行的观念。诚然，在关中乃至中国，阴阳五行、万物生生相克的观念早已成为民族的文化积淀，隐藏在集体无意识中，曾遭压抑，却从未消失。秦人性格"生冷硬蹭"，却以柔若无骨的白鹿为"美"，体现了他们刚柔相济、阴阳调和的文化理念。"凤鸣岐山"是天降祥瑞，周人以凤凰为原始图腾，其"浴火重生"的特性恰好契合了秦人坚韧不屈的性格。《山海经》载凤凰形体羽毛美不胜收，史载周平王以白鹿为吉祥神兽。从火凤凰到白鹿，图腾崇拜的细微变化表现了周人思想意识和社会理想的转变，从黄帝的龙图腾到周人的凤凰再到白鹿，攻击性越来越弱，和谐柔美、稳固平和的理想追求逐步取代了开疆拓土、建功立业的征服欲，这里暗含着秦人（古人）精神文化发展的脉络。黑娃是一个秦人"文明"发展或进化的寓言，是秦文化由进攻型向保守型发展的象征，他因"性"而成长。田小娥具有龙的"攻击性"及凤凰的美丽和不屈，她化为厉鬼申冤和化作飞蛾、蝴蝶等意象就颇类似凤凰重生。作者在她身上寄寓了许多历史文化元素，与白素贞类似的命运象征着传统的厚重顽固，但蝴蝶与飞蛾隐喻了她精神的重生，以及原始激情或原欲的恒久不灭。田小娥唤起并激发了黑娃的原始生命力，使他在白鹿原掀起了"风搅雪"；高玉凤使他心灵宁静，学为好人，完成了从自然人（动物性）到文化人的蜕变。玉，有洁白珍贵美好之意，凤有高贵富贵之意和生生不息之喻，高玉凤和黑娃的儿子与鹿鸣一样具有象征意义。文本未将高玉凤与白鹿类比，与白鹿相比，她多了点刚强，即她身上有凤凰的特征，她更符合朱先生对美好女性的想象。高玉凤和黑娃达到了灵与肉的完美结合。她几乎是按照传统儒家文化理念制造的样板，却没能成为艺术典型，似乎对应了"月圆则亏"的天理。在残缺美成为后现代最普遍的美的形态时，完美意味着缺乏个性。在洞房里，黑娃眼前闪过小娥的身影，这是他对原始激情留恋的象征。和平静穆与原始激情是人类永远的渴望和困惑，二者很难协调。

　　作者说他写作时，常听秦腔自娱解闷抒怀，有关中读者称阅读《白鹿原》读出了秦腔的韵味与旋律，作者对此颇感欣慰。秦腔的曲调粗犷豪放、高亢质朴，故有"吼秦腔"之说，但秦腔的慢板等曲调婉转悠长、细腻缠绵，作者曾说小生与花旦的唱腔"洋溢着阳光和花香"①。秦腔完整地保存了秦人的文化理想，龙、凤、白鹿三种图腾的个性在秦腔唱腔中都得到完美的体现。

《白鹿原》充分表现了中国民间的泛神论思想。敬天畏神、祖先崇拜、鬼神崇拜等思想在民间生活中发挥着重要作用，当世俗政治与家族文化无法解释自然社会现象时，神话和民间文化就充当了"释疑者"。比如祭神求雨的原始仪式表现了人面对旱灾的无助；瘟疫横行，人们将之与人祸相联系，才有了鬼神附体、捉鬼拜鬼镇鬼等一系列故事。中国传统的"天人感应"和"祥瑞灾异"等观念在民间流传很广，而且深入民心。儒家文化是典型的政治神话，儒学在中国政治生活和百姓日常生活中的作用类似于基督教在欧洲的作用。在中国乡村，宗祠、乡约、族长与西方的教堂、《圣经》、神父，在功能上有对等性。日本学者本田成之认为上述观念是对社会政治的解说，因为"如果不能给予一种对于自然的形而上的说明的话，则无论哪种圣贤底教训，是不能传任何人底信仰的，……这种谶纬、阴阳、五行、灾异之说，从今日看，虽然妄诞可笑者多，但这是时世。不能说今日的科学知识不会被将来的世界作如是观"②。卡西尔认为："在理论意识与神话意识之间，没有孔德'三阶段规律'所坚持的那种断裂，没有鲜明的时间分界线，……科学长久以来保留着原始神话的传统。"③在民间社会，原始神话和原始思维具有深厚而悠久的传统，只是在现当代文学表现上一度出现了有意"淡忘"或断裂的现象，《白鹿原》延续了中国古代神话叙事的传统。

文本中有数个因果循环报应的故事原型，由几个"轮回"故事共同

---

① 陈忠实：《〈白鹿原〉的秦腔记忆》，载《文艺报》2008年9月3日。
② 本田成之：《中国经学史》，孙良工译，中华书局，1935年，第147页。
③ 卡西尔：《神话思维》，黄龙保、周振选译，中国社会科学出版社，1992年，第6页。

完成,整体结构是一个"圆形",以白鹿显灵、巧换风水宝地开始,以白嘉轩向鹿子霖忏悔作结。此外白嘉轩种植罂粟发家,白孝文抽大烟败家,"成也罂粟败也罂粟";鹿子霖酒后失德调戏儿媳,虽未成奸却致其死于淫疯病,他因陪斗精神崩溃,最终亦死于疯病;黑娃是儒家文化的叛逆者,最终却成为朱先生的最后一位弟子,他闹农协时砸了祠堂,归顺后却虔诚地跪在了祠堂里,他叛逆时,白嘉轩对他"以德报怨",起义成功却遭到白孝文的暗算……这些客观上增强了小说的可读性。

　　文本对中国古典小说技法的继承时有表现。首先,大拇指郑芒故事借鉴了《水浒传》人物传记的方式,故事基本完整,可作为短篇发表,删去也不影响文本结构和叙事逻辑。其次,人物形象塑造有"道德类型化"的倾向,显然是受了《三国演义》和传统戏剧脸谱的影响。他摒弃了早期用肖像描写塑造人物的方法,采用"道德脸谱"塑造人物,当人性与道德发生冲突时,道德总是具有先天的优越性。作者试图超越二元对立的文化审美模式,以文化心理结构塑造人物形象的经验还不够丰富,于是,下意识地借鉴了中国传统戏剧脸谱的技法,给人物预设了一个道德标准。秦腔角色体制分生、旦、净、丑四大行,角色分四生、六旦、二净、一丑,共计十三门。"四生、二净、一丑"在《白鹿原》中都可找到一一对应的人物,朱先生对应秦腔角色中的"须生",白嘉轩对应"头道花脸",鹿子霖对应"丑"(奸诈之人),黑娃对应"二道花脸",白孝文、鹿兆鹏、鹿兆海对应"文武小生",其中白孝文形象丰满复杂,突破了传统戏曲人物类型化的桎梏,是文本的重大收获。细数文本中的女性形象,凡道德(包括旧道德和新道德)上有"缺憾"的或者说有过"性越位"行为的女性,几乎无一善终,连婚内纵欲的白孝文妻子大姐也被"饿死"在白家。白灵在父亲看来算是"枉死",从新道德看,她是新青年,从旧道德看,她是"逆子",她的结局最窝囊、最荒诞;而田小娥作为旧道德的挑战者,她的生命和毁灭体现出古典美学的悲剧感。这两位女性命运的安排,也表现出作者历史文化观念的悖谬及内心的矛盾与纠结。

三、儒家天人感应说与《白鹿原》的神话学解读

在人类历史上,总是多数人承担着人类生活中最贫乏单调的日常艰辛,现代科技文明曾允诺并试图逐渐消除这种日常艰难,最终我们发现多数人又不断陷入新的贫乏单调的日常艰辛,一百多年前,尼采就指出这种日常艰难是现实秩序中所必需的。白鹿原上的生灵们似乎永远也无法摆脱这种日常的艰难,白鹿两家世代为子嗣和家族权利而辛勤劳作、苦苦争斗,连大儒朱先生也被掘坟挖墓。人类历史就是由贫乏单调的日常艰难不断书写着的,个人悲剧和家族命运是民族和人类命运的缩写、隐喻和象征,西方现代文学艺术强调个人与社会、人类之间的共通性,中国强调"家即社会"。

梁漱溟说中国文明是"早熟的"。孔德提倡进化论式的思维方法:神话思维——形而上学思维——实证思维,这种演进过程无法有效解释中国的古代思想。先秦时期,诸子的哲学政治思想已自成体系,汉民族神话在史前时期发挥了意识形态的功能,却没有形成系统的神话思维和话语系统。体现汉民族神话思维的纬论出现在战国时期,成熟于西汉。①中国神话具有政治神话的特征,更加重视教化的作用。董仲舒说:"教,政之本也。狱,政之末也。"②朱先生化解白嘉轩与鹿子霖的土地纠纷,即以教化之力解决民间民事纠纷。德教之制被神圣化为一种宗教性的文质并彰的制度。宗教性指这种制度与天的固定关系。政治体系即祥瑞灾异说,它是神权政制的核心,是政制的运作依据,帝王施政的依据是法天。其哲学基础是"天人感应"说。圣王受命于天,以德施治。天是自然主宰和道德主宰,以"祥瑞"和"灾异"表达对现存政制合理性的肯定和否定表达,

---

① 冷德熙:《超越神话:纬书政治神话研究》,东方出版社,1996年,第146页。
② 苏舆:《春秋繁露义证》,钟哲点校,中华书局,1992年,第94页。

"天帝与人王"通过符瑞和星象灾异"相交通"。①"阴阳五行说的政治原理之一是法天;而时序运转,就是天道的主要表现;因而政治措施自当与时序轮转相配合。"②天同时具有自然法理和道义的性质。政治措施与时序轮转的配合,通过明堂位、时政纲领和休咎之征来实现。明堂指依时序施政的场所,在民间社会体现为风水,普通百姓选择居所、墓穴、祠堂等,都会请风水师傅勘定位置,如白嘉轩巧换风水宝地等。国家依时序拟定时政纲领,民间依皇历提示某日"宜"或"忌"出行、动土、婚嫁等之类,属个人日常生活法天的习俗规范。农业社会施政的主要项目是农事、刑狱和兵事。农事须依时令而行,违之则可能受天谴;古时有"秋后问斩""午时三刻问斩"等旧律,以顺应生命自然运行的规律;兵事与时序关系密切,如气候冷暖、河水泛滥、草木葱茏等自然现象都直接关系兵事的成败,如三国赤壁之战的借东风等。休咎之征是针对"淫奢不能尚德"的现世君主设置的奖惩措施。

休征指天候变化正常、有益,咎征指天候变化反常、有害。休咎之征与祥瑞灾异的功能相似,依据都是"天人感应"说。具体表现在:天候的变化(旱涝等)、植物的枯荣、人身的健康与夭寿和社会生态(包括国泰民安、四方来贺或盗贼兴起、边防吃紧等)的变化。朱先生擅观天象,故能预知当年何种粮食丰收。作者对民间风水学很熟悉,文中对民居、墓穴、六棱塔等建筑式样结构的描述,很有特色,表现了普通百姓对"天道"的敬畏。祥瑞灾异说不仅是时政纲领的依据,还是国家政权正当性与合理性的论证法理。如有人说白狼出现预示"暴政"(县政府征收印章税)、大旱瘟疫、苛捐杂税、官吏贪腐、朱先生抗税等自然社会现象,为国民政权的覆灭提供了合理化的解释。

在原上,家就是国,白家族长之位犹如"天授",鹿家不得觊觎。白嘉轩管理宗族是"以德施治",族规惩戒是德治的补充和保障。他惩治

---

① 冷德熙:《超越神话:纬书政治神话研究》,东方出版社,1996年,第223页。
② 孙广德:《先秦两汉阴阳五行说的政治思想》,台湾商务印书馆,1993年,第179页。

田小娥，以乡约族规为依据，从天理出发，他拒绝为她修庙塑身。村人同情小娥的遭遇，就相信瘟疫是她招来，是"天"对白鹿原的惩罚。而旱灾是原上生民为牟取暴利种植罂粟疯狂向土地掠夺导致的，是自然给人的警告。瘟疫过后，白鹿村的人口又缩回到千人以下，白嘉轩意识到"冥冥苍穹中，有一双监视着的眼睛，掌握着白鹿村乃至整个白鹿原上各个村庄人口的繁衍和稀稠……"①朱先生则在墓室的砖头上刻下"天作孽犹可违，人作孽不可活"的字样。这些看似神奇怪诞的异象，用"天人感应说"都可能得到合理解释。这是儒家"天人感应说"在民间社会的存在形态。

天人感应观念在夏商周三代非常普遍，先秦两汉时期已经深入人心，不仅渗透在先秦两汉的文化典籍里，而且渗透在人们的日常生活和典章礼仪中。殷商以降，人们观星取象以占验吉凶，把人间的吉凶福祸与一些神秘的征兆联系起来，认为天能以象征暗示吉凶福祸，如战与和、胜与败、生与死、婚与嫁、动与静等的预测。列维·布留尔曾认为，"不发达民族总以为某人与某物有一种神秘关系，从而使有那种预知某物的特权，能看到事物的发展趋势和未来面貌"②。占卜、祭祀的形式固定化、秩序化、制度化后，就形成了严格的仪礼仪式，天地神鬼人之间的联系随之固定化、常规化。原始思维是人类对现实所持的一种态度……面对不可知、难以把握的现实，人们希望智者能解释人类与自然万物的神秘关系。祖宗崇拜是庄严的仪式，宗法制社会尊父、夫为天；占卜是民间解决疑难的重要方式，"村民丢了黄牛""做了怪梦"等，人们都要找朱先生占卜、问询。在村人看来，儒者智者都是通天的。在天地神人一体同构观念的支配下，天人感应的观念和民间方术源远流长、广备四方。

皇帝是世俗权威，不惧人而惧天。董仲舒说："天者万物之祖，万物

---

① 陈忠实：《白鹿原》，人民文学出版社，1993年，第489页。
② 万真：《魔幻的本体》，载《美育》1988年第5期。

非天不生。"①"灾者，天之谴也；异者，天之威也"②。"屈君而伸天"是要皇帝敬德保民，在一定程度上反映了被压迫阶层的某些要求，对维护皇权和政治稳定发挥了一定作用。因其承认"君权神授"，有利于维护和巩固皇权，而被君王倚重；以儒家的仁义德治为天意，借此规劝皇帝施仁政，并以天降灾异的谴告论相威慑，为儒家王道提供了保障。现代学者徐复观认为汉儒用天人感应说"控制皇帝已发生相当的效果"③。

东汉之后，灾异观念在民间广泛传播，日渐深入人心，灾异之象在一定程度上成为统治者反思德行政道、采取措施的依据，成为普通人反省自身、修正错误的参考，客观上调节和规范着人的日常行为，对中国古代的政治生活和民间社会产生了深远影响。它涉及政治、思想、文化和学术等方面。从史书到坊间笔记小说都记载了大量的灾异故事。《白鹿原》中的许多神奇异象，用"天人感应"说和祥瑞灾异说都可以得到合理的解释。如干旱求雨的原始宗教仪式是以人身体之痛表达对神的虔敬，使龙王感知民间疾苦从而普降甘霖以救苍生；棒槌山因形似男性生殖器而得名，象征原始强悍的生命力，不孕妇女去棒槌山求子已成为民间习俗，得到社会的普遍认可，是原始生殖崇拜的遗存；鹿惠氏和仙草的死，对鹿三和白嘉轩来说就是"灾异"，警示他们反思田小娥枉死这件事，鹿三鬼魂附体就是他自我反思的矛盾体现；等等。中国封建社会体现出政教合一的形态，灾异观念具有神话学色彩。

刘小枫称儒教为"国家化的政制宗教"。从汉代到清代，祭孔逐渐发展为和祭天、祭祖同样重要的仪式和制度（从祀制）。儒教在历史上发挥着教化作用，孔子成为文化精神偶像，"五四"新青年虽喊出了"打倒孔家店"的口号，但在民间，儒学的影响依然久远。宗教是属人的生存现象，不会随着现代化进程而消失，他认为"儒教仍然在型塑现代中国，未

---

① 董仲舒：《春秋繁露》，凌曙注，中华书局，1975年，第517—518页。
② 周桂钿、吴锋：《董仲舒》，吉林文史出版社，1997年，第95页。
③ 徐复观：《两汉思想史》第2卷，华东师范大学出版社，2001年，第358页。

来的中国也不可能与儒教断绝干系"①。陈忠实从文学层面探索了儒教在现代转型期对中国社会及人心的影响与塑造。

原载《宝鸡文理学院学报》（社会科学版）2014年第1期

---

① 刘小枫：《儒教与民族国家》，华夏出版社，2007年，第2页。

陈忠实完成了"垫棺做枕"的人生长篇

（2016年）5月5日上午，在凤栖山咸宁厅外，我和红柯站在数以万计的人群中为作家陈忠实送行。红柯高举1992年第6期《当代》杂志，引起读者的强烈共鸣。陈忠实曾立志要写一本死后"垫棺做枕"的长篇小说，他将自己几十年的生活经历、生命体验和哲学文化思考投注在《白鹿原》中。小说发表后，受到读者的追捧与喜爱，但在评论界却引起激烈争论。赞扬者认为这是当代文学史上最杰出的现实主义小说，是"中华民族的秘史"；反对者认为小说政治立场有问题。《白鹿原》（修订本）获得茅盾文学奖，有读者不理解，认为陈忠实没有骨气。我在采访陈忠实时曾经当面问过他，他说：修订本只是修改了小说中朱先生关于国共之争就是兄弟之争、是"翻鏊子"的叙述；删除了黑娃和田小娥性描写的文字，并不影响小说的思想艺术性和人物形象塑造。他不希望因为他的固执使读者失去阅读《白鹿原》的机会，读者的认可才是作家和作品存在的价值。《白鹿原》出版至今，正版书累计印刷200多万册，盗版难以计数。1998年，著名评论家张炯先生到瑞典访问，亲手将《白鹿原》送给马悦然先生。陈忠实因为这部小说获得了很多荣誉，但他最在意的是小说被教育部推荐为大学生必读书目，他希望自己的作品能对青年一代的成长有所裨益。

陈忠实是出身农村的作家，1982年调入陕西省作家协会前，曾经做过民办教师、农村基层干部，对关中农村的社会生活、风土人情非常熟悉，他的生活、身体是"在场的"，但他对民族历史和人类命运的思考早已超越了普通作家，他已经实现了回乡知青到人文知识分子的蜕变。"文革"结束后，他成为新时期因小说而受到政治审查的少数作家之一，起因是1976年《人民文学》第3期发表的短篇小说《无畏》。审查结果是作者没有政治问题，而陈忠实却因此从公社书记的岗位被调往水利工地，在超负荷的体力劳动中对自己的创作进行反思，对新中国成立以来的历次政治运动进行深刻反思，与农民兄弟吃住在工地。他们修成的河堤横亘在白鹿原上，至今依然灌溉着两岸的农田。他说"他一生引以为豪壮的一是《白鹿原》，二是与农民兄弟共建的水利工程"。他对农民有深厚的情感，无论在哪里，只要有人在他面前诋毁侮辱农民，不管是行为还是言语，不管是什么人，他都会拍案而起，为农民兄弟争取权益与尊严。他没有想到的是，新世纪后，他的隐痛《无畏》竟然由于生活气息浓厚、人物个性鲜明及关中风俗人情的描绘而进入了当代文学史的视野。是生活拯救了他，是现实主义创作原则拯救了他，即使在极左思潮影响下，他的小说依然坚持写普通农民的生产生活，成为时代生活的真实记录。

《白鹿原》是新中国成立以来最好的一部正面书写传统儒家文化的作品。面对西方现代文明的冲击和各种家族叛逆者的挑战，朱先生和白嘉轩以乡约规训百姓的日常生活和乡土中国的日常秩序，建构了仁义白鹿村的理想社会形态。儒家文化在外来政治势力和文化的入侵下，逐渐丧失了干预现实的社会功能，维系中国社会几千年的儒家文化传统在现代社会的影响越来越弱。但白鹿作为美好吉祥的象征却一直在民间社会被普通百姓向往着，仁义白鹿村成为百姓心中曾经的"乌托邦"。

《白鹿原》的思想艺术价值经过时间的考验，已经得到评论界和读者的广泛认可，但小说中的性描写至今还备受质疑。著名评论家陈涌指出："……作品在性描写上基本没有问题。"陈忠实在小说创作过程中给自己制定了性描写的原则："不回避，撕开写，不作诱饵"。在白鹿原这片古老的土地上，性很少被作为生命原欲，很少有人在乎性行为中个体的生理快感和精神欢愉。在陈忠实笔下，性是表现人物性格命运的工具。生命个体的性选择与其政治选择、人生选择及生命历程密切相关，比如黑娃、白孝文和鹿兆鹏。非理性的性行为会毁灭人，而"学为好人"的标志之一就是对性对象的重新选择。可见，理想健全的性行为模式，有利于人类理想人格的建构。在白嘉轩和鹿子霖那里，性是家族斗争的工具；在田小娥那里，性是女性反抗被侮辱被损害命运的工具；在白灵那里，性是追求个性解放、爱情婚姻自主的工具；在普通百姓那里，性是传宗接代的工具……性的社会学意义被无限放大。将性描写"社会文化化"是陈忠实性叙事的策略，而且比较成功。作者善于通过人物的性行为方式和对性的态度表现人物命运、刻画人物性格，进而表现出人物的思想文化内涵和道德伦理取向。这是《白鹿原》性描写逐渐被评论界和普通读者认可的根本原因。《白鹿原》为新时期以来的欲望叙事和性叙事树立了一个标杆。这是陈忠实对中国当代文学的重要贡献。

《白鹿原》是新时期不可多得的家族小说，是中国宗法制社会最后的牧歌，家族的瓦解是建立现代民族民主国家的必然结果，但过程让国民经历了撕心裂肺的痛楚。

陈忠实作为一个作家的躯体离去了，白鹿精魂将通过朱先生、鹿兆海、白灵等人物形象永存读者心间，白鹿的传说将跨越时空、跨越种族流传下去。白鹿精神是儒家文化精神与民间文化精神的融合，也将成为当下建设社会主义核心价值观的重要文化资源。

原载《辽宁日报》2016年5月10日

第三辑

思潮与回声

遮蔽与压抑下的欲望生长

——从"五四"到"文革"期间的欲望话语叙述

一、文学中的欲望话语

　　欲望是文学永恒的主题,在中西方文学的发展中,欲望在文学作品中的表现都承受了来自宗教和传统道德的压抑和限制,但作家们始终以或直露或隐晦的方式顽强地表达着人类原始的本能欲望和渴望超越自己的"形而上的欲望"。

　　《荷马史诗》被誉为希腊文明的发展史,它又何尝不是人类欲望的发展史。在诗中,人类的各种欲望都以其独特的方式存在并合乎情理地发展着。中世纪基督教文化的禁欲主义极力压抑人的本能欲望;文艺复兴重新发现了人,《十日谈》肯定了人的世俗欲望,张扬了人的个性和情感;17世纪古典主义文学用理性、国家民族来规范人的本能欲望,使其按照理性的逻辑进行发展;《浮士德》是人的本能欲望与人的"形而上欲望"激烈冲突的集中体现;19世纪欧洲现实主义、浪漫主义及批判现实主义文学对资本主义制度下物欲横流、道德沦丧的社会现象进行了深刻的反思和批判;基督教清教伦理主张禁欲和节俭,遮蔽了人性最原始的本能欲望,资本主义文化把资本和财富作为人的第一欲望,在为人类创造丰富物质财富的同时,也在客观上导致了人的物化和异化,于是,现代主义文学试图用艺术的自律性原则来实现人类的审美救赎，代替宗教和道德为人类提供生存的终极意义；20世纪60年代后现代主义发展成为一股强大的文化潮流，它完全依赖人的本能，以解放、色情、冲动自由等名义猛烈地冲击着"正常"行为的价值观和动机模式。在后现代作家那里"最深刻、最犯禁的人类冲动都以直接、原始的措辞表现出来"，在他们看来，"吃人肉和肉体结合的幻想代表了关于人类欲望的最深刻的真理"。人的感性、情绪、欲望在文学艺术中得到前所未有的直露的展示和张扬，消费主义、享乐主义成为流行的价值观念，人们一味追求新奇和感官刺激，审美被日常化、庸俗化。在劳伦斯笔下原始的性冲动是用来对抗资本主义道德的虚伪性的，到让·热内那里"犯罪、性与社会堕落"、暴力、凶杀等都被理解为赢得荣誉的机会。人的生物性欲望极度膨胀，在文学中得到最充分的展示和宣泄，人的"形而上欲望"却受到压抑和控制，人丧失了乌托邦冲动，放逐了对终极价值的追求，孤独、冷漠、颓废、虚无、绝望成为流行的世纪末情绪。人类一方面享受着物质文明的丰硕成果，一方面在饥饿和恐怖主义阴影的笼罩下恐惧地战栗着。20世纪90年代，这种价值观念和时代情绪迅速席卷中国，新时期文学也不失时机地对之进行了淋漓尽致的表述、揭露和批判。

在中国文学史上，欲望的表现也曾经历了几个高潮。先秦《诗经》中的国风，魏晋的志怪小说，明清的小说（如《金瓶梅》、《红楼梦》、"三言二拍"及"明清艳情小说"等），晚清的狭邪小说及稍后的鸳鸯蝴蝶派等，都相对集中地表现了当时人们最基本的现实生存欲望，是中国文学史上文学世俗化的几个重要发展阶段。

19世纪中叶，西方列强用枪炮打开了中国的大门，中国社会进入现代时期。中国文学的现代性是对外来刺激的积极回应，中国现代文学是中国现代历史的一个缩影。中国现代社会和现代文学是在"五四"新青年预设的框架内展开其现代性图景建构的，对传统的颠覆和对西方文化的借鉴，一开始就存在着"全盘西化"和矫枉过正的问题。王德威认为，"五四"以来的新文学表面上看起来很现代，但骨子里却非常反动，因为"五四"新文学的叙事方式虽然西化了，但文学的内在精神仍然是功利性的"文以载道"的老传统。他认为只有鲁迅、沈从文、张爱玲才有资格做"五四"之后中国文学的代言人，因为其作品见证了在传统的阴影下言传现代性时的危险。20世纪30年代中叶，当启蒙现代性遭遇民族救亡运动时，中国的现代启蒙者——人文知识分子一夜间就转变为被启蒙者，文学也成为"为民族、为大众"的文学。而当40年代政治激进的作家朝"为革命而文学"的目标迈进时，他们对中国现代性的企图成为中国所有现代性中最不现代的现代。①

《在延安文艺座谈会上的讲话》之后，现代文学逐步确立了文学的工农兵方向，革命的浪漫主义与革命的现实主义相结合的创作手法，"三结合"的创作原则，革命样板戏，等等，欲望在这一时期的文学中基本处于不在场或缺席的状态。直到新时期以后，作家有了表达自己政治欲望的权利，伤痕小说、反思小说、"归来者"的诗首先倾诉的就是对国家的爱、对党的爱。在这种试探性的欲望叙述得到认可之后，作家们开始了在政治遮蔽下的人的基本生存欲望的展示，而且是以情感的表达为中心，最终还要赋予文本以微言大义，与主流意识形态相结合。这一时期的欲望叙述大致是在人性解放的启蒙话语模式下展开的。直到80年代中叶，先锋小说的文体试验、新写实小说对原生态生活的客观展示，才将世俗生活和人的基本生存欲望纳入文学的观照视野。随着市场经济体制的不断完善，人的人生观、价值观也受到了西方现代文化思潮的猛烈冲击，西方现代文化与中国传统文化的冲突以及人们精神上的矛盾和痛苦都在文学文本中得到充分的展示。90年代以来，全球经济一体化的趋势和都市化进程的加快使中国迅速变成一个消费大国，经济的快速发展猛烈地刺激着人们已经日益膨胀的欲望，人的物欲、权欲、表现欲得到了空前的宣泄，都市成为欲望

---

① 王德威：《被压抑的现代性——晚清小说的重新评价》，见王晓明主编《批评空间的开创——二十世纪中国文学研究》，东方出版中心，1998年，第125页。

的大展台，城市中等收入阶层悄然形成，大批民工拥入都市，一种新的价值观、消费观和欲望话语模式业已形成。文化市场呈现出一种泡沫式的繁荣，金钱逻辑和当下关怀成为人们现实生存的价值准则，出现了个人化写作、欲望化写作、下半身写作、商业写作、中产阶级写作、80后写作，以及美女作家、作家明星化、酷评家等文学现象。这些纷繁的文学现象都是人类欲望膨胀和个性张扬的必然结果，是在现代性的观照下产生的，因此，研究欲望话语绝不能脱离中国的现代性进程。

二、从"五四"到"文革"的欲望话语叙述

"五四"新文学主张"为人生的文学"，提倡科学、民主、自由，追求个性解放和婚姻恋爱自由。国民性批判和建立民族民主国家是现代文学的主流话语模式，然而，人是灵肉统一的存在，他既有物质的欲望，也有精神的欲望，创造社的郁达夫就认为"艺术的冲动"即创造欲是人类进化的原动力。人的本能欲望是一种强力，是一种"渴望完全的潜能"，是激励人向上的一种冲动力与竞争力，这种强力有时又会向反方向生发，成为毁灭性的力量。因此，创造社的作家们非常重视人的本能欲望的书写，并积极引导使其成为一种生命的强力或创造力。"五四"启蒙思想家敏锐地发现人的本能欲望被压抑会造成生命创造力的丧失，甚至导致更深层次的文化创造潜能的泯灭。

20世纪20年代，郁达夫的自叙传抒情小说以抒发主人公备受压抑的肉体欲望、大胆率真的欲望表白，来反抗封建伦理的束缚和对国家民族的热爱，在叙事中，爱情、本能欲望的释放被表述为个体自由的隐喻和表征。《沉沦》对性压抑、性变态心理进行了细致入微的刻画和展示，个体的性压抑与国家民族懦弱衰败密切相关，生命个体对异域女性的情欲幻想被转化为个体对祖国富强腾飞的真情呼唤。对主人公性压抑的表述包含了丰富的政治内容，作家的个体生存体验和个人化叙事也包含着"第三世界的

大众文化和社会受到冲击的寓言"。①郁达夫笔下的生命主体不仅有肉体欲望的骚动,更有精神的跋涉与挣扎,男人欲望的对象由过去的"窈窕淑女"转化为自尊自爱、自强自立、纯洁善良、美丽现代的新女性,而这正是"五四"赋予人的新形象或新女性形象,男人对女人的欲望或对性的欲望就转换为人对新国家、新生活、新人的渴望。爱情成为那些零余者拯救自我的最后一根稻草,对女性的爱和对国家的爱体现出异质同构的特征。以郁达夫为代表的浪漫抒情小说作家就这样将欲望叙事转化为国家民族叙事,成为"五四"文学主流话语模式的有机组成部分。这种对生的欲求、性的苦闷和个性解放的叙述与民族解放和民主精神是一脉相承的,左翼文学、十七年文学、"文革"文学,包括90年代以前的新时期文学无不与政治紧密结合,文本中无不隐含着国家民族的权力话语欲望,相反生命主体的个性意识反倒被民族意识遮蔽了。

30年代,海派文学以都市日常生活作为独立的写作领域,以日常生活的意识来书写日常生活中普通人的世俗欲望,表现出一种以生活消解文学的神圣性、理想性和超越性的创作姿态。日常生活即"个体再生产要素的集合"②,主要指为维护自我的生存和后代的繁衍而进行的活动范畴。日常思维即"关切解决'个人'在其环境中所面临的问题的思维",在资本主义社会,"日常思维越来越转变为纯粹个人行动的认识基础"。③新感觉派就是以世俗的生活意识消解文学所应具有的阶级、民族和革命的神圣的意识,以抵制左翼文学压抑人的本能欲望,张扬人的革命意识和自我超越意识的主观创作倾向。

新感觉作家自居为普通人,写的也是普通人的心态和欲求,他们没有勇气赋予非理性以反叛封建道德和现行秩序的力量,表现的是现实原则支

---

① 詹明信:《晚期资本主义的文化逻辑》,陈清侨、严锋等译,生活·读书·新知三联书店,1997年,第523页。
② 阿格妮丝·赫勒:《日常生活》,衣俊卿译,重庆出版社,1990年,第3页。
③ 同上,第212页。

配下的有理性的本能，是世俗欲望的宣泄，而不是生命力的迸发，他们笔下是一群"爱之而有所不尽，恨之而有所忌惮"的俗人或普通人。李欧梵认为上海是中国现代性的化身，通过对新感觉派三位代表作家（施蛰存、刘呐鸥、穆时英）的研究，他试图重构和想象20世纪三四十年代上海的现代性。

新感觉作家肯定都市普通人对物质享受的追求的合理性，肯定本能欲望的客观存在并对之进行了赤裸裸的展现，为欲望实现所带来的快感和满足感欢呼。也叙写生命主体在追逐物质和快感时，内心深处传统伦理道德与都市欲望的矛盾与冲突，以及由此带来的苦闷、压抑和反思。文本内在的欲望关系客观上满足了消费文化吸引受众眼球、满足人的感官刺激和享受的需要。

京派作家表现出了与海派不同的文化审美追求，他们没有像海派作家那样张开双臂拥抱现代都市文明，而是对现代都市文明进行了辛辣的讽刺和批判。老舍、沈从文等作家都肯定和赞赏人的世俗生活情趣，但他们主张人在生存欲望之外还应该有更高的价值追求，即人"还必须在他的生存愿望中，有些超越普通动物的打算，比饱食暖衣保全首领以终老更多一点的贪心或幻想，方能把生命引向一个崇高理想上去"[①]。沈从文认为法律使人"不敢作恶"，道德使人"乐于向善"，因此，他更看重道德的力量。沈从文认为人不能仅仅平安生存就知足，在《边城》中他写到小城人"知足而乐生"。"乐生"是一种积极向上的人生态度，是一种向善的价值追求。他所创造的湘西世界被誉为人类理想的栖居地和精神家园，那种诗意的生存状态至今仍然是人们追求的理想。

"五四"以来，女性对自身欲望的体认和表述一直是艰难而曲折的，在男性作家公然表达自己对爱情的渴望和性的压抑时，女性作家却表现出对欲望话语的规避态度。冰心回避性爱题材，沅君以放逐男女主人公的性

---

① 沈从文：《沈从文文集》第12卷，花城出版社，1984年，第114—115页。

关系来保证爱情的神圣纯洁，凌叔华幽微清淡而富有节制地涉及了女性隐秘的内心世界却浅尝辄止，至庐隐笔下才出现了有情有欲的女性形象，她们对男性世界既渴望又逃避厌憎。30年代丁玲笔下的莎菲女士毫不掩饰自己对异性的欲望，追求理想男性受挫的痛苦却使主人公精神分裂、香消玉殒。这里值得注意的是"五四"时期男性对新女性的欲望实际上对女性构成了新的压抑。40年代，张爱玲和苏青对世俗欲望的肯定和书写消解了丁玲的个性主义、理想主义、爱情至上的反叛意识和乌托邦色彩。苏青真诚诉说着女性的生存欲望、爱的欲望、性欲望以及对家的迷恋（安全感）等世俗欲望。在她笔下，女性的反抗总是以女性对社会和男性的妥协而告终，而每次反抗女性都会得到一部分权利和自由，两性在磨合、迁就、妥协中分道扬镳或逐渐走向和谐共生。这是女性现实的生存处境，也许两性的平等对话和相互妥协，才是女性解放的有效途径。

张爱玲用自己对都市日常欲望的书写表达了一个女性在战争期间的真实感受和体验。当炸弹把文明炸成碎片，将人剥得只剩下本能时，人性"去掉了一切的浮文，剩下的仿佛只有饮食男女这两项。人类的文明努力要想跳出单纯的兽性生活的圈子，几千年来的努力竟是枉费精神么？事实是如此"①。所以，她笔下就是一群为生存而奋斗的饮食男女，他们多将自身的生存作为第一需要和终极目标，他们在行为上具有某种逻辑的一致性，当"饮食"受到威胁时，男女之事都是不屑一顾，可以放弃的。《金锁记》中七巧对爱情的态度就是如此。她肯定人为实现世俗欲望所做的一切合理健康的努力和争斗，肯定那些讲求实效的世俗算计。她笔下的人物总是在人性与兽性、原始性之间犹疑、徘徊，他们追求的人生价值目标不外乎"利"与"性"的世俗目的，所以他们"疯狂是疯狂，还是有分寸的"。作家总是让人物经历了从世俗的沉沦到个性的张扬后再回归世俗，如《封锁》中的吕宗桢和吴翠远在一个特殊的情境之中放纵着自己的感

---

① 张爱玲：《烬余录》，见来凤仪编《张爱玲散文全集》，浙江文艺出版社，1992年，第59页。

情,但随着封锁开禁的"丁零"声,一切都如踏雪无痕般结束了。

张爱玲笔下没有"爱情中的女人",她将爱情放在日常琐屑的世俗生活中,基本的生存欲望和世俗的利益关系悄然消解了爱情的神圣和纯洁。《倾城之恋》中的柳原和流苏将千古传奇演绎成了生存欲望本身;《红玫瑰与白玫瑰》中振保和娇蕊把爱情、婚姻、性割裂得支离破碎,人格也随之分裂;《连环套》中霓喜为了更好地生存,依恃自己的"美丽",顽强地争取着一个又一个男人对自己的庇护和供养。张爱玲坦言她为霓喜"对于物质生活的单纯的爱"而感动,"而这物质生活却需要随时下死劲去抓住"。①生存本身已如此吃力,人为地赋予生存以形而上的意义和追求,只会使人活得更加艰难和痛苦,于是,她始终执着于写小市民,认同小市民尤其是女性日常欲望的合理性。

十七年文学对欲望话语采取的策略是压抑和转换,压抑人的本能欲望,将之转换为主体对国家民族和社会主义的热情。国家的政治经济体制直接决定了劳动产品的分配,人在绝对平均主义的理想中放弃了物质的非分要求,人的物欲被体制轻易地颠覆了。人的本能欲望和个人情感也被排除在文学表现的视野之外,稍有越轨之作就会招来批判。对萧也牧的《我们夫妇之间》的批判就是新中国成立以来较早的一次对文本中日常欲望表达的批判,随后,茹志鹃的《百合花》、宗璞的《红豆》也都因情感的表达而遭到批判。其次,十七年文学对本能欲望的压抑还体现在对女性性别的抹杀上。这是在男女平等的承诺下实现的,女性在翻身做主人的政治热情感召下心甘情愿地被男性化,成为"铁姑娘""劳动者"等等,性别意识的淡薄使两性关系简单化了,人的内心世界和情感世界也简单化了。再次,身体的缺席是十七年文学的特色之一,身体和性欲望被禁止书写,爱情还会偶尔作为调味品或英雄人物光辉形象的烘托和陪衬被允许出现,但要健康含蓄节制,而且不能作为文本叙述的核心。

---

① 张爱玲:《自己的文章》,见来凤仪编《张爱玲散文全集》,浙江文艺出版社,1992年,第118页。

"文革"期间，人作为生命个体的价值被消解了，个体、家庭被国家和集体所取代，人与人的关系成为纯粹的政治关系和阶级关系，人的日常生活被高度政治化了。文学不再表达个人的生命体验和审美追求，而成为时代和政治的宣传工具，文本也不再是作家的创造物，而成为"三结合"的产物，全国人民的精神文化食粮只剩下有限的几部小说和十几个样板戏。人们的精神生活简单划一，生命力被转化为政治激情，欲望话语被搁置起来。

原载《社会科学家》2009年第4期

艰难而尴尬的城市书写

——论新世纪以来甘肃城市题材的长篇小说

新世纪以来,甘肃出现了一些思想艺术价值较高的城市题材的长篇小说,与东南沿海和近邻的陕西相比,甘肃的长篇城市叙事出现较晚,叙事切入点却很独特:以高校生活为叙事切入点,城市叙事与知识分子叙事交错呈现,如史生荣、尔雅、徐兆寿等的作品;甘肃城市叙事关注的不是都市普通人烦琐、细碎的生活,而是城市知识群体的精神世界,包括作家、大学教授、大学生、文化机构的工作人员等;叙事视角和叙事立场是知识分子的,而不是平民的,刘恒、池莉、何顿等作家则是以平民的视角,反映城市底层市民的世俗生活;甘肃城市叙事关注的是人在城市生存中精神的困惑、迷茫和痛苦,尽管精神的痛苦大多是由于物质的贫乏或欲望的不满足带来的,但作家们还是坚持把叙事的核心放在人的精神毁灭和灵魂救赎上,这是甘肃城市叙事的个性化特征。

甘肃地处西北,自然环境复杂,城市化进程相对较慢,人文环境和商贸发展相对滞后,市民文化和市民阶层尚未形成。施战军认为,就创作主体而言,城市文学"就建立在较为普遍的盘踞于城市者们的对越来越多的城市的感知和书写经验的基础上"[1]。进入新世纪,才出现比较成熟的

---

[1] 施战军:《论中国式的城市文学的生成》,载《文艺研究》2006年第1期。

长篇城市叙事。甘肃作家大多集中于高校、科研院所和文化机构，狭窄的生活空间直接影响了他们的创作视域和创作视角。坚持写熟悉的生活，是由其老实稳重的个性和认真严谨的创作态度决定的，却使其城市叙事略显单调。

一、知识分子的校园情结与精神困惑

新世纪以来，甘肃校园题材长篇小说的数量、质量都达到了相当的规模和高度，但影响力远不及同类作品，如张者的《桃李》、阎真的《沧浪之水》、阎连科的《风雅颂》等。这是由于甘肃本土作家宣传力度不够，其次，新中国成立以来，甘肃小说一直处在中国文坛边缘，没有得到应有的重视。

史生荣、尔雅、徐兆寿等作家都是通过高考跳出农门，又陆续回到高校工作的。他们对校园有一种熟悉、亲近而又复杂的情感，校园既是他们现实的生存空间，也是他们人生重要的转折点，更是他们观察思考社会人生历史文化的原点。徐兆寿和尔雅率先把观察的触角伸向当代大学生的内心深处，史生荣则关注教授和行政人员的人生百态。

徐兆寿的《非常日记》被称为当代中国第一部大学生性心理小说，以其取材的大胆与描写手法的独特引起轰动和争论。作者试图对大学生中的悲观者、自卑者、自杀者、手淫者进行性教育和引导，使之形成健康的心理和健全的人格。《非常对话》以对话形式从社会历史文化等层面逐步揭开婚姻、家庭、社会、性的神秘面纱，指出"性"不仅是肉体的，而且是精神的、文化的。《非常情爱》则把当代大学生的精神困惑与生存意义的寻找作为叙事核心。在与七位女性的感情纠葛中，男主人公成长思索并寻找人生的意义，女性成为男性成长的契机或工具。作者启蒙的思想延续了"五四"文化精神，但开出的药方却令人质疑。《生于1980》（2004）写一个80后城市籍大学生胡子杰的成长故事。大学生心理健康直接关系到国家民族的未来和国民整体素质的提高，"非常系列"的性文化探索具有一定的社会现实意义。

尔雅的《蝶乱》将农村出身的大学生在都市象征的大学校园寻找身份认同作为小说的叙事核心，笔触直指男性隐秘的场所——宿舍，以不同男性对姬瑶这个充满诱惑的性符号的叙述、想象为线索，将大学教师、文学爱好者、诗人、编辑、酒鬼、三陪女、偷窥者等人物群像展现在读者面前。主人公在诱惑、迷失（堕落）中逐渐成长蜕变（拯救）。在小说中，诱惑者与拯救者同一，老梅作为教师与诗具有同质性，诗、激情、姬瑶与性具有想象的关联性，于是老梅和姬瑶成为欲望、邪恶、堕落的渊薮。作者以类似互文的方式，让老梅和姬瑶互相叙述、互相确认，还其纯洁的本质面目，那种暧昧、甜腻、香艳、迷离的充满肉欲的气味被驱散，迷失的灵魂得到拯救。

《非色》的创作使作者意识到创作"不是为了把小说改造成哲学，而是为了在叙事的基础上动用所有理性和非理性、叙述的和沉思的，可以揭示人存在的手段，使小说成为精神的最高综合"[①]。他用一个疑似色情的故事来表达他对人类精神的深切关注。主人公式牧是高校教师、诗人，日常生活单调、枯燥、琐屑，却注重精神生活的崇高与纯粹，对余楠的追寻成为他精神存在与追求的方式。式牧以寻觅的方式逃避着现实中的余楠，对现实的恐惧使他精神恍惚、痛苦不堪，而生活中那些女人，无论是性感的，还是纯情的，都无法取代她，就像金钱、名利和性都无法取代他对理想、爱情和文学等终极价值的追求一样。式牧无条件地爱着余楠，就像她无条件地爱着艺术家阿三对艺术的执着与疯狂，式牧爱着余楠对阿三的爱，爱着余楠的痛。阿三是一个具有真性情、真自我的行为怪异、才华横溢的"阳痿"男人，符号化的阿三把式牧、余楠及尔雅（包括痖白）的痛同质化了。这是尔雅善用的叙事圈套，以此将这种追求与痛苦普世

---

① 米兰·昆德拉：《小说的艺术》，孟湄译，生活·读书·新知三联书店，1992年，第15页。

化。他用式牧对爱情与文学的执着追求与寻觅来表现高校教师的现实生存体验，灵魂撕裂般的隐痛使式牧这个孤独的精神守望者从情色中以极端的方式走向彼岸世界。结尾却因市场因素而落入俗套，式牧因将酒瓶砸向徐思菲被保安带走……尔雅的笔触始终指向人的精神世界，以考察人的心灵痛苦来映射外部世界的风云变幻，心灵世界成为世俗社会的一面镜子。

徐兆寿和尔雅的作品叙述视角主要是大学生成长及大学教师的精神追求，高校被作为市场经济社会下人类最后的精神家园来塑造和维护。史生荣的"高校系列"，则从根本上颠覆和动摇了高校的传统形象。笔触直指高校日益严重的学术腐败、权钱交易、道德沦丧等丑恶龌龊的社会现象，并以校办产业和高校与地方合作的方式辐射到学校所在城市和周边地区，以高校教师的生活事业为线索，叙写他们在物质利益和世俗名利诱惑下，逐渐放弃学术理想、背离原有生活轨道、陷入金钱和名利泥淖不愿又无法自拔的艰难尴尬处境，以及由此产生的内心痛苦和精神裂变。《所谓教授》（2004）引发了广泛争议，有人指责他"有意贬损大学教授"，也有人说真实的校园比他写的更加黑暗。在他的叙述中，教授已不再是精神偶像和精神导师，以事业、学术、爱情的名义，大搞钱、权、学术与性交易。中国传统的官本位思想和现代西方的金钱伦理使学术、青春、性成为仕途的"敲门砖"，精神和道德被彻底放逐，人类社会最后一块"净土"成为弱肉强食的名利场，教授正在向"禽兽"滑落。小说勾画出一幅21世纪的"八骏图"，暴露了某些高校教师精神家园坍塌、道德底线崩溃的社会现实。批判现代文明带来的恶果的同时，作者敏锐地觉察到"学而优则仕"的传统价值观和评价标准，仍然是中国社会和知识界的主导价值观，这种思维惰性导致了高校现行的评价体系，自由、民主、独立的学术精神，在权力和金钱的围剿下彻底崩盘，生存成为教授的第一要务。从根源的挖掘上看，此小说比《桃李》和《风雅颂》等作品文化内涵更加丰富，现实批判的力度更大，但影响却不及这两部小说。现实主义创作手法的运用也被某些评论者诟病。

《所谓大学》(2009)对中国高校的行政化管理体系进行了全方位、多侧面、细致入微的描绘,批判的锋芒直指高校官场化的运行机制,以及由此滋生的学术腐败现象和学术官僚们钱、权、色、学术交易的丑恶行径。学术成为"公器",博士学位成为交易"筹码",普通教师在职称、课题与福利威压下生存艰难,当官成为某些教师人生的目标。科研处处长朱增泉在校园内外春风得意,权力、地位、金钱、爱情统统收入囊中,并顺利地由高校转入政府部门。具有讽刺意味的是朱增泉的人生感悟:以后升官要靠能力、靠本事,做人做官要"问心无愧"。当知识分子将知识、智慧和潜能用于权术时,结果是高效、平和、有情有义、皆大欢喜。小说反讽的意味被冷静淡然的叙述遮蔽,小说遭遇了评论界的冷淡。

史生荣外表温和木讷,内心却很坚韧,《大学潜规则》(2010)可看作《所谓大学》的姊妹篇。书名不仅是为吸引眼球,而是反讽。写的是大学教师平凡琐屑的日常生活,以及他们在困境中积极自救的努力。作者用自然主义的精细笔法刻画出一幅高校知识分子的生存画卷,其中有教师、研究生、各级行政人员、普通员工,面对生存的艰难与无奈,他们有软弱、妥协和痛苦,也有为人格独立和尊严的坚守和挣扎。小人物的生存是辛酸的,但不是没有底线的。人事处处长鲁应俊也想把研究做好;车处长也不想成为假博士;申明理沦为科研打工仔,科研态度仍然认真严谨;门亮与曹小慧的婚外情还建立在爱情上;等等。这些都是高校管理运作和普通人生活的常态,作者和他的人物们深知无法改变体制本身,所以他们不甘心"闲着",知识分子残存的良知使他们坚信:牢骚能消磨人的热情,努力可能白费,但不会使人丧失太多。这种浅显的人生哲理,发人深思。或许算不得纯洁和高尚,卑微却不悲哀,他们真实努力,不发牢骚,不甘沉沦,这是许三多式"不抛弃不放弃"精神在知识分子身上的体现。萨特认为文学创作是文学主体介入社会的方式,作者在创作中不能伪装中立,而必须在审美命令的深处觉察道德命令。①这样,才能避免小说成为各种欲望、激情与丑恶现象的聚居地或单纯的生活流。作者始终把创作视野聚焦在知识分子的现实生存和人际关系上,对高校中人生存的尴尬处境拿捏准确。他揭示社会矛盾却无意夸大和激化,对社会负面现象和人性的弱点,也给予理解、宽容和尊重。深知无力解决问题,就朴素地还原与表现生活,具有鲜明的自然主义倾向,这是他自觉的艺术选择。

二、知识分子在城市生存中构建乌托邦的执着与幻想

王家达的《所谓作家》(2003)是《废都》之后又一部作家写作家的长篇。作者采用了二元对立的文化审美模式,旗帜鲜明地把作家划分为两大阵营:正方胡然、野风等在溃退中坚守,反方牛人杰、沈萍之流春风得意。《废都》通篇弥漫着颓废糜烂的气息,其中的四大名人集体堕落腐烂。《所谓作家》格调清新明朗,语言纯净优美,激情中透着乡野之气,性描写雅俗有致。王家达把作家的生存状态和精神困惑融入对社会世态的揭示中去,对文坛和社会的腐败现象条分缕析。小小的西部古城,从高高在上的市长到小警察,只要手里有权,都敢堂而皇之地以权谋私、鱼肉百姓;女性则利用青春、文学、性等或欺骗男性,或攀附权贵或卖身投靠,跻身所谓的上层社会;有济世之心和文学理想,又敢仗义执言的胡然等作家,却被人利用、欺凌,毫无还手之力。热切想要融入现代城市的胡然,屡屡受挫后将精神救赎的希望寄托在田园牧歌式的乡村生活和乡村女性田珍的身上。

李江的《双面人生》通过知青张一凡的奋斗历程展现了中国社会三十多年来的历史变迁,活动空间从甘肃农村到北京、山东、海南等地,几番拼搏几番起落,最终回归生命的原点——"祁连山下",去寻找逝去的爱

---

① 柳鸣九编选:《萨特研究》,中国社会科学出版社,1981年,第22页。

与精神家园。作者对传统官本位思想和金钱万能、个性自由等现代观念对个体生命及普通人性的摧残与扭曲,进行了细致的描摹和诠释,表达了他对人性和精神的思考与追寻。张一凡在时代潮流裹挟下不断退守,在与女人们的纠缠中被迫成长,虽具有现实性,却缺少精神力度。将荒凉贫瘠的"知青点"作为精神家园,带有主观臆想的成分。

网络打破了现实世界和虚拟世界的界限,伴随网络出现了一系列亟待解决的社会问题。虚拟空间拓展了人类的生存空间,徐兆寿敏锐地觉察到网络虚拟世界对现实人生和人类精神世界的侵蚀与毒害,将批判的锋芒指向了网恋和虚拟婚姻。《幻爱》原名《我的虚拟婚姻》,叙述了杨树在现实婚姻中受挫后在虚拟世界寻求真爱的幻灭与徒劳。

杨树和美丽完美的性爱和婚姻是通过手机和网络在虚拟世界实现的,一旦回到现实就要面临道德的考验,美丽患绝症而亡;杨树无力承担两个"妻子"的情爱,逃往诗意的栖居地——西北偏西,那里原始自然纯粹和谐,他却意外发现这里的人对外面的世界充满了好奇和向往。而杨树的到来和轻风的回归也惊扰了这里的宁静和诗性,人的自然本性能否对抗现代文明和工具理性的挑战和冲击?《幻爱》对"虚拟婚姻的道德性"进行了深入探讨:虚拟婚姻和虚拟性爱必然会影响甚至破坏现实婚姻,虚拟世界中的主体不可能摆脱现实世界中作为肉身的主体,长期沉溺于虚拟婚姻,可能造成主体精神人格的分裂。最可怕的是,虚拟性爱一旦成为两性交往的方式,人类生殖繁衍的自然规律将受到严峻挑战。评论家雷达说:"徐兆寿是文坛上的一个'另类',一个怪才。……我们需要这样的作家,我们需要意识到他的不可替代性。"[1]不仅是徐兆寿,甘肃作家群和甘肃的文学创作同样具有不可替代性。

谈到现代化和城市,丹尼尔·贝尔说:"物正替代别的东西(宗教、英雄、梦想)成为新神,充满欲望的黑压压的人们,聚集在一个叫都市的

---

[1] 雷达:《现代之梦:灵魂回归原野》,见徐兆寿《幻爱》,甘肃人民美术出版社,2006年,"序言"第4页。

祭坛边，开始把自己献给这个物神，并由此获得沉醉而幸福。"①从上述作家的城市叙事中，我们看到了物或金钱如何唤起人的欲望，人们主动或被迫为物或权力而献身，但有人获得沉醉，更多的人却为失去精神和自我而感到痛苦和迷茫。在很多知识分子"改变思想就像更换内衣一样随便"（葛兰西）②的时代，甘肃作家却在执着地寻找人类自我救赎的途径。20世纪末，以卫慧、棉棉等为代表的新都市叙事文本已不再揭示人的道德困境，而是将癫狂的自我放纵、病态的自我抚慰作为叙事核心，这是某些文学进化论观念的持有者不屑和蔑视甘肃城市叙事的根本原因。或许这正是甘肃城市叙事的价值所在。

纵观新世纪以来的甘肃城市叙事，我们发现，作家和他们笔下的城市知识分子大多具有农村生活经验，城市叙事普遍受到他们童年乡村记忆的影响，他们从理智上认同城市化的发展趋势和现代物质文明，情感上却眷恋乡土、拒斥现代文明，这种矛盾心理构成了甘肃作家城市叙事的内在张力，决定了他们面对城市文明时爱恨交织的复杂情态。同时也应看到，乡土情结限制了他们的女性想象，他们常常采用城乡对立的叙事模式讲述关于女人的故事，城市女性被想象为现代性的符号。尔雅的"城市女性"系列短篇开始扭转这一局面。另外，马步升的《被夜打湿的男人》和王新军的《坏爸爸》关注城市社会底层的生存艰难，开拓了甘肃城市叙事的叙事空间。

甘肃的城市叙事，除王家达外，其他作家的故事和文字与甘肃没有直接关联，大家都试图摆脱地域的烙印，厌倦、鄙视贩卖西部"荒凉"和"苦难"的文本，渴望评论界以统一标准来评价甘肃文学。但在叙事中，又不自觉地将自己对城市的构想隐含其中，赋予兰州"文化的城市"的特

---

① 丹尼尔·贝尔：《资本主义文化矛盾》，赵一凡、蒲隆、任晓晋译，生活·读书·新知三联书店，1989年，第25页。
② 索飒、海因兹·迪特里齐：《知识分子危机与批判精神的复苏》（二），载《读书》2002年第6期。

性，为西部城市的发展提供了借鉴，也为他们的城市叙事贴上了"文化和精神"的标签。尽管他们的叙事形态还略显青涩、稚拙，却为读者呈现出更接近"世界本真"的西部城市景观，理应引起更多的关注。

原载《西北大学学报》（哲学社会科学版）2011年第5期

无根者的孤独与言说

——刘震云《一句顶一万句》的文学言语学解读

有人说《一句顶一万句》讲述的是"贱民"的生存经验，认为"贱民""是指那些不安分于土地上进行传统耕种的以小手艺为业的三教九流的农民"①。文本中，杨百顺先后做过的事由有卖豆腐、杀猪、染布、破竹子、挑水、种菜、卖馒头等，其他事由包括赶车、贩牛、剃头、打铁、卖盐、卖葱、做首饰等等，毛泽东在《中国社会各阶层分析》中称他们为小工商业者。中国文学中，工商业者是被忽略的群体，他们很少以正面形象出现，《水浒》《金瓶梅》中就是这样，在《卖油郎独占花魁》中连妓女都瞧不起卖油郎。《阿Q正传》是最早为这群人立传的，鲁迅说阿Q身份"卑贱"，以往立传的种类、通例皆不可用，只好取了小说家的"闲话休题言归正传"套话中的"正传"，且所用文体"卑下"，是"引车卖浆者流"所用的话，即白话文。用白话文写作是中国新文学发生发展的重要标志。新时期，冯骥才、邓友梅、陆文夫、林斤澜等作家的市井小说开始关注这一人群的现实生存现状，这些作品关注市民阶层的现实生存状况和各地的风俗民情，但对这群人精神世界的开掘还不够充分。刘震云从自己的创作经历出发，深切地体悟到言说不被人理解甚至误解的痛楚，从《一

---

① 陈晓明：《"喊丧"、幸存与去历史化——〈一句顶一万句〉开启的乡土叙事新面向》，载《南方文坛》2009年第5期。

腔废话》《手机》等作品开始,将叙事的笔触指向说话本身,即探寻言语的形而上意义,他说:"我不认为我这些父老乡亲,仅仅因为卖豆腐、剃头、杀猪、贩驴、喊丧、染布和开饭铺,就没有高级的精神活动。恰恰相反,正因为他们从事的职业活动特别'低等',他们的精神活动就越是活跃和剧烈,也更加高级。"[①]作者试图用"引车卖浆者流"的话讲述这群无根者几千年来的孤独、寻觅与痛苦。

一、言语,"引车卖浆者流"的存在方式与意义

语言是人的本质属性,它不仅是人类交流的工具和手段,而且包含着丰富的"人性"内涵。文学是语言的艺术,文学言语学首先分析了语言和言语的关系。索绪尔认为语言是系统的、静态的,是言语活动的社会部分,个人不能独自创造或改变语言,它凭借社会成员间的契约而存在。而"人类的言语活动贯穿在人类生存的各个层面,从生物性层面,到社会性层面,到精神性层面"[②]。杜夫海纳认为,艺术是言语,不是语言。原始时代,人类言语活动的心理内涵与人类实际的言语表现之间,可能出现过最初的、"低层次"的统一,但随着人类文明理性和语言学的发展,语言与心灵之间产生了裂隙,人们开始在语言与心灵的断层间痛苦地游移、盘桓,用刘震云的话说就是"原来世上的事情都绕",人们说话时总是"绕着说",而不直接说。杨百顺想跟老裴学剃头,老裴却介绍他去老曾那里学杀猪,后来老曾告诉他患难之交只能做朋友,不能做师徒,老裴不收他做徒弟不是怕老婆,而是因为两人有患难之交。

从文学言语学来看,《一句顶一万句》不是现实主义或新写实的,而是超现实主义的,作者试图使用"裸体语言"来讲述。裸体语言指能再

[①] 刘震云、孙聿为:《与记者的对话》,载《当代长篇小说选刊》2009年第3期。
[②] 鲁枢元:《言语活动的空间——兼谈修辞学与人类生态观念》,载《福建师范大学学报》(哲学社会科学版)2004年第3期。

现"心灵中感应到的气氛"、捕捉到"潜意识里的喧嚣与骚动"的语言,能表现人的"纯粹的精神的无意识活动"的语言。言语是人的潜意识未加雕饰的表达,人常说"酒后吐真言"就是这样的意思。牛爱国喝醉了酒,对冯文修说要杀小蒋的儿子,要杀庞丽娜,冯文修将这话传了出去,全县城的人都知道牛爱国要杀人。这时牛爱国拿起刀想杀的人竟是冯文修,我们发现"话走了几道形,牛爱国没有杀人,但比杀了人心还毒"[①]。他被迫离开了沁源县。朋友掰了,知心话就成了"刀子","反过头扎向自己"。话比人心毒。文本中,老裴、杨百顺都在心里杀过人,在杀人的路上,老裴碰到了杨百顺,杨百顺碰到了来喜,于是悟到"世上的事情,原来件件藏着委屈",从而打消了杀人的念头。他人(如杨百顺和来喜)的苦难间接拯救了那两个人的命。牛爱国确实在心里杀过人,在言语上也杀过人,却没有行动,在法律上这也是无法界定的,但言语一旦说出就成了事实,传播开来就更可怕,牛爱国觉得自己似乎真的杀了人。

　　作者试图通过言语让读者进入人物的深层意识中,从人物的内心或潜意识层面来讲述故事,找朋友、找话实际上是人物借助他者来确认自己身份,进而实现自我价值的过程,用世俗的故事讲述人的形而上的价值追求。老詹的故事从表层看是信仰坚守与迷失的故事,根上是中西方对信仰的不同阐释。中国人最关心的问题是"到哪儿去",中国人无法理解天主教的原罪意识,中国人是道德实用主义的,中国人崇信的是"士为知己者死"。上帝是普度众生的,知己是针对个体的,渴望回报的。找朋友本质上是找自己,通过朋友确认自己存在的价值。老曾说他"跟主没有一袋烟的交情",大家隔着行,所以"跟木匠的儿子(耶稣)说不着"。在《白鹿原》中,祠堂和乡约是人与世界的中介,个体通过家族与社会和他人交流。在《一句顶一万句》中,个体通过言语与社会和他人交流,"说得着"大约就是人与人交流完美的境界,即诗的境界。

[①] 刘震云:《一句顶一万句——回延津记》,载《人民文学》2009年第3期。

言语成为"引车卖浆者流"的存在方式，根源就在于孤独，这种孤独感源自他们的"无根"感。在农耕社会，土地、故乡、祖先、姓氏就是人的根。延津是刘震云生活和文学中的故乡，位于河南省东北部，晋冀鲁豫交界处，是客观实在，这也是文本被划入乡土叙事的重要原因。延津对曹青娥来说只是一个镜像———一个模糊的影像，是故乡、家园和童年的象征，并不具有实际的意义。延津在刘震云笔下经历了一个意象化的过程。在《手机》中，延津是严守一的心灵故乡和精神家园；在《一句顶一万句》中，延津和吴摩西（象征着改心的根和灵魂归宿）在老曹老婆和改心的吵声中具象化为"改心的伤疤和短处"，所以改心说她其实"挺恨延津的"。改心这种复杂的情感体验类似于《围城》中方鸿渐对婚姻的感悟。延津在杨百顺、曹青娥、牛爱国三代人的言说中最终完成了意义体系的建构。

　　在文本中，延津是出走与回归的原点，有具体的街道、人事，是实体；又是杨百顺、曹青娥、牛爱国等走不出的心结或"心狱""延津"与钱锺书笔下的"围城"一样是一个巨大的文化意象或文化寓言，就像马尔克斯笔下的马孔多镇，陈忠实笔下的白鹿原一样，是具有丰厚历史文化蕴藉的审美意象。读者和评论者之所以纠结于"故乡"和"乡土"叙事，是因为刘震云之前的"故乡"系列小说都是以延津为原型展开叙事的，延津在刘震云的反复"言说"中早已虚化，升华为一个象征、一种意象。片面地以昆德拉关于小说连续性的理论解读《一句顶一万句》，恰好陷入了刘震云的叙事圈套。刘震云在文本中制造了一系列的叙事圈套，最具有迷惑性的一是"延津"，二是文本的标题"一句顶一万句"。从"文革"走来的中国人对"一句顶一万句"实在是太熟悉了，这是林彪的名言，是一段历史的记忆。那顶一万句的话，引来不少读者和论者的探究，杨百顺为了找话走出延津，牛爱国为了找话"回到"延津。是老高当初说给吴香香那句，或者是曹青娥临死前没说出的那句，或者是罗长礼（杨百顺、杨摩西、吴摩西）要罗安国捎给养女巧玲的那句，或者是章楚红约牛爱国私奔时说的那句"到时跟你说",或者是罗安国的遗孀何玉芬跟牛爱国说的"日子是过以后,不是过从前",还是牛爱国顿悟后要去寻找章楚红要跟她说的那句话?在文本中寻找这句话的吴摩西、牛爱国和读者一样陷入了作者的叙事圈套,找话成为主体寻找自我的方式,成为主体实现人生价值的方式,主体得到朋友的认可,就意味着得到了社会和历史的认可。老詹坚信主是万能的,杨百顺、牛爱国坚信有"一句顶一万句"的话,这种念想成为个体生存和民族繁衍生息的强大动力和支撑。那"一句顶一万句"的话成为人的"故乡"或精神家园。

二、从阿Q到牛爱国,言语构建起来的悲剧人生

阿Q对土地和姓氏都有一种天然的迷恋,他是失去土地的农民,与土地最终、最直接的联系就是土谷祠,土谷祠寄托了他对土地的依恋。杨百顺们与阿Q们的区别是,他们根本没有土地,他们是手艺人,祖祖辈辈都是,他们不是不愿意种地,而是"从根上"说起就无地可种。对吴摩西来说,种菜和剃头、杀猪、劈竹子、蒸馒头一样都是事由,是谋生的手段。

阿Q的人生和悲剧是言语构建起来的:姓赵是他自己说的,没有族谱为证;"革命啦""造反了"也是他自己说的,谁也没看见;在城里见了世面、做了贼还是他自己说的;他的精神胜利法也是通过言语来表现的。祖先的历史是阿Q言说的历史,在《白鹿原》中白鹿两家的祖先供奉在祠堂里,阿Q的祖先挂在嘴上,他说"我们先前——比你阔的多啦!""我的儿子会阔得多啦!""儿子打老子"等。通过阿Q对自己的言说,他的身份也随之改变,由阿Q到老Q、Q哥,其身份与社会地位也随着称呼的改变而改变,他用"言语"来确认自己的身份和历史,阿Q就是自己的"上帝",老詹说信了主,人就知道"我是谁""从哪儿来""到哪儿去"。前两样,阿Q都是自己说的,"到哪儿去"却不是他自己能决定的,他的

悲剧命运最终是由他人的言语建构完成的，阿Q当然不是革命党，阿Q也没有造反，但他是被作为革命党枪毙的。阿Q的言语与未庄人和作者的言语共同完成了"阿Q正传"。

杨百顺之成为"喊丧"的罗长礼、老鲁在脑子里"走戏"、杨百利的"喷空"等与阿Q的白日梦具有同质性，阿Q骂人一般也只在肚子里骂，他的革命也是在土谷祠里做的白日梦。姓氏是一个人身份确定的根本要素。阿Q想姓赵，赵老太爷不许他姓赵；杨百顺则发现姓什么远没有生存本身重要，他由杨百顺成为杨摩西、吴摩西，最后为了自己心中最后的那点念想将自己命名为罗长礼；巧玲被拐卖成为改心，改心出嫁成为曹青娥，曹青娥的一生都在寻觅，找跟自己说得着的人，先是吴摩西，再是老曹、侯宝山，后来跟老曹说不着了，跟吵了一辈子的娘说得着，跟牛爱国说得着，跟百慧说得着，但牛爱国从不与娘说心里话。曹青娥像猴子一样丢了吴摩西，丢了侯宝山，却始终没能找到自己；牛爱国找话给庞丽娜说，她觉得恶心，他给她洗衣服、擦皮鞋、做鱼吃，"没了自己"，却没能换到"回心转意"，庞丽娜说："本来就没有心和意，哪儿来的回和转？"这句话说到了两人关系的实质，即"根"。

很多论者解读文本时，总是走不出男性中心的观念，忽略或有意悬置女性的孤独及其在历史中的地位和精神追求。《一句顶一万句》看似以男性为中心展开叙述，其实"根"却在女人身上，作者反复引用的一句话就是"这件事从根上就错了"，文本从根上就是女人的事。杨百顺的漂泊从根上说不是他的自主选择，源头在于吴香香的精神诉求——要一个说得着的男人。"娶"吴摩西之前，吴香香就与银匠老高"说得着"，为了方便两人"偷情"，吴香香鼓励姜虎去山西贩葱，才有了姜虎的暴死和吴摩西的出现，还是为了方便两人"偷情"，吴香香鼓励吴摩西去山西贩葱。因假找吴香香丢了巧玲彻底改变了吴摩西和巧玲的命运，吴摩西成为罗长礼，罗长礼的孙子罗安国回延津找巧玲，却没有回杨家庄（时空上杨百顺的根），因为罗长礼没有"话"带给杨家庄的人。在杨百顺那里，生命的根具象化为一句话，一个说得着的人，而不是宗族或种姓，这是对中国传统宗法制的颠覆。而杨百顺、曹青娥、牛爱国所代表的是一个社会阶层，是一群人，这群人独特的精神存在预示着中国宗法制度"从根上起"就不是"铁板一块"，杨百顺、曹青娥的后代牛爱国的身份却又相对确定，牛家的历史是绵长而清晰的。牛爱国的出走与漂泊从根上说是因为庞丽娜的背叛，庞丽娜跟牛爱国说不着，却跟小蒋和姐夫说得着。牛爱国找庞丽娜是"假找"，找话（朋友）却是"真找"，牛爱国找到了说得着的章楚红，最终却闪了她；牛爱国不离婚是因为他离不起，他有牵绊——母亲曹青娥和女儿百慧。三代人构成了牛家的历史，血缘和精神需求（话）相互制衡，于是，人在痛苦中总是有希望。文本绕了一圈又绕回到原点——女人。基督教中，亚当就是受了夏娃的诱惑偷食禁果的，女人是人类历史、灾难和痛苦的根。从这个角度讲，杨百顺和牛爱国的孤独和痛苦就具有了普适性，不再是个体的命运，而具有了群体性和人类性。

杨百顺的命运因言语而改变，向往"喊丧"而不愿卖豆腐，与巧玲说得着而重新回到吴香香家，临终还惦记带话给巧玲，他一生的漂泊就是为寻找说得着的巧玲。牛爱国与庞丽娜说不着，就四处寻找说得着的朋友，后来找到了说得着的章楚红，却因亲情的羁绊闪了她，从而陷入更深的孤独，并最终在痛苦中顿悟开始新的寻找。

三、言语观照下的性道德

文本的外在结构是吴摩西和牛爱国这对没有血缘关系的祖孙俩寻找跟人私奔的老婆，内在结构是找朋友或找话，深层结构是找寻生存的价值和意义，探寻人与人之间理想的关系模式或交往伦理。刘震云关怀着人肉体之外的高层次的精神需求，他敏锐地意识到两性之间的和谐不仅仅是肉体上的，更是精神的、心灵上的和谐与满足，用文本中的话说就是"说得着"，在作者看来，说话才是两性交往中最重要的、更高层次的需求。作者没有试图去解决偷情的问题，也没有丝毫的企图给他们道德的评判，他只是把人的内心世界和深层意识剖开，让读者自己去判断，这种"不介入"有明显的新写实小说的痕迹。读完《一句顶一万句》，我们对性问题的解决越发迷茫、混沌了，对吴香香、庞丽娜、章楚红等，我们很难做出道德的评判，反倒被她们的真诚、执着、无畏所感动。通篇作者没有用"爱情"这个词，在性吸引、性和谐之外，他们还彼此说得着，这种状态或"行状"是不是爱情？这难道不是完美的两性关系模式吗？但问题在于他们总是在不合适的时间相遇，与现行社会规范和伦理相悖。于是，他们出走、寻觅，永无止境，所以，他们寻找的与其说是话，不如说是一种新的、更加合乎人性的人与人之间交往的模式，或者说一种社会形态。徐志摩曾说他的人生理想是能与一个身心俱美的女子自由结合，他处的时代显然无法实现，牛爱国的时代也没能实现。于是，人类陷入了"寻找"（找人和找话）的宿命和轮回。人，永远都在找的路上，所以人是永恒孤独的存在。杨百顺与牛爱国超越血缘的存在，使孤独不再仅属于一个家族，如《百年孤独》和《白鹿原》那样，而成为整个民族或人类的本质和宿命。

吴摩西假找跟自己有夫妻关系的吴香香，却真找养女巧玲；曹青娥最惦记的爹是跟自己说得着的吴摩西，很少想起亲娘吴香香；牛爱国到延津找姜家是为了找吴摩西，找话，而不是为母亲曹青娥寻根问祖。在吴摩西、巧玲和牛爱国的潜意识里，血缘远没有话重要。这种寻找模式表现了作者内心的孤独及其对人际关系的迷茫、困惑与探索。

索绪尔认为"语言是关系"。言语是人的本质力量的体现，是生命个体真实的生理、意识和情感活动，它具有真实的物质或精神对象，拥有或强或弱的动机或动力，追求或隐或显的价值和目的，它体现人与人之间的关系。找话不仅是人的生理需要，而且是人的社会需要和精神需要。吴香香、庞丽娜、章楚红们在与情人完事后都"说话"，说话是他们心灵和感情交流的方式，在说的过程中，他们实现了自我价值的确认，超越了两性间纯粹的肉体需要。与《废都》中的"两性相悦"及《红高粱》中的原始激情相比，这种两性关系模式更高级、更合理、更人性化，具有更丰富的文化内涵和美感。在探寻人类自我救赎途径的道路上，刘震云的探索是积极而有效的，我们期待他走得更远。

原载《创作与评论》2012年第2期

政治话语与美学话语的整合平衡

——论雷达的文学批评

雷达作为职业文学批评家,被称为"探测当代文学潮汐的'雷达'",他的小说评论"扫描纷至沓来的新人新作及时而细密,探测此起彼伏的文学潮汐敏锐而快捷"。他在评坛乃至文坛上具有"别人无以替代的一席地位"[①]。

1979年,他以《文艺报》记者的身份发表了第一篇文学评论《春光唱彻方无憾——访作家王蒙》(《文艺报》第4期)。批评伊始,他就表现出对《文艺报》"政论体"批评文体的超越,引起了文坛的关注。文学批评是他毕生的事业,三十多年来,他跟踪讨论新时期文学创作的最新动向,阐释新近发生的文学现象,构建文学经典,推进文学思潮,举荐文学新人。他见证、参与了改革开放以来中国文学的现代转型,以十部文论集将"雷达"这个名字嵌入了新时期文学批评史,其批评文本具有强烈的当下性、理论性和历史感。

一、雷达文学批评的"介入有效性"

雷达的文学批评是"在场的",新时期文学的潮起潮落,老中青作

[①] 白烨:《个性·活力·深度——评雷达的小说评论》,见《批评的风采》,安徽文艺出版社,1994年,第232页。

家的代际更迭,都留下了他饱含激情的批评言说。回顾批评历程,他说:"由于工作关系,我不得不站在当代文学的前沿,根据自己的阅读和理解,提出过一些看法,至于重要与否,就只能由别人去评说了。但客观地说,有些观点在不同时期发生过一点影响。……在作品研究方面,我对《白鹿原》《废都》《古船》《平凡的世界》《活着》《红高粱家族》《厚土》《少年天子》,以及浩然现象等等,自觉有一些独特的发现和心得。"①

有人说雷达的批评是感性的、零散的,缺乏理论的系统性,这是他特定的身份决定的,他也以此为憾。从《文艺报》记者、《中国作家》副主编到中国作家协会创作研究室主任,"工作"将他推到了中国当代文学的前沿,他必须以极大的热情和大量的精力应对文坛新近出现的新人新作新状态新趋向,并对之进行恰当有效的言说和评价,这使他具备了职业批评家的政治敏感、强烈的问题意识和社会责任感。他以批评家的身份介入当代文学的创作、批评、评奖及作协事务性工作,这决定了他的评论带有响应主流意识形态"召唤"的特性。因为"意识形态的存在总是以个人或整个社会高重复率的客观实践活动来维系的"②。文学批评也不例外。雷达以他的批评实践,为新时期文学批评规范和批评标准的确立和建构做出了坚实的努力,他对新时期文学的发展现状有过概括和反思,也有过展望和倡导。他认为新时期文学三十多年来的主潮就是人的认识、发现与完善,即民族精神的发现与重铸。

批评规范通常是借助权威文学媒介和职业批评家在特定的社会文化语境中,在文学创作和文学接受过程中逐渐建构起来的行为与思维方式。批评规范与其他社会规范一样具有示范性与可推广性,一旦形成,也会融入接受者的文化心理,使接受者自觉向"规范"看齐,自觉排斥"非

---

① 舒晋瑜:《探测当代文学潮汐的"雷达"》,载《中华读书报》2010年9月22日。
② 张一兵:《问题式、症候阅读与意识形态——关于阿尔都塞的一种文本学解读》,中央编译出版社,2003年,第168页。

规范者",并以之为"异端"。"十七年"期间战争文化思维模式和审美规范的形成,茅盾文学奖美学规范的形成等,都离不开主流媒体和职业批评家的理论阐释和大力倡导。如何在意识形态与美学原则的夹缝中坚持知识分子的独立品格,这个问题从现代文学发生期就困扰着中国学人。雷达身处体制与文学的夹缝中,却以激情四溢的评论文字对新时期文学进行着客观及时的文化审美观照,并形成了个性化的批评文体。

在张柠看来,文学批评就是一种话语较量式的批评,因而也就是一种"介入性的社会批评"[1]。雷达的文学批评就是典型的"介入性批评",而且具有"现实有效性"。这里,我们不否认他在话语较量上的优势,即他所说的"工作关系"。职业批评家的身份是其批评有效性的必要保障,但并非所有职业批评家都能得到主流意识形态、批评对象、文学接受者、媒体及文学市场的一致认同,雷达是个特例,他格外重视文学评论的美学品格。他说:"评论是一个审美过程,是一门学术,是一种鉴赏艺术,在本质上是非功利的,具有独立的品格,应有一个神圣的空间,应予尊重。"[2]这是他作为批评家独立人格的集中体现,同时还在批评界大力倡导批评的独立性、审美性和非功利性。

雷达坚持历史的、美学的批评原则,他的批评"强调感悟,强调独创性,强调时代感,强调社会主义文艺的主旋律和使命感",他总是"为新的文学观念而欢呼,为新的文学形象而欢呼,为新的人道主义观念而欢呼。这一批评流向,代表了二十世纪中国文学历史的美学的批评的新方向"。[3]他不断追求文学批评的超越性,考察文本的真正内涵,与作家平等对话,力求对作家作品有最深刻精当的把握。他不屑于用传统的既定的尺度去规定作品意义,总是在与新文本的平等对话中开启自己的美学想象

---

[1] 张柠:《批评和介入的有效性》,载《文艺研究》2008年第2期。
[2] 雷达:《真正透彻的批评声音为何总难出现》,载《当代作家评论》2011年第2期。
[3] 李咏吟:《智者的背影:冯牧、阎纲、雷达的批评论》,载《当代作家评论》1996年第6期。

力,打开文本的意义阐释空间。当《废都》处在被"捧杀"与"棒杀"的困境中时,雷达发表了《心灵的挣扎——〈废都〉辨析》。他说:"人们不但争相阅读,而且意见决不一致,其分歧之大,争执之剧烈,虽未到'几挥老拳'的地步,也已激昂得空前。……面对《废都》,面对它的恣肆和复杂,我一时尚难作出较为准确的评价,也很难用'好'或'坏'来简单判断。我对上述每一种看法似乎都不完全地认同,但也不敢抱说服他人的奢望,我知道那将是徒劳。我只想将之纳入文学研究的范围,尽量冷静、客观地研诘它的得失。我将循着作家创作个性的线索、作品人物和结构的线索、文学传统的线索,说一说我初步认识的《废都》。"①表达出批评家高度的艺术自觉、严谨求实的批评态度及他对作家艺术才华的珍惜。

他总是从自己的艺术感受和批评实践出发,发现扶持文学新人,有时甚至遭人嘲笑诟病,他也不以为意。站在新时期文学的潮头,本着对文学事业的忠诚与责任,他扎根民族文化的深厚土壤,始终保持着清醒的批评理性,以构建自己的批评话语体系和新时期文学批评规范为己任。

二、雷达文学批评历程的社会学解读

人,既是自然的,也是社会的。雷达的职业批评家身份是"给定的",因为他所说的"工作"是组织分配的,他是一个典型的"在其位谋其政"的人,关注新时期文坛发生的新事件,涌现出的新人新作,是他神圣的使命。雷达中学时代就喜欢文学,还曾尝试过文学创作,1965年兰州大学中文系毕业后却成为摄影记者。新时期文学春天的到来,唤醒了他沉睡的文学梦,1978年,他被调到《文艺报》评论组工作,走上文学评论的道路。调进《文艺报》是他毛遂自荐的结果,在评论的间隙,雷达还创作

---

① 雷达:《心灵的挣扎——〈废都〉辨析》,载《当代作家评论》1993年第6期。

了大量的散文，《皋兰夜话》《还乡》《缩略时代》等篇目脍炙人口，具有较高的艺术价值。他的散文气象宏大，"满溢着生命活力和透示着鲜亮血色的美"（雷达语），具有"铁的质感"（贾平凹语）。但文学评论始终是他人生的第一要务。有人说："说起文学批评，如果不知道雷达这个名字，说明他离'文学'还远；说起某个作家，如果雷达完全不知道，说明那主儿还得加油。"①虽是笑谈，也说明了雷达在中国当代文坛的地位和影响。

雷达是新时期文坛承前启后的评论家，他的评论与新时期文学发展具有同步性，《文艺报》关于新时期第一个文学思潮伤痕文学的第一篇报道《短篇小说的新气象，新突破》就是他和阎纲完成的。他的重要性在于连接和体现了老一辈评论家和新一代评论家的结合，他有老一辈评论家的使命感、责任感和现实主义精神，也有新一代评论家的批评视野和独立个性。他坚持批评的独立品格，主张重建文学创作与文学批评的新关系、新秩序，即平等对话的关系。他深知批评家的功能就在于以自己独特的生命体验发掘并拓展文学文本的意义空间，实现文本的"二度创造"，引导读者进入文本的意义空间与审美空间。他始终把文学评论当作"艺术创造"，文学评论的写作是"戴着镣铐跳舞"。他总是从新时期文学创作的实际出发，既尊重评论对象，也尊重批评主体，因此，他的评论凝聚着批评家深刻的个性体验，涌动着批评家的激情、才情、诗情与灵性。

雷达的文学批评以离休为标志，可分前后两个时期。前期是职业批评家阶段，其批评具有强烈的意识形态性；后期是自由批评家阶段，其批评具有公共知识分子的社会批判性。

前期又可分为两个阶段。1980年代，中国的文学批评还沿用着"十七年"期间形成的政治社会批评的标准，注重作品的外部研究，忽略作品的内部研究，如语言研究。雷达的文学批评率先突破了这一传统的批评窠

---

① 胡殿红：《雷达的"大师状"与"小脾气"》，载《黄河文学》2008年第9期。

曰，抵制了那种从作品中抽出政治结论的武断评论。他强调感悟、注重原创、强调文学的时代性、注重作品的人性内涵和社会责任感，总是从历史的、审美的、伦理的维度出发分析评价新作品和新的文学形象。他的评论不是从抽象的观念出发，而是从那个时代的生活和心灵的实际出发，富有现实的和生活的气息。①雷达格外关注这一时期短篇小说中"人"的发现与"人性"的表现及由此揭示出的时代变化与历史奥秘。他特别关注文学的内部规律与形式变化，较早注意到新时期作家语言风格的变化。王蒙是新时期较早进行语言实验的作家，分析王蒙的《狂欢的季节》时，他说："种种流行语，生活语，政治语，套语，忌语，皆被作者搭配之、挪借之、倒置之、镶嵌之，织成一道道话语的瀑布"②他以凝练酣畅的语言将王蒙语言上的变化表达出来，形象地概括出王蒙语言的特色与气势。此外，他对乔良、刘恒、雪漠等作家语言表现力的发掘都很独到。

伤痕文学、反思文学、改革文学、朦胧诗、寻根文学、先锋小说，以及西方现代与后现代的种种文化思潮、文学思潮、文本实验等纷至沓来，让人目不暇接，呈现出热闹的"无名"态势。雷达经过深入研究，指出"新时期文学的主潮"是"民族精神的发现与重铸"，并将这一文学观念贯穿于他文学批评的始终。他主编的《中国现代文学史》和《近三十年中国文学思潮》等著作都是围绕着这条主线展开史论研究的，他认为"文学史并非观念史"；他的作家作品批评，也围绕着"发掘与表现"这一文学观念展开。他认为"《白鹿原》终究是一部重新发现人，重新发掘民族灵魂的书"。白嘉轩"作为活人，他有血有肉，作为文化精神的代表，他简直近乎人格神"。而庄之蝶则"是个精神上的集合体，是个极端，是个超负荷地承载着文化人的复杂矛盾心理的人"。在雷达执着的坚守与努力下，"关注人""发现人""建构人"成为新时期文学批评的重要标准，

---

① 孔罗荪：《评论在发展》，见雷达《小说艺术探胜》，湖南人民出版社，1982年，"序"第2页。
② 雷达：《思潮与文体——20世纪末小说观察》，人民文学出版社，2002年，第225页。

也成为新世纪文学发展的方向。新写实文学、现实主义、打工文学、底层写作等文学现象都得到雷达及时而热切的关注,雪漠的《大漠祭》对西部农村苦难的书写,曹征路的《那儿》等都是雷达率先发现并推介给文坛和读者的。

进入1990年代,文学呈现出市场化、个人化、欲望化等创作趋向。雷达密切关注文坛出现的新现象、新作品和新人。"长篇小说热"、"陕军东征"、1996年的"现实主义冲击波"、女性主义写作、知识分子写作、个人化写作、私语化写作、"80后"作家、网络文学、新状态文学、底层写作、打工作家等文学现象,他都给予热情的关注与评述。他关于"现实主义冲击波""底层写作"及"新世纪文学"等的论述,对新时期文学规范的建构做出了真诚的努力,积极致力于新文学的建设。他在《小说评论》开设"长篇小说笔记"专栏,以独具魅力的批评语言对1990年代以来的长篇小说创作进行艺术的概括与总结,指出长篇小说从社会的、历史的叙事走向文化的、人类的叙事,他敏锐地发现文学走向私人化、世俗化、市场化将导致文学和文学批评的"失语"危险。

这一时期,雷达的批评表现出强烈的个人化特征,他的主体意识越来越强,批评文体也日臻完美,文风雄健酣畅,充满诗意和灵性。他的作家作品批评频出佳作力作,指导并引导了1990年代的小说创作,他关于《白鹿原》和《废都》的文本批评本身就是激情四溢的艺术精品,集中体现了雷达文本批评的个性与风格。他坚持与作家平等对话,试图避免社会身份给作者的心理暗示和影响,去挖掘并捕捉文本的思想文化内涵。他说:"《废都》是一部这样的作品:它生成在20世纪末中国的一座文化古城,它以本民族特有的美学风格,描写了古老文化精神在现代生活中的消沉,展现了由'士'演变而来的中国某些知识分子在文化交错的特定时空中的生存困境和精神危机。"[①]谢尔盖·杜勃洛夫斯基说:"当你超越文

[①] 雷达:《心灵的挣扎——〈废都〉辨析》,载《当代作家评论》1993年第6期。

本进入它的社会语境的那一刻，你才真正抓住了文本的要旨。"①雷达对《废都》的解读就是这样。他站在现代性的高度，从历史和现实双重维度对文本进行了深刻的解读与阐释，对文本社会批判的主题予以肯定。对文本存在的思想文化主题与艺术表现形式的内在矛盾进行分析，指出文本遭诟病的原因与作家精神力量的匮乏及艺术上的感官主义直接相关。他说："《废都》是以性为透视焦点的，它试图从这最隐秘的生存层面切入，它暴露了一个病态而痛苦的真实灵魂，让人看到，知识分子一旦放弃了使命和信仰，将是多么可怕，多么凄凉……由于作者怀着苦闷之心来写苦闷之人，与人物缺乏必要的距离，虽能写之，却不能超越和洞观，故而削弱了批判的力量和悲剧的力量；另一方面，感性乃至感官的泛溢，淹滞了灵性的思考，也在阻滞作品的人文精神的深化。"②严谨求实的批评态度使他的文学批评超越了意识形态的意义，进入了文化的、美学的艺术空间。即使在《废都》被禁的十七年间，雷达也坚持自己的看法，并密切关注贾平凹的创作。

他说1990年代以来有四部颇具影响力的书：《白鹿原》《废都》《大漠祭》《夹边沟记事》。有人指责他有西部情结、家乡情结，他说他的评价是从作品出发的，与作家本人的身份、地域无关；相反，他还担心优秀的作家因地域或个人原因被文坛忽略，认为那才是当代文坛的损失。他发现《大漠祭》时，雪漠还是甘肃武威一个不为人知的乡村小学教师。早在1980年代，他就说过"王朔小说的社会意义超过了他小说本身的意义"（《论王朔现象》）。他评价作品，历来是只对作品不对人。即使这样，由于他性格直率、说话直接，人送外号"雷大炮"。但也曾有人批评他只说好话，批评的言论少。他说："批评作家要慎重，尤其是青年作家。在这个位子上，稍有不慎，就可能断送一个作家的艺术生命，打击他们创作

---

① 转引自弗雷德里克·詹姆逊：《批评的历史维度》，胡亚敏、李恒田译，载《华中师范大学学报》（人文社会科学版）2004年第5期。
② 雷达：《心灵的挣扎——〈废都〉辨析》，载《当代作家评论》1993年第6期。

的积极性。我不表态，就是一种态度，一种评价。"他强调，对文坛的新现象、创作上的新探索要宽容，对新近涌现的中青年作家和评论家要大力扶持。坚持独立的批评品格，是雷达批评得到社会广泛认可的根本原因。

2003年后，雷达超脱了日常工作的牵绊，成为"闲人"。经过短暂的调整，他决定做一个具有自由精神的专业评论家和批评家，还把大量的时间和精力投入文学教育中。他的批评视野也更加宏阔，超越了政治话语对他思维的限制，更加自由自觉地投身到当下文学批评的建构中。他的批评开始表现出公共知识分子的社会文化立场，他批评的范围也从文学领域扩展到社会文化领域，精神、生态、人类、生命、尊严、原创力、文化资源等也成为他重要的主题词；对文学现象的考察，也超越1990年代他最擅长的作家作品批评，转向宏观研究，率先对新世纪前后中国文学的变化进行概括总结，把建构新世纪文学的审美规范作为自己神圣的使命。他陆续发表了关于"新世纪文学"的系列论文，对新世纪文学的概念、发生、命名、性质、特征、构成及其与当今世界文学的关联进行阐释。他认为市场经济制度的确立、科技的飞速发展、网络的出现、大众文化的繁荣等构成了新世纪文学的生成语境；打工文学、亚乡土叙述、"80后"写作、网络文学等成为新世纪文学重要的构成因素；新世纪文学正在成为世界文学的组成部分，因为中国文学不再盲目追随西方，开始平等地参与到当代世界文学的建构中，余华、莫言等作家独立的创作姿态及部分文学理论家和批评家本土化的批评立场等，都让我们看到了中国文学在谋求发展中的积极努力与成就。在《新世纪十年中国文学的走势》一文中，他从新世纪文学的命名、文化语境、阅读的分化与作者的重构、主题的衍变与新的审美生长点等方面对新世纪文学进行总结，并在此基础上，对新世纪文学做出了展望。[1]

---

[1] 参见雷达：《新世纪十年中国文学的走势》，载《文艺争鸣》2010年第3期。

他的批评不时溢出文学的边界,拓展到社会学、人类学、精神生态学等方面,笔力所及,包括我们时代的文学选择、近三十年文学的审美精神及发展趋向、当下作家队伍及当下阅读群体的分化与重组、当下文学批评的艰难处境与突围的必要、文学刊物的定位、影响文学生态的原因、当代文化原创力的匮乏、焦虑和拯救、读书的目的与方式等。批判的锋芒更加锐利,语言也更加犀利。他对当代文学的批评总能切中时弊,直触问题的根本和实质。

埃尔曼说:"一个批评家如果将他的视野扩大到一个时代的所有作品或主要作品,那么,他的研究目标就会走样。而随着目标的改变,他研究的性质也会发生变化,即不再是文学研究,而将成为社会学或人类学的研究。"①雷达文学批评的转型恰好验证了埃尔曼的论述。2006年7月5日,他在《光明日报》发表《当前文学创作症候分析》一文,引起了全国范围长达月余的讨论,很多作家和评论家参与讨论,《光明日报》为此开辟了专栏。他以赤子之心表达了他对当下文坛的不满与忧虑,在对当下文学现状进行深刻透彻的分析后,指出了当下文学最尖锐的矛盾是市场需求与文学规律的矛盾,而当下文学的缺失"首先是生命写作、灵魂写作、孤独写作、独创性写作的缺失;其次是缺少肯定和弘扬正面精神价值的能力;第三是缺少对现实生存的精神超越,缺少对时代生活的整体性把握能力;第四是缺少宝贵的原创能力,却增大了畸形的复制能力",进而指出文学要有正面的价值声音,并对正面价值进行界定和论证。他说:"所谓正面的价值声音,应该是民族精神的高扬,伟大人性的礼赞,应该是对人类某些普世价值的肯定,例如人格、尊严、正义、勤劳、坚韧、创造、乐观、宽容等等。有了这些,对文学而言,才有了魂魄。它不仅表现为对国民性的批判,而且表现为对国民性的重构,不仅表现为对民族灵魂的发现,而且表现为对民族灵魂重铸的理想。"

---

① 转引自弗雷德里克·詹姆逊:《批评的历史维度》,胡亚敏、李恒田译,载《华中师范大学学报》(人文社会科学版)2004年第5期。

雷达"介入""干预"文学现实和社会现实的力度和广度，没有因离开工作岗位而减弱或缩小，反而更加活跃，更具有影响力，他的评论创作也呈现出井喷的态势。谈到阅读，他指出"实用阅读"或"功利阅读"是对人和知识的异化，他呼唤"心灵的阅读"，主张"让读书回到读书的本义上去：不再是精神的桎梏，而是在精神原野上的自由驰骋"。[①]他说李白故里在甘肃秦安，不仅是为了考证李白故里的准确位置，而是为了倡导严谨求实的学术作风，批评地方政府在实行"借文化搭台发展经济"策略时，盲目追求经济效益，有意忽略或扭曲历史事实的工作作风和文化导向。

雷达认为，批评是手段，建构是目标。他内心深处蕴藏着一种发现和建构的激情，他的文学批评是诗性与激情碰撞的产物。他是一个不断用新理论武装自己、具有强烈批评意识的批评主体，血液中涌动着涵盖和超越一般的批评对象的原始冲动，当他遇到能与之抗衡的强大批评对象时，越能激起他的创作激情与探索欲望。面对《白鹿原》，他的诗人气质和创作激情被激发出来，批评主体与客体达到了"交相感应的浑一境界"。开篇写下这样的文字："我从未像读《白鹿原》这样强烈地体验到，静与动、稳与乱、空间与时间这些截然对立的因素被浑然地扭结在一起所形成的巨大而奇异的魅力……于是，人、社会历史、文化精神三者之间相互激荡，相互作用，共同推进了作品的时空，我们眼前便铺开了一轴恢宏的、动态的、纵深感很强的关于我们民族灵魂的现实主义的画卷。"[②]这是典型的"雷达批评语体"，是学理性与抒情性的完美结合。他"最大的本领就是用激情去燃烧他的思想，使之云蒸霞蔚成一片灿烂的光华，将他的读者照耀与引领"[③]。

---

① 雷达：《我们为什么读书》，载《心理世界》2007年第7期。
② 雷达：《废墟上的精魂——〈白鹿原〉论》，载《文学评论》1993年第6期。
③ 朱向前：《旋转在当代文学天空中的"雷达"——关于雷达评论的提纲》，载《当代作家评论》1996年第1期。

雷达是一个具有独立批评意识和职业精神的批评家,他认为批评家要有"纯粹的审美精神和独立的品格"。他的文学批评是政治话语与美学话语整合下的艺术创作,既具有政治话语的意识形态性特征,又具有美学话语的诗性特质和抒情性特征,最重要的是雷达文学批评对当下文学具有现实有效性。在文学批评普遍失语的社会文化语境中,雷达文学批评就显得格外重要。

原载《文艺争鸣》2012年第7期

文学叙事空间的新拓展

——评陈彦的《装台》

城中村是现代化、城市化进程中出现的独特的空间存在和历史存在,随着城市的扩张与发展,城中村将淹没于城市规划与社区建设的洪流中。在历史的长河中,城中村存在的时间之短,可能很快会被历史学家忽略,但这些城市中的独特存在,还有那群失去土地又没有其他谋生技能的人们,他们在现代化过程中所经历的无根感、被剥夺感、失去家园的迷茫和痛苦等却是那样真切,甚至使一些人精神迷失。有人说城中村是城市的"毒瘤",脏乱差,影响城市的观瞻,新世纪以来,城中村改造成为国内各大中城市建设管理的重点和难点,城中村的消亡是历史的必然。陈彦将文学的笔触深入城中村及其居民的内在机理,深切感受着他们的困惑、痛楚与挣扎。

一、城中村居民主体性的觉醒

新世纪以来,打工文学、底层文学对农民工和底层民众的书写与人文关怀,受到社会的普遍关注,城中村恰是打工者和社会底层的聚居地。城中村原住民和打工者及城市中的工薪阶层等之间的关系非常微妙,在农民工看来,城中村的原住民是城里人,在工薪阶层看来,他们是地道的农民。尴尬的身份使他们在城市和乡村都找不到自己的位置。在城市的挤压下,他们的生活空间和生存空间越来越窄狭,延续了几千年的农耕生活方式彻底消失,他们靠卖地补贴生活,有些人靠出租房产维持生计贴补家用,而那些房产较少或者在失去土地后没有掌握生存技能的人,有的生活拮据,有的甚至堕落成小偷、暗娼等。陈彦在《西京故事》中就写到这样一群城中村的居民,但他们在剧中和小说中是作为打工者的生存背景出现的,他们中有人粗俗、刻薄、无所事事,有人孤独寂寞迷茫,找不到自己的位置。这个游移在城市中的特殊群体,也有顺子这样一个在夹缝中讨生活,靠山吃山的装台人。

《装台》是陈彦的第二部长篇小说,讲述了城中村居民顺子一家在城市化进程中所经历的心灵震痛与精神裂变。顺子从蹬三轮做起,抓住机遇成为西京城的装台专家和装台团队的领头人,但他忍辱负重、苦心操持的家却四分五裂,顺子在磨难中活出了精气神,决定做城市与命运的主宰,扛起家庭与社会的责任。顺子们人生最美好的记忆几乎都是关于土地的,城市化的进程改变了他们的社会身份,却没有从根本上改变他们的社会地位。村民们开始了社会文化上的分化,老一辈中大多数人默认了社会对他们的选择。疤子叔在村里开赌场,虽然赚到了钱,却过着不见天日的"类逃亡"的生活;疤子叔看不上顺子,顺子也看不上疤子叔。顺子兄弟三个,大哥刁大军以赌博为生,死于癌症,二哥吸毒而死,顺子以蹬三轮为生,最终成为西京城里装台人的"头",但尚艺村的人,包括他的两个女儿都看不上他,嫌他活得窝囊。第三代的代表菊花、乌格格等整日游手好闲,寻衅滋事,过着寄生的生活。韩梅是城中村的外来者,在与菊花的争斗中,她试图用法律维护自己的权利与尊严,挫败后,于除夕离开了西京城,回到农村。顺子在这样的生活艰难中,还不断赢得女人的青睐,先是韩梅的妈妈赵兰香,再是蔡慧芬,最后是周桂荣,这三个女人都想通过顺子改变她们的农民身份。尚艺村村民的分化与重组就是文化堕距在城中村这一独特社会形态中的具体表现。威廉·费尔丁·奥格本研究发现,一般物质文化变迁发生在非物质文化变迁之前;非物质文化变迁中,一般制度变迁最快，其次是风俗、民德变迁，最后才是价值观念变迁。①城中村改造使尚艺村人拥有了城市居民的社会身份，却没能从根本上改变他们的文化身份、民风民俗和价值理念。他们的生活环境、生活方式实现了城市化，疤子叔、刁大军、菊花们受现代社会的丛林法则与金钱法则的熏染，沾染上了封建时代与现代城市文明双重的"劣根性"，比如菊花离家出走住快捷酒店、化妆、服饰、整容、逛夜店等，这群人的生活方式与文化范式亟需改变。从目前城中村的状况来看，社会教育与改造明显滞后，居民们教育程度没有明显提高，职业技术培训的机会远远不够他们谋生所用；顺子在生活中主体性逐渐觉醒，最终找到了人生的基点与社会位置。城中村居民的结构也在以婚姻的方式进行重组，乌格格嫁给"海龟"，菊花嫁给酒商，进城务工的三个女人先后嫁给了顺子。城中村居民结构在重组，但文化程度、价值理念却没有根本的转变，而村里唯一接受过高等教育的韩梅却远走镇安，这的确应该引起整个社会的反思。

威廉·费尔丁·奥格本认为，人的社会化过程就是接受世代积累的文化遗产，保持社会文化的传递和社会生活的延续。文化具有相对稳定性，它为人们的社会化提供了一套"预设的价值标准"。这种稳定性在顺子身上表现得尤为突出，顺子继承了中国农民勤劳善良、踏实肯干、诚信有担当等的传统美德。刁大军靠赌博、吹牛、诈骗为生，却渴望并重视亲情与爱情，向往美好的爱情和乡村田园生活。文化范式的转化归根结底是信息技术的产物，也给传统文化带来新的变革。文化范式转化能够中和文化堕距的精神失落，形成社会崇尚的价值体系。②那么，就需要充分利用现代信息技术和网络平台，推进城中村改造，在社区中弘扬并传承中国传统文化，践行社会主义核心价值观，努力中和文化堕距形成的城中村居民的精神失落，树立并肯定顺子那样的典型，使整个社会认同顺子们的文化价值体系。

---

① 何美丽、左停：《城市化背景下农民观念"二元结构"分化》，载《农业经济》2014年第10期。
② 郑杭生主编：《社会学概论新修》，中国人民大学出版社，1994年，第90页。

二、隐忍和自强是中华民族的核心价值

顺子是一个独特的生命存在,既矛盾又复杂,是文化交融的产物,他看似软弱实则颇有责任感。他给自己的定位是"下苦的",装台是苦活,他居住的城中村所在的尚艺路上有省上和市上不少文艺团体,有剧团就要演出,演出就需要有人搭台子,过去搭台子的都是剧团的人,后来剧团的舞美剧务们嫌活太苦太累,顺子就带着那群农民工兄弟把活接了过来。靳导说顺子可以评个灯光师了,现代体制下他只能是"打零工的"——随叫随到;装台的兄弟们当他是老板;大哥和女儿菊花眼里,他是个蹬三轮的,两个女儿都觉得他活得屈辱卑贱;城中村的妻子嫌弃他,三个进城务工的女人却先后把他作为生活的依靠。

他怯懦卑微,生活在社会的底层,他是城里人眼中的农村人,外来农民工眼中的城里人,在夹缝中讨生活,尴尬而艰难地活着,见到所有人都说好话,有时连他自己都觉得自己"活得像狗一样",在《人面桃花》中,他临时演过桃花的狗,因为过分投入,表演太过火,受到责骂和殴打,演狗给他带来羞辱与悲哀。像狗一样活着,像牛一样劳作,是顺子生命的写照,想要放逐自己而不得的顺子想:"他一生是再也不准备演狗了。"在生活中,他懦弱到窝囊的程度,为了生存,为了家庭和睦,他一再妥协,甚至不惜对人弯腰屈膝。在寺庙里给大和尚磕头作揖,被寇铁打耳光,只为装台的兄弟们有活干,能拿到工钱;在家里对着厮打中的两个女儿磕头如捣蒜,是希望以自己的苦换来家庭的和睦。但他也有自己的目标和做人做事的基本原则,他的目标就是下苦挣钱养家糊口,他的原则是吃苦在前、宽以待人、平等待人、甘于平淡。

装台工地上,身为老板,却总是干技术含量最高的、最苦的活,与手下人同吃同干。他勇于承担,富有牺牲精神,墩子对着佛像自渎后逃走,顺子代他受过,顶着四斤重的香炉清洗他留下的秽物,在佛前整整跪了一

夜。在佛像前长跪、苦不堪言的顺子,却在佛前诚心祈祷,祈盼家庭和睦。寇铁随后以此为由拒付劳务费,他苦苦哀求寇铁。寺庙的屈辱对顺子来说是致命的,继女韩梅心里对他残存的那点尊重荡然无存;一心想找个不惹事的男人依靠的蔡素芬,也开始感觉失望,反思自己的选择。顺子似乎有"受虐"的癖好,危难来临时,他总是冲上前承受苦难和屈辱,以自己的妥协退让委屈换取身边人的尊严与安泰。

顺子靠劳动养家糊口,原本应活得有尊严,但他在很多时候却活得那么卑微艰难,村里开赌场的疤子叔、哥哥刁大军等都嫌他活得不洒脱,女儿菊花欺辱他,瞧不起他,蔡素芬为了过上安稳的生活忍气吞声、委曲求全,最终还是离开了他。蔡素芬的离开是有深刻寓意的,顺子自觉主动地选择做暴力的受害者,甘心受苦、挨打,从来不对施暴于他的人或社会报复或还击,他总希望自己的委屈宽容能换来身边人的道德感和良知。但并不是所有人都能接受他的人生哲学,蔡素芬在他几次要对女儿菊花施家法时抱住了他、劝阻了他,但在他一再退让后毅然选择离开。"离开"意味着她不再认同顺子处世的方式。顺子始终在为身边的人活着,他在场时,似乎每个人都对他不满意;他不在场时,又显得格外重要。

顺子身上体现出的是中国传统文化的民间形态,儒释道文化都对他产生了深刻的影响,但儒家文化、道家文化、佛教文化都很难单独阐释和解读他复杂的人格。顺子是这一个,是千千万万卑微民众中的一个代表。巴金在《家》中塑造了觉新这个多余人的形象,他总是妥协退让,看似无所作为,伤害自己及身边的人,他的懦弱直接导致了梅表姐的婚姻悲剧,使妻子瑞珏死于难产。但很多人忽视了在向封建势力妥协的过程中,他以他的方式保护了他的两个弟弟觉民和觉慧,在他的庇护下,觉民与琴的爱情有了美好的结局,觉慧走出鸣凤被封建礼教逼死的痛苦,走上革命的道路,成为彻底的封建叛逆者。20世纪上半叶,印度的非暴力不抵抗运动取得胜利,不抵抗运动对印度的经济发展、人民生活带来了一些负面影响,但在世界范围内的民族民主运动中,暴力革命给本土民众带来的生命财产损失也是巨大的。马丁·路德·金从拉·甘地那里得到启发,成功领导了蒙哥马利抵抗运动,以非暴力手段推进了美国黑人反抗种族隔离的斗争。在他看来,暴力解决不了根本问题,非暴力抵抗是勇敢者反抗的手段,真正的非暴力抵抗不是一味屈从于邪恶势力,而是用爱的力量勇敢面对邪恶。顺子身体力行,用爱的力量面对生活中的一切磨难。

明代中叶,王守仁创立的心学,注重对道体的切身体悟,注重心性主观"致良知"的作用。顺子做事做人就是一个良心。顺子的小学老师朱老师去世时,原本有意将价值四五十万的房子赠予他,他觉得不能落人闲话,拒绝了。顺子有他的原则。顺子处理家庭问题的准则就是"和为贵",他希望菊花、韩梅和蔡素芬和睦相处;在工作中,他以身作则,身体力行,带出了西京城最好的装台团队。中国传统的和合、中和、和谐等价值理念早已内化为中国底层社会普通人的自觉追求,并以形态各异的外在形式表现出来,比如瞿团、顺子和蔡素芬的表现就明显不同。

休斯顿·史密斯在《人的宗教》中,将人类的宗教分为七大宗教传统,儒家、道家被列入七大宗教传统之中;雅斯贝尔斯则将儒家文化看作堪比古希腊文化、基督教文化和佛教文化的具有人类文明意义的轴心式伟大传统。社会主义核心价值观是根植于中华优秀传统文化中的,儒释道精神是中国社会与中国传统文化的重要精神形态,是构建社会主义核心价值体系的重要精神文化资源,而儒释道不仅存在于中国浩瀚的历史文化典籍中,在知识界传承与发展,而且有其民间存在与传承的特殊形态和规律。在现代化进程中,民间伦理始终维系着中国社会底层民众生存的精神系统,装台人中猴子、大吊、墩子在各自的生活艰难中恪守着做人的基本准则,在工作中争强斗胜,技术却各个不含糊。墩子偶尔犯浑,却极力维护团队的声誉和利益;三皮纠缠蔡慧芬,却始终羁绊于兄弟情分和民间伦理。猴子因工断了手指,靳导愧疚并要求团里给予经济补偿;大吊死后,剧团里几乎所有人都为他和家人捐款,希望他的女儿尽快恢复容颜。

无论时代如何变迁,民间社会都有它内在的运行法则,中国传统文化中的精髓依然深刻影响着民间社会。现阶段，要加快城中村改造和城市化进程，单靠社会的力量还远远不够，我们要善于发现城中村居民身上所具有的可贵品质，对他们的文化观、人生观、价值观进行正确引导，使他们尽快融入城市，成为城市真正的主人。《装台》的贡献就在于它发现了城中村居民和进城务工者身上的闪光点。

  小说中与顺子处事方式相似的还有瞿团瞿养正。瞿团是艺术家，领导着一个秦腔剧团，原本是德高望重的领导，在工作中却举步维艰，被那些名演、大腕气白了头，但他把剧团领了几十年，硬是领出了国门。在顺子看来，啥难缠的人和事，他都能摆平。辜鸿铭一生致力于中国传统文化研究，他将中国人的优点概括为温良（gentleness），他认为中国人的精神"不朽的秘密就是灵魂与智慧的完美结合"[①]。瞿团和顺子都是温良的，瞿团是知识分子，深受中国传统文化熏染，他是中国传统文化精神的传承者。中国传统文化是社会主义核心价值体系的重要资源，虽然经历了两次大规模的"西学东渐"运动，但中国的传统文化和基本道德理念一直在中国社会和民间普遍存在，并潜移默化地滋养着国人的灵魂，规范着国人的行为。在"名利已经把世道人心熏黑完了"的时代领导一个地方传统戏剧团，传承并弘扬中国的传统戏剧艺术，其难度可想而知，瞿团有他的原则、方略与谋略，他任人唯贤，平等待人又内外有别，在工作中对待剧团的演职人员恩威并施，宽容中透着威严与智慧，剧团渡过了一个又一个难关，将新曲目和秦腔艺术推向京城、推向国外，并发扬光大。瞿团将中国传统的中庸之道运用得十分娴熟。杜维明认为，"儒学的未来命运取决于它有没有见证者以及有怎样的见证者……如果没有一批从终极关怀到生活方式全面贯注了儒家精神的见证者，儒学对于现代人生而言恐怕就最多只能有学理的意义"[②]。顺子对丽丽的平等态度与关爱，瞿团对菊花的

[①] 辜鸿铭：《中国人的精神》，李晨曦译，北京理工大学出版社，2010年，第9页。
[②] 转引自李翔海：《儒家的安身立命之道与东亚价值》，载《中华读书报》2006年6月28日。

平等态度与关爱,都给了两个孩子情感上的慰藉,这两种关爱具有相同的性质,都是相对高的社会阶层给予底层的关爱。顺子和瞿团都是具有悲悯情怀的人,同情弱小,尊老爱幼,恪守君子之道。他们都有平等仁爱之心,在现代中国,以儒家的仁爱思想和中庸之道作为立身根本的知识分子依然不少。处世待人的生存之道,在瞿团这里是怀柔,在顺子那里是隐忍退让。小说的高潮是瞿团的"摔杯子"和顺子打人,怀柔、隐忍不是没有脊梁,没有原则。瞿团和顺子是儒家文化学术(知识)形态与民间形态的代表,朱老师则是独善其身的楷模,老人在无力改变现状时,依然坚守着自己的教育理想,并把自己一生的积蓄捐献给了学校。儒家主张入世,主张君子爱财取之以道,这些文化理念在现代社会对普通人的人生依然具有指导意义。

三、艺术是人类审美救赎的希望

《装台》有两条线索,一条线索是顺子一家的悲欢离合,另一条线索是秦腔《人面桃花》的排练、演出和参赛,两条线索并列交叉,互为因果,交融为一个艺术的整体。《人面桃花》是根据崔护的诗《题都城南庄》演绎出的一部爱情悲剧,围绕这部大戏的装台、排练、演出、参赛等,作者将涉及舞台艺术的方方面面,从装台的顺子和民工们到文艺界的大腕们呈现在读者面前。

故事性是小说可读性不可或缺的要素,陈彦是剧作家,他的小说总是不自觉地运用戏剧性结构,格外看重情节的起承转合,他深刻认识到小说首先要吸引读者读下去,小说中人物的悲欢离合、社会百态、蕴含其中的文化道德理念等,才有机会感染读者,进而对读者的世界观、价值观、人生观及生活态度等发生影响。《装台》的叙述对象是文艺圈,从瞿团、靳导那样的大家到寇铁及其家里的唯利是图、庸俗刁蛮的小花旦,再到招摇撞骗的演艺公司、经纪人、灯光师丁白,以及文艺圈最底层的装台人,作者从上到下给文艺圈画了一个圆，即使对顺子一群人的生存现状和精神世界毫无兴趣，也能透过这个故事窥探到文艺圈的内在机理和城中村这个独特的生活空间及社群的深幽之处。顺子是主角，也是功能性人物，他的行踪串起了文艺圈、城中村的方方面面、各色人等。菊花看似"闲人"，其实每一个矛盾冲突都是她挑起的。她原本是一个善良的好孩子，特殊的家庭环境和社会环境使她性格扭曲，人性的恶逐渐侵蚀了她的灵魂，她成了好吃懒做、自私狠毒、刁蛮任性、视财如命的老姑娘。为了独霸父亲那点可怜的房产，她羞辱欺凌父亲的续弦蔡素芬，赶走继妹韩梅。对自身生活现状极端不满、婚恋的反复失败等蒙蔽了她，她甚至找不到可以反抗的对象，母亲出走，继母死亡，她像一个找不到对手和出路的困兽撕咬着身边的人和她自己。菊花的悲剧是谁造成的？顺子认为他有责任，没有给孩子良好的教育，他总是希望用亲情和宽容唤醒女儿的良知；菊花所处的社会环境也是滋生她这种"寄生毒瘤"性格的温床，她和乌格格这些孩子每年都有卖地分成的钱，大多数家庭都有房产出租，他们成为特殊的食利阶层。这些生下来就捧着"破铁饭碗"的一群孩子，在社会上迷失了，再加上父辈们不恰当的引导，比如刁大军对菊花的影响。刁大军一生吃喝嫖赌、快意恩仇、任性胡为、挥霍钱财，又珍惜亲情与爱情，对弟弟顺子、侄女菊花有亲情、有关照，但也没少祸害。但他活得洒脱痛快，尚艺村的人都崇敬他，把他当成英雄前呼后拥。城市的快速发展使城中村周边的环境变化远远快于刁大军及菊花们心理调适的速度，很多村民无法适应自身角色的变化，缺乏在城市中生存所必需的文化素质和技能。顺子在蹬三轮这种低技术含量工作中，发现了装台这种城市公职人员厌嫌的苦累工种，通过十几年的磨炼成为这一特殊行业的"专家"和领头人，但他们的技艺依然没有得到整个社会的认可，村里人笑他把人活成"球"了。值得欣慰的是，顺子们已经赢得文艺圈有识之士的认可，正在逐步收获社会认同感。而菊花却将摆脱困境的希望寄托在"整容"上，结果金钱滋养的美貌又被金钱摧毁，菊花对美的理解存在很大的误区；丽丽因外伤毁容，大吊夫妻为给孩子"看脸"拼命劳作，抓住每一个可以赚钱或改变命运的机会。美，是人类共同的期盼，但在现代社会，美，尤其是女性的身体美也成为可以等价交换的商品，这种病灶深刻地摧残着社会人心。从演艺圈的大小名演到菊花、蔡素芬们，女人们都被裹挟着进入女性身体社会化、商品化的旋涡中无力自拔。格奥尔格·西美尔将审美救赎作为拯救现代精神危机的方式。在小说中，只有艺术和舞台能将松散的人心凝聚起来，并制造出奇幻至美的艺术境界，给在场的人以美的熏陶与灵魂的洗礼。齐美尔认为："艺术是我们对世界和生活的报答。在世界和生活创造了我们意识的感性和精神的理解形式以后，我们就用艺术来报答它们，同时凭借它们的帮助再次创造一个世界和一种生活。"[1]艺术创造的乌托邦世界给了人类希望和目标。

崔护的诗"人面桃花相映红"是小说中美与爱的象征，崔护和桃花的爱情悲剧在舞台上，刁大军和杨桃花的爱情故事在现实中，前者被封建势力扼杀，后者被城乡差异、包办婚姻等观念扼杀。两个"桃花"都是悲剧的结局，一千多年来，人类在诗歌中、舞台上、现实中依然执着地追求着美好的爱情，刁大军是个赌徒，也是个情种，他临终依然念念不忘苍老而不幸的杨桃花，嘱托弟弟照管她。对美与爱的追求是人类绵延与发展的永恒动力。马尔库塞就试图通过艺术审美来唤醒深藏于现代人内心的"爱欲"，培养"新感性"，从而使人的自由解放成为可能。马尔库塞对新感性进行阐释，他说："新感性表现着生命本能对攻击性和罪恶的超升，它将在社会的范围内，孕育出充满生命的需求，以消除不公正和苦难；它将构织'生活标准'向更高水平的进化。"[2]陈彦又何尝不是在努力描画并构建美的世界，构织新的更加美好的"生活标准"，并引导人们向美的乌

---

[1] G.齐美尔：《桥与门——齐美尔随笔集》，涯鸿、宇声等译，生活·读书·新知三联书店上海分店，1991年，第215—216页。
[2] 赫伯特·马尔库塞：《审美之维》，李小兵译，广西师范大学出版社，2001年，第98页。

托邦进化。

艺术是当今社会最后的净土，是人类心灵最后的依托，精神最后的寄托。人类救赎的希望就在于对艺术和美的执着追求，大幕拉开就是一个艺术的世界。秦腔艺术的现代化，为现代中国人提供了深层次体味心灵的艺术想象空间，从而，使介入舞台艺术表现和欣赏的现代个体从社会文化悲剧中释放出来，人们紧张的情绪得以平复，灵魂在舞台所创造的美的幻境中得到短暂的栖息。从瞿团、靳导、灯光师丁白、名演员到装台的顺子们，他们有着对艺术的执着，精益求精的审美理想，在舞台上的献身精神。舞台上大唐朝唯美悲情的爱情故事，美丽的桃花、痴情的崔护，他们每个人都是艺术家，都是美的化身，装台的顺子们也如靳导所说成为"行为艺术家"。那平日排练时难伺候的"角儿"（崔护）为了艺术和美，从剧本策划开始，拜师学书法，在舞台上草书《人面桃花》诗句，潇洒、老道的草书艺术与舞台表演的韵律完美结合，唤出空中飘来的桃花的魂灵，全剧达到高潮。舞台成为人类救赎的艺术场景。

陈彦艺术表现的功力就在于对艺术理想和美的极致的描绘，叙述描写的直接对象不是舞台上的主演们，而是负责运铁架子和打追光的猴子、顺子、大吊们，他们挣脱封建枷锁、进入自由王国。随着铁架子的旋转、升降，顶端美丽的天使桃花飘飘欲仙，那一刻，装台人们仿佛听到了震动地心的声音，这就是艺术的震撼力，这场美的盛宴是大家共同创造的。大吊在观众拥上舞台与演员合影时昏倒了，第二天死去的他，因为死的地点（欢乐谷）不对，不能算工伤而拿不到高额的赔偿，而大吊辛苦挣钱是为了赡养年迈多病的爹娘，给脸上有伤的女儿整容。秦腔《人面桃花》在西京场场爆满，在北京斩获大奖，只有顺子的小学老师对之不以为然，认为戏太闹、太花哨，景也喧宾夺主，太浮华了。他担心："崔护心里要是这样闹腾，就写不出那样好的诗了。"[①]

[①] 陈彦：《装台》，作家出版社，2015年，第171页。

艺术感觉还在，人类就是有希望的。靳导是一辈子嫁给艺术的女人，艺术使她疯狂，也使她纯粹；瞿团为艺术摔了杯子；演崔护和桃花的两位演员为艺术暂时搁置了俗世的利益；顺子、猴子和大吊们长期超负荷劳作，除了生活所迫，还有对舞台艺术的痴迷与奉献精神。精美魔幻的舞台和舞台上完美的艺术呈现，是对他们劳动和生命价值的最高肯定和赞颂，艺术和美支撑着他们，使他们在繁重艰难痛苦的人生中找到了存在的价值。

大量审美意象的使用使小说的文化底蕴更加深厚，小说中反复出现的蚂蚁搬家、断腿狗、顺子的痔疮等，都具有独特的象征意义，而不是可有可无的点缀。中国民间一向崇尚众生平等，弱小的生命也有生存的权利和独特的生存方式，断腿狗的执着忠诚，蚂蚁的团结互助，都是它们赖以生存的根本。菊花人性的迷失使她摔死了断腿狗，用开水灌死了成千上万的蚂蚁，残忍虐杀弱小生命是丧失人性的行为，它隐喻着工具理性和丛林法则对人性的戕害。小说最后闷热的夜晚，顺子看到庞大的蚂蚁搬家的队伍，很有秩序感，蚂蚁托举着比自己身体重几倍的东西，自尊、庄严、坚定、有条不紊地行进着，顺子似有所悟。他看到蚂蚁的精神世界，而这恰是人类所缺失的。顺子的痔疮虽然没有直接影响到他的工作和生活，却让他苦不堪言，尊严丧尽，他终于下决心手术治疗；我们的社会人心也出现了很多问题，虽不致命，却让生活其中的人们倍感艰辛，也到了整治的时候了。雅斯贝尔斯说："人生活在世界上，却要反抗这世界"[①]，这一特征恰是引起人类发现自我或自我存在的根本动因。现代城市，既是生命个体自我表现与自我实践的舞台，也是现代生命个体自我反抗和自我超越的场域。

原载《商洛学院学报》2016年第3期

---

① 卡尔·雅斯贝尔斯：《当代的精神处境》，黄藿译，生活·读书·新知三联书店，1992年，第182页。

精准扶贫背景下"贫困者"的精神成长与救赎

对美好生活的向往，是人的基本权利。即使身处老少边穷地区，或身有残疾、劳动能力丧失，脱贫致富也是他们的奋斗目标和美好愿景。精准扶贫，是国家层面的重大决策，是社会实现公平和正义的基本手段。精准扶贫政策推行以来，作家艺术家也表现出"干预现实"的极大热情，各级作家协会组织作家采风，深入扶贫一线，创作出大量的表现精准扶贫中新人新事新风尚新成果的作品，体裁涉及报告文学、小说、散文、诗歌等，电影《十八洞村》，电视剧《苦乐村官》《女人的天空》等也产生了积极的影响。

精准扶贫背景下，乡土叙事正在发生着深刻的变化，贾平凹、马步升、刘醒龙等作家超越了文学对政策的解读与阐释，从历史与现实双重维度，对贫困根源进行了深入的挖掘，努力探索全面脱贫的方式与途径。贾平凹的《极花》，马步升的《陇东断代史》《刀客遒》等对区域贫困人口愚昧、冷漠、凶残等深层文化心理进行了深刻的揭示。马步升敏锐地觉察到土改后，被施与土地的农民，瞬间脱贫后欲望膨胀、好逸恶劳，人性恶展露无遗，自上而下的乡村启蒙教育的重要性、必要性与艰难性日益凸显。贫困与自然资源的匮乏，以及历史遗留问题等有着直接的关联，但脱贫与返贫的恶性循环才是人类文明史上最难解决的问题。贫困人口综合素质的提高，才是消除贫困的关键。刘醒龙在《黄冈密卷》中，通过老十哥基层工作几十年的经验，揭示出预防、阻止百姓"返贫"是党的基层干部的神圣使命与责任。老十哥用强有力的手段预防山火，保护了人民群众的生命与财产安全；在山洪暴发时，他大喝一声用身体"堵住"洪水，唤起了群众抗击洪水的斗志，带领村民保住了家园。大面积受灾，必然导致大面积贫困。这是老十哥从贫困和革命斗争中总结出来的朴素经验。附近地区因工作失误或领导不力致使山火、山洪暴发，涌现出的救火、抗洪先进人物，或表彰或升职。而由此产生的贫困现象、贫困人口及其后续心理、精神等问题，却需要"人民"来承受，党和政府来买单。老十哥一生为组织负责，为人民着想，却得不到升职，晚年还要承受官商利益交换导致的家园强拆。但他始终不忘初心。或许，这才是实现全面小康的希望。

关注现实层面的乡土叙事，针对精准扶贫中基层党组织的作用，以及村干部等，进行了充分的描绘，也产生了一些有影响的作品。但在某些地区，精准扶贫成为某些领导干部获取名利或升职的踏板，相关的文艺作品成为某些作家艺术家获奖或捞取政治资本的本钱。但扶贫对象，即被扶者的切身体验，特别是他们现实的生存现状、精神诉求、心灵困惑等却被有意或无意地悬置或忽略了。精准扶贫的主体应该是谁？被扶者的主体性或主体意识在精准扶贫中如何体现？

一、族人与乡邻互助，是社会主义核心价值观的体现

上世纪90年代初，陈忠实在《白鹿原》中记述了白鹿村族长白嘉轩与乡绅鹿子霖携手救助李寡妇摆脱困境的故事，白鹿村因此获得县衙颁发的"仁义白鹿村"的牌匾。电视剧《白鹿原》中还增设了跛子爷和二豆这两个人物形象。跛子爷有残疾，族里安排他打更巡夜；二豆有智力障碍，基本是祠堂在供养他，但家族中无论大小事，二豆都有参与的权利。贾平凹的最新长篇《山本》中也有类似的情节，井宗秀的父亲井掌柜联合镇子上的普通人家秘密集资成立了互济会，以应对突发灾难或急用，这是典型的民间自助组织。民间自助，在历史上发挥着重要的维护社会稳定、救助

急难的作用，为历代政权默许或鼓励。井掌柜暴毙，陆菊人的公公杨掌柜主动将自家的土地赠予井家做坟地；杨钟死后，井宗秀主动照顾杨掌柜一家。族人与乡邻互助，是中华民族的传统美德，也是社会主义核心价值观的集中体现。

由于工作关系，笔者多次参与精准扶贫调研等工作，走访过陕西、河北、甘肃、山西等许多地区的扶贫点，与扶贫对象进行过面对面的深入访谈，还跟踪调查过一些扶贫对象，咨询过驻村干部和其他参与调研的各类人员，获取了许多第一手的调查资料。调研发现，在陕甘许多村落，亲属主动扶养丧失劳动力扶贫对象的现象普遍存在；具有一定劳动能力的贫困者，亲属扶助的情况也很普遍。辅助者有兄弟姐妹，有堂亲表亲，也有同姓族人。没有亲属扶助，仅靠政府扶贫的贫困户，其衣着、住宿、日常生活、精神面貌等，明显差于有亲属扶助者。当采访者问及亲属长期扶助贫困者的原因时，回答让人感动，他们只是说："他是我们的亲人啊！"在很多地方，丧失劳动能力者，国家每月发放的抚恤金，根本无法维持一个农民有尊严的生活，但我们看到接触到的被扶助者吃穿用度与其他家人无异，令人感动的是，担心被扶助者寂寞，有的家庭安排老人陪伴他们，有的家庭养宠物陪伴他们。看到一个六十多岁的智障男子抱着玩具接待调研者时，人们被感动了。他只是三四岁孩子的智商，但他会看家，家里人回家他会走出来迎接，他说："你们要的东西，她知道在哪里。""她"是他的外甥女。他在家里享受着天伦之乐。从他的脸上，人们看到了归属感，甚至幸福感。他是不幸的，又是幸运的。精准扶贫政策推出之前，他一直这样生活着。在国家层面，他是贫困人口；在现实层面，他享受着人的尊严和亲人的扶助。这种情形，绝非个案，它是中国族人与乡邻互助传统的现代传承与民间形态。千百年来，它维系着中国民间的伦理秩序。在现代性与市场经济理念的冲击下，虽然在某些地区传统伦理秩序出现了瓦解、崩塌之势，但这种传统依然存在并造福、影响着一代又一代国人。而乡土叙事受所谓现代性的影响，也将之作为历史的沉渣、封建迂腐的东西进行批判，似乎越揭露越现代。20世纪80年代，农村改革小说为确立市场经济体制的现实合理性，对农村中某些所谓落后现象的揭露与批判，需要重估与反思。

  各级政府在精准扶贫上投入了大量的人力物力，扶贫脱贫指标制定得非常周密翔实，以致出现了"怨声载道"的表格扶贫、数据扶贫等现象，基层扶贫一线也出现了扶贫对象不精准、扶贫走过场等现象。精准扶贫的顶层设计是时代的壮举，经过从输血式扶贫到造血式扶贫，国家投入与扶贫效果并不一致，扶贫对象产生依赖和惰性；政策扶贫与快速返贫形成恶性循环，精准扶贫的成果难以保持。调研发现，精准扶贫的对象还需细分，彻底丧失劳动能力的人，应该由社会保障局等福利机构来负责；因病致贫的人口，作为新的贫困人群，精准扶贫政策根本无力解决其高昂的医药费，这批人或许只能期待医疗改革和社会救助，曾有人悲哀地说，这种家庭脱贫的唯一机会就是"自然减员"；真正依靠党的精准扶贫政策脱贫致富的，是那些受自然条件限制，以及突发事件导致的贫困人口，他们具有脱贫致富的自主意识和主观愿望，即想要脱贫，又缺少资金技术支持的扶贫对象；还有某些贫困人口没有劳动需求，坐吃等死，甘愿靠国家救济，或者利用国家政策实现自己不劳而获的愿望，比如有的贫困户把国家扶贫的种羊杀掉吃肉，再到政府部门闹事，要求救助等。最后一类人需要的是精神扶贫和思想启蒙，甚至强制教育。调研中发现的问题在最近的乡土叙事中几乎是缺席的。文艺作品关注的更多的是精准扶贫的主体（实施者），或者对主体的认定不够全面明晰，精准扶贫的主体不仅仅是各级政府，还是全体人民，特别是前面提到的乡村中长期存在的那些扶助者。人民是由无数个体组成的，当每个人都把扶助族人与乡邻作为自己的神圣使命和日常习惯时，精准扶贫才能落到实处。从国家和社会层面，倡导、鼓励族人与乡邻互助，使这一优良传统传承并发扬光大，也是传播社会主义核心价值观的重要途径。国家精准扶贫政策与民间互助相结合，是实现社会公平正义的重要方式。客观上，村民自治自助，不仅弘扬正气，还可能减轻国家宏观调控的压力。

二、扶贫对象的精神成长与救赎是精准扶贫的关键

对被族人与乡邻扶助的扶贫对象来说，改善的不仅是生活水平，还有亲人给予的温情和抚慰。这些被扶者具有存在感和归属感，有些人甚至能有幸福感。他们的心理和精神是健康健全的，暂时的贫困和艰难不会摧毁他们的精神，影响其子女的教育，事实上消除了产生潜在贫困人口的隐患。比如，电视剧《白鹿原》中，二豆朴素善良，虽然没有劳动能力，但家族是他的家园、庇护所，在祠堂里，他有归属感与存在感；而黑娃和田小娥却不能进祠堂，他们是被家族遗弃的。黑娃和白孝文最后都跪倒在祠堂里，渴望得到家族的认可，族谱是对一个人生命价值、伦理人格体认的象征。鲁迅的《祝福》中，压垮祥林嫂的最后一根稻草就是失去参与家族祭祀的权利。《黄冈密卷》中，老十一富有到可以左右一级政府的决策，但他依然希望在族谱中留下自己的名字，希望有一个子嗣。人的社会属性决定了他需要有群体归属感，需要社群的认同。

依靠政府精准扶贫政策的贫困户，其脱贫是"施予"的，甚至是"恩赐"的，有人甚至认为"是你让我脱贫，而不是我要脱贫"，那么"我不脱贫就是你的责任"，有些地区甚至出现争当贫困户的现象。为了获得政策支持，有人不惜弄虚作假，欺骗组织。有些人好高骛远，懒惰，怨天尤人，等靠要，安于贫贱。他们坚信社会主义不会饿死人。精准识别的贫困户中，这类精神贫困者绝非个案。因此，扶贫要先"扶心"。精神扶贫、思想启蒙的任务非常艰巨，资金扶贫、技术扶贫、教育扶贫等必须以精神扶贫为先导。电影《十八洞村》歌颂了退伍军人杨英俊带领堂兄弟们立志、立身、立行，在扶贫工作队帮助下脱贫致富的务实精神。这部电影将扶贫对象作为精准扶贫的"主体"，他们具有脱贫的主观意愿和努力，在政策支持下，脱贫的决心、致富的愿望，才能转化为生产力。杨英俊就是以人格魅力和踏实肯干的精神影响自己的族人，带领他们走上致富道路

的。习惯贫困，是无法摆脱贫困的深层原因。扶贫先扶志，从思想上淡化"贫困意识"，发扬勤劳实干的精神，才能彻底脱贫。

运动式扶贫容易让扶贫对象产生弱者心态，精准扶贫过程中对精准扶贫对象的精准识别，意愿是好的，但方式值得商榷。为了显示公平，特别是在农村，精准识别的扶贫对象的所有信息要制表公示，供各级各类人员检查、"观赏"。扶贫对象"被看""被展览"，赤裸裸地暴露在大众面前，他们所有的不幸、痛苦、悲哀被撕破，被展览，被议论，被研讨，精神和自尊被摧毁，有些人会产生"破罐子破摔"的心理，自暴自弃。鲁迅"揭出病苦以引起疗救者的注意"，是以文学的形式。而运动式扶贫则是揭出病苦给身边的人看，给族人、邻人或者同一社群的人看，不仅如此，还要展露给"外面的人"看。当扶贫队和各类检查人员以"强者"的心态和姿势扶助他们时，忽略了他们的心理承受能力。所以，精准扶贫如何尊重扶贫对象的人格尊严和个人隐私，也是需要认真研究的问题。成为扶贫对象，就意味着个体丧失了部分权利。人为地将他们打入另册，再要求他们自尊自强自立，这本身就是一个悖论。

精准扶贫背景下的乡土叙事，是以现代农村经验为主导的，表现出鲜明的悲悯基调。扶贫对象就是底层人民、弱势群体，底层叙事就是知识分子居高临下地对弱势群体的人文关怀。农村的萧条与萎缩，表现为精神的萎缩，在贾平凹的《秦腔》中，还表现为外来文化冲击，或现代性的冲击，而在精准扶贫背景下，造成扶贫对象"精神萎缩"的因素更多更复杂更残酷。乡土叙事把贫困户或扶贫对象作为悲悯的对象进行叙述，在拯救与被拯救的模式中，被拯救者的存在感、归属感从何而来？被拯救者的话语权、主体性无法建构，就很难实现精神成长和自我救赎。革命文学惯用的"诉苦"模式弱化、固化了"贫下中农"的心智，历史上拨乱反正的方式已被证明弊大于利，那么，扶贫对象精神成长与救赎的路径与希望在哪里？谁来承担这样的使命？

传统乡土文化的民间遗存，虽不断受到冲击，但依然顽强地存续、发展着，它是中国现代农村经验的重要组成部分，乡土叙事如何表现它，使之成为现代乡土文明的表征，需要传统与现代的对话与交融。精准扶贫具有中国本土性特征，为乡土叙事提供了丰富的可能性，现实主义或许能弥补作家生活经验的不足。而贫困者的精神成长与救赎不能仅仅寄希望于贫困者的主观意愿和努力，需要全社会共同努力。从制度设计层面、整个社会面对贫困的态度、驻村干部的工作作风，以及村民的人文素养等方面，都有大量的文章可做。缩小整个社会的贫富差距，才是实现公平正义、平衡社会心理的根本。新中国成立以来，全民性的"社会教育"在现代化建设中发挥了重要作用，平等意识、互助友爱等核心价值，在维护乡村民间伦理秩序中仍然具有有效性，乡土叙事依然具有强劲的生命力。传统乡土文化是现代乡村文明的精神魂魄，乡土叙事经历涅槃后，必将重生。

原载《芳草》2018年第5期

浪漫主义：路遥小说的精神内核

今年是路遥逝世三十周年，路遥和他的小说激励了一代又一代年轻人，他的《人生》《平凡的世界》几乎成为普通人的生活教科书。有人被路遥的奋斗精神感染，有人被他顽强的生命意志和道德理想主义影响，有人为他苦难的人生唏嘘。他和他的小说总是能给苦难中的人们带来希望，激励人们继续前行。

一、现实主义的艺术选择及其特征

路遥始终关注普通人的现实生存状态，着力叙写普通人的悲剧命运，展现中国社会转型期农村改革的全貌，他是站在政治家的高度，在历史连续性的意义上思考中国现代化与城市化问题，在书写生活苦难的同时，弘扬真美善理想，探寻人类自我救赎之路。上世纪80年代中叶，文坛正在流行现代主义，路遥却坚持现实主义创作原则，用现实主义的创作手法，完成了《平凡的世界》这部三卷本史诗巨著。小说第一部曾被编辑以"读不下去"、慢、啰唆等原因退稿，编辑认为故事一点悬念没有，一点意外没有，全部都在预料之中，很难读下去。大刊物编辑和不少评论家当时都不看好的作品，发表时也费了不少周折，获茅盾文学奖还被质疑过。这部作品却受到广大读者的持续喜爱和追捧，形成了独特的文学现象和传播学现象。

回望新时期文学，不难发现伤痕文学、反思文学、寻根文学、先锋文学等关怀人，关怀的是特定的人，抽象的人，最广大的普通人在"文革"中的遭遇和痛苦却被有意无意地忽略了，遗忘了。路遥切实关怀着普通人的现实生存和精神世界，普通人的生活太"普通"，没有那么多意外、悬念和传奇，但普通人并不"平庸"。普通人如高加林、孙少平等，可以啃着黑馍馍或饿着肚子向往飞上太空的宇航员加加林；也可以喜欢足球，关心非洲人民的疾苦。这些曾经被嘲笑的小说细节，正是普通人的理想、责任与担当，我们的社会从不缺少有使命感并为之奋斗的人。他们的理想包含着一种"崇高"的性质。路遥笔下人物的身上都有一种坚守，有一股劲儿，他们有对美好生活的向往，以及为了目标不顾一切的冲动和行动，哪怕目标卑微，所选的人生道路有偏差，人物本身也没那么可厌可憎，诸如孙少安的姐夫王满银、二大孙玉亭、二婶贺凤英等。路遥从心里热爱着这群人，这片土地。普通读者对普通人及其人生故事能感同身受，他们在小说人物的身上看到了自己的影子。新写实小说和现实主义冲击波作为文学思潮很快就过去了，而路遥的现实主义书写却越来越受读者喜爱与追捧，根本原因就在于路遥的现实主义包裹着浪漫主义的精神内核。

二、路遥是一个具有浪漫情怀的现实主义作家

陕北独特的民间文化、信天游的熏染和路遥苦难的人生际遇使他先天具有诗人的气质，生存环境艰难地区的百姓，为了对抗苦难，常常通过民歌、舞蹈、剪纸等艺术形式疏解情绪，给自己和他人以希望和动力，陕北的信天游、道情、剪纸等就是对生命的吟唱。路遥发表的第一首诗《我老汉走着就想跑》是以一个陕北老汉的口吻歌唱新生活，表达劳动者精神风貌的，艺术上虽然稚嫩，却充满着乐观主义的革命精神。路遥诗歌创作的爆发期是"文革"后期，诗歌创作及影响使他得到了上大学的机会，他对自己的诗人气质非常得意，从未有意识压抑过他的诗人特质。

1958年，毛泽东提出无产阶级的文学艺术应采用革命的现实主义与革命的浪漫主义相结合的创作手法。这一创作方法的基本要求是作家艺术家要在创作中自觉地把理想与现实统一起来。所谓革命的浪漫主义，也就是革命的理想主义。路遥的诗歌基本是用这种创作手法创作的，当时得到了社会的普遍认可，1973年，路遥被《人民日报》[①]点名宣传介绍。1974年，他的诗歌随着诗集《延安山花》被推向海外。当时的大学中文系文艺理论课讲授、倡导的也是革命的现实主义与革命的浪漫主义相结合的创作手法。"文革"结束后，路遥的《惊心动魄的一幕》依然使用这种创作手法，结果多次被退稿，当时他曾经动摇过，直到小说进入秦兆阳的视野，才得以发表并获奖。这坚定了他的艺术选择和艺术信仰，《人生》的写作相对比较自由，也是他对自己的艺术创造力最有信心的一次。《人生》使他获得巨大成功，电影播出后，他成为知名度很高的作家。高加林的理想主义、浪漫气质深受读者喜爱，在读者和观众中产生了强烈的情感共鸣，很多读者将高加林和于连、拉斯蒂涅等经典人物进行对比，这使路遥确信读者对他的创作手法是认可的，这种创作手法同样能创作出优秀作品和经典人物。

《平凡的世界》创作过程曲折而艰难，他不断收到各方面的信息，许多是对他这种写法的质疑。他矛盾过、动摇过、痛苦过，最终还是坚持初心，牢记自己为人民写作的使命，怀着英雄末路的执着与悲凉，以生命为代价完成了这部具有浓郁浪漫主义色彩的现实主义史诗巨著。有人说路遥才气平平，陕西又地处偏僻，连现代都"装"不了。事实并非如此，贾平凹、陈忠实的创作充分显示了陕西作家的整体实力，在艺术创新上，陕西作家始终是站在文学思潮潮头的。路遥相信艺术的丰富性和多元性，他说："我不相信全世界都成了澳大利亚羊。"他相信陕北的羊也有生存的空间，他相信普通读者的艺术鉴赏力。

[①]《重视群众文艺创作，牢固占领农村思想文化阵地》，载《人民日报》1973年11月30日。介绍了路遥创作的思想内容、主要特点及重要作品篇名。

三、路遥小说具有浓郁的浪漫主义色彩

他是一个具有史诗情结的作家,喜欢宏大叙事。路遥既追求作品总体上的史诗性,又格外注重生活的逼真精细。发现、挖掘普通人的心灵美和思想情操是路遥小说的特点。在《青松与小红花》中,他塑造了因父亲政治问题被迫成为村里最后一个知青的吴月琴,她气质超尘脱俗,不曲意逢迎,坚定地按照自己的方式努力生活。小说传递出的不是哀怨、悲伤的"伤痕"类的情绪,而是一种自尊自强、顽强奋斗的精神。《惊心动魄的一幕》中,路遥站在历史的高度回望"文革",塑造了一个具有大无畏英雄主义精神的县委书记马延雄,他深明大义,铁骨铮铮,始终将党和人民的利益放在首位。如果说这一时期的写作还有试探的成分,《在困难的日子里》就是路遥自觉地对现实生活的回应或"干预"。当时的社会出现了物质至上、拜金主义、人情冷漠等现象,人的道德水平和精神境界明显下降,他意识到这种不幸的现象如不能在全社会范围内克服,我们曾经的理想,共产党人为之奋斗牺牲的具有崇高意义的使命就很难完成。所以,他"要写一种比爱情还要美好的感情",以对抗现实的"苟且"。小说描写了三年困难时期普通人相互救助的动人故事,写出了在极其困难的生存境遇下,普通人身上表现出的顽强战胜困难的精神和集体主义的美德,人物身上闪现着崇高而光彩的道德力量,唤起了很多人的历史记忆。路遥说他想用一种"折光"投射现实生活,尽管这"折光"很"淡弱"。

高加林和孙少平似乎都在演绎着路遥的价值观和人生观:理想不能纯粹局限于个人琐碎的欲望中,为实现理想和目标,还要做出某种牺牲和奉献。高加林和孙少平在人生的关键处做出了不同的选择:高加林抛弃巧珍,选择了象征现代城市文明的黄亚萍,并因此遭到报复被遣送回乡,成为一个失败者和被城市文明抛弃的人;孙少平在生死关头被师傅所救,师

傅的牺牲精神深刻影响着他，失去爱情的他决定承担起责任，照顾师傅的遗孀和儿子。为了有更广阔的天地去发展，高加林放弃了巧珍，违背了做人的良知；孙少平为了责任和义务，放弃了省城的发展机会和女大学生的爱情，心甘情愿回矿上做一个工人。人生没有绝对的对错。高加林、孙少平、田晓霞、金波等人的身上都有着理想主义和浪漫主义的光彩，也不乏悲剧人物的悲壮与苍凉。田晓霞唤起的是崇高感，作者在她身上寄托了自己对理想女性的全部深情。写到田晓霞的死，他难过得痛哭流涕。路遥塑造她是为了净化人们的灵魂，使读者的情感得到升华。

《平凡的世界》完成后，路遥深感1990年前后青年人身上存在着追求实惠的倾向，理想的光芒有些暗淡了。他认为这是经济发展和市民社会的影响，可以理解，但很遗憾、很令人担忧，经济发展的代价太大了。探其原因，他觉得是我们的生活缺少了"罗曼蒂克精神"，于是他计划写一篇小说反映这个社会问题和精神问题，他甚至为小说取好了名字，就叫《寻找罗曼蒂克》。可惜，英年早逝，这篇小说，他并未完成。

路遥认为："在一个太世俗、太市民化的社会中，罗曼蒂克能带来一种生活的激情。"①当下社会，网络上到处有人喊"躺平"，这些叫喊着要躺平的人，是真的要躺平吗？未必。真要躺平、摆烂的人，还会喜欢路遥和他的《人生》《平凡的世界》吗？还会用孙少平兄弟的奋斗精神激励自己吗？这些叫喊更多是宣泄现实苦闷和精神压抑，生之艰难是普通人永恒的状态，如何超越，是文学艺术永恒的难题。路遥以他的小说给我们带来希望之光，强势输出的口号，远不如优秀的文艺作品更能打动读者和网友。在融媒体时代，为什么写作，为什么人写作，远比怎么写更重要。

习近平总书记指出，只要有正能量、有感染力，能够温润心灵、启迪心智，传得开、留得下，为人民群众所喜爱，这就是优秀作品。路遥的

---

① 路遥：《路遥文集》第2卷，陕西人民出版社，1993年，第462页。

小说是无愧于时代和人民的优秀作品。路遥对生活、对艺术、对读者始终抱有真诚的态度,新时代需要这样的作家,需要这种始终把自己当作普通人,始终为普通人写作的作家。

原载《阳光报》2022年11月26日

后　记

　　2019年深秋，国内多地出现海棠花果同枝异象，政法南区天平楼A座后面三树海棠花开放，粉色的花朵与红色的果实在秋风中对视着，诉说着无尽的心事。年底，新冠疫情袭击全球。今年，大兴善寺的彼岸花开得格外绚丽，引无数香客、游客驻足观赏。

　　多年前，秋日的某个傍晚，在南城墙下与朋友小憩，一位来自北京的友人说："西安好香啊！"是的，初秋的西安是一座香香的城。友人说西安颠覆了他的认知，原以为桂花是开在南方的，没想到西安满城飘着桂花香。那一刻，他产生了在西安开一家民宿的冲动。桂花总是让人沉醉。没有花香的中秋，让人莫名地失落、恐慌。前日午时，漫步校园小径，花气袭来，是桂花。暑热消退，秋雨要来了。

　　万物安好，方是晴天。观察世界的方式，通常是给定的。机缘巧合，我选择了以文学批评的方式观察世界、审视社会、体悟人生，并坚持半生。

　　走上文学批评之路，并非我的执念。新世纪之初，我的执念是美学，尼采、福柯、苏珊·朗格、舍勒等人，为我打开了一扇思想之门，使我产生了探索人性奥秘的念想。这时，我认识了鲁枢元先生，他指导我用精神生态学的相关理论研究贾平凹及其作品。我发表了系列论文，并对贾平凹进行跟踪研究。直到2020年年底，国家社科基金项目"贾平凹及其作品研究"结项，我才真正理解了对作家、作家群、文学现象、文学思潮等进行跟踪研究的价值和意义。鲁枢元先生是我文学批评的引路人；贾平凹研究是我文学批评的开端，也有可能是句号。

2005年12月底，我兴冲冲地将博士论文初稿的一部分打印好交给导师雷达先生，期待导师的点评。导师看后当面将稿子扔在桌子上说："你的论文，我都看不懂，你写给谁看？"雷达先生的文学批评兼具理性与激情，他的批评文章既是学理性强的论文，更是激情四射的散文，自成一家，具有独特的思想价值和美学价值。雷达先生的批评文体是中国当代文学批评史上独特的存在，他坚守文学批评也是文学创作的理念，并以之指导学生。他倡导文学批评思想性与艺术性的统一，他说没有可读性的文学批评，不具有批评的有效性。在导师的强制规训下，我逐渐改掉了卖弄理论概念、掉书袋的毛病，努力探索具有批评有效性的批评形式和批评方法。虽然永远达不到导师的期许，但也有了一些心得。

英国画家埃德·伯克斯说："作品绝对是围绕着无法表达，或者至少试图表达，因为这就是绘画对我来说如此诱人的地方，它评论了感觉。作品是一张快照，有它自己的顽强，我希望其中有一些诚实在那儿。"文学批评的职责就是对文学艺术家"无法表达"或"试图表达"的东西进行分析阐释，使其思想价值和艺术魅力得以彰显。文学艺术家的作品"评论了感觉"，文学批评则是对文学艺术家"评论了感觉"的作品进行再评论。对我来说，这就是文学批评"如此诱人的地方"。作家和作品有它自己的顽强，文学批评家亦然。诚实是我从事文学批评的基本态度，坚守之，便是我做人的基本态度。希望所有的批评都有回声。

感谢陕西省作家协会陕西文学院，感谢贾平凹先生，感谢韩霁虹院长，感谢为本书出版付出辛劳和努力的朋友们。诚望年年中秋赏月时，桂花香飘满长安。

李清霞

2024年9月30日